DU MÊME AUTEUR

Passage des singes, Presses de la Renaissance, 1984.
Etat d'urgence, Presses de la Renaissance, 1985.
De parfaits petits crimes, Futuropolis, 1986.
Djemila, Calmann-Lévy, 1988.
Les Exagérés, Le Seuil, 1989 (Points/Seuil, 1990).
La Grande Ronde du père Duchesne rue Saint-Antoine, Epigramme, 1989.
Les Hiboux de Paris, Nathan, 1989.
Sherlock Holmes et les ombres, Collectionneur, 1992.
Nous cheminons entourés de fantômes aux fronts troués, Le Seuil, 1993.
C'est toujours les autres qui meurent, Actes Sud, Babel n° 266, 1997.
La Fille du Calvaire, La Voûte, 1997.

BASTILLE TANGO

Première publication :
Presses de la Renaissance, 1986

ISBN 2-7427-1678-5

JEAN-FRANÇOIS VILAR

BASTILLE TANGO

roman

BABEL

BABEL NOIR

"Le roman noir, parce que c'est la crise, se joue dans un état d'urgence. Il parle du monde, maintenant. Et le monde va vite. Tant pis si nous sommes fatigués."

JEAN-FRANÇOIS VILAR

TITRES PARUS

Jean-François Vilar, *C'est toujours les autres qui meurent*, n° 266.
Dagory, *Maison qui pleure*, n° 267.
Joseph Périgot, *Le Dernier des grands romantiques*, n° 275.
Frédéric H. Fajardie, *Gentil, Faty !*, n° 276.
Michèle Lesbre, *Une simple chute*, n° 281.
Jean-Pierre Bastid, *La Tendresse du loup*, n° 282.
Gérard Delteil, *Schizo*, n° 307.
Sébastien Lapaque, *Les Barricades mystérieuses*, n° 319.

Série dirigée
par Jean-Christophe Brochier

A la fois craintif et exalté, le voyageur pénètre dans la ville d'un pas de chat en territoire étranger.

JULIO CORTÁZAR

NOVEMBRE 1984

Cette fois encore l'homme était assis, nu. Malgré le haut dossier et les accoudoirs de cette sorte de fauteuil de dentiste sur lequel on l'avait installé, le corps semblait disloqué, poitrine cassée vers l'avant, tuméfiée de taches noirâtres, tête renversée. L'homme avait les yeux bandés.

Comme toujours, les coudes, les poignets et les chevilles étaient étroitement attachés par des sangles, sans doute en cuir. Les liens tiraient les membres vers l'arrière du siège, accentuant l'inconfort de la posture, obligeant surtout à un écart maximum des cuisses. Des fils couraient, à partir de la zone d'ombre du sexe. Je savais qu'en approchant un peu on distinguait des pinces crocodiles, accrochées aux testicules. D'autres, de la même sorte, étaient fixées aux mamelons de la poitrine, aux lèvres de la bouche inerte. Je connaissais bien cet homme. Je l'avais vu souvent toutes ces dernières nuits. Photographié dès la première fois.

Je recommençai, comme si moi aussi je voulais percer son secret.

Cette nuit-là, il me parut nécessaire de bénéficier du mur de briques sales, juste à côté, usé, taché d'autres souffrances. Il y avait aussi, quelques pas de recul permettaient de la joindre à l'ensemble, provocation bénigne, une affiche pas très loin. Un peu délavée. Elle annonçait un récital de Susana Rinaldi. Du tango.

Cette partie de la rue de Lyon était obscure, cela autorisait des audaces. Je risquai quelques gros plans. L'éclair cru du flash figea un peu plus le corps torturé. Une coulée de sueur pas même glacée me parcourut les reins tandis que j'actionnais encore et encore le déclencheur, presque indifférent aux voitures, à leurs phares qui défilaient derrière sur l'autre monde de la chaussée. Je me sentais coupable. Sans trop de conséquence. Un état familier.

Ce corps abandonné n'était pas au repos. Rien qu'un infime instant de répit. Ce qui allait venir ensuite ne pouvait se dérouler qu'avec une parfaite logique routinière. Cela allait recommencer. Le temps pour les autres d'une bière, d'un gros rire, d'un sandwich, ils remettraient ça. Le temps qu'il faudrait, tout le temps qu'on leur avait dit, tout le temps qu'il leur plairait. Ils étaient les maîtres.

Je photographiai la Rinaldi laissant, dans le coin gauche du cadre, la main crispée de la victime, cramponnée à l'extrémité de l'accoudoir. J'eus cette idée fugace que cet espace de briques ravagées entre ce visage et cette main, entre le cabaret et la cave, était ce que je pouvais saisir de plus pertinent. Une idée comme une autre. Le temps passait.

Une seconde encore et ce seront les cris, les hurlements inutiles, le désespoir fou de ne pas mourir vite. Cadrant au plus près, je voyais bien ce pli d'abandon au coin de la bouche meurtrie. L'homme suppliera longtemps qu'on l'achève, qu'on le tue enfin. A chaque réveil, sous les jets d'eau glacée, il maudira, incrédule, cette ténacité en lui qui prolonge l'enfer.

Ils savent y faire, faire durer. D'abord, on leur a appris, et puis ils ont l'expérience. Il y a ce médecin, un peu en retrait, qui guette et prend des notes, surveille. On ne meurt pas comme ça ici, pas si facilement. Pas si vite.

Il se tordra, dos soudé au dos du fauteuil, incapable de différer ne serait-ce que d'une fraction de seconde la souffrance qu'ils choisiront de lui faire subir. Il parlera, redira tout ce qu'il a déjà avoué alors qu'ils ne lui posent plus aucune question. Les noms, les planques, les codes, tout. Tout ce qu'ils veulent, mais que veulent-ils ? Ils savent. Ils savaient avant même qu'il cède. Quand ils lui ont cassé les phalanges. Ou quand ils ont violé sa femme. Ses aveux n'ont pas arrêté les souffrances, pas un seul instant. Depuis, il hurle, ou croit hurler, même si sa voix rauque et haletante n'émet plus que des bribes de plainte que personne n'écoute.

Ses cris ne sont plus qu'un grand silence banal tandis que ronronne doucement la magnéto qui tétanise le corps rompu, ou que cliquettent les petits instruments brillants qui coupent, déchirent, arrachent, mutilent. Ils rient. A peine moins fort depuis qu'ils ne cherchent plus vraiment à le provoquer. Ils ne lui parlent plus de sa femme qu'ils ont torturée, violée tant de fois. Il a tout vu, on l'a forcé à voir. Un jour, mais que sait-il de ce que sont les jours et les nuits ? elle n'a plus été là. Disparue.

"Disparue", lui ont-ils craché au visage. Alors, il a pensé qu'au moins pour elle c'était fini tandis que lui continuait de subir leur acharnement méthodique. Il lui en voulut d'être morte, de le laisser seul. Il ne les avait pas injuriés. Par peur qu'ils inventent une nouvelle douleur. Ou bien il avait osé. Il ne se souvenait plus. Il avait honte.

Je fis une dernière photo. De l'affiche.

Rien qu'un dessin sérigraphié, au réalisme précis, clinique, que quelqu'un s'acharnait à coller dans certains quartiers de Paris. La première fois que je l'avais vue, c'était avec Jessica, une nuit, rue des Lombards. Elle en avait été troublée ou agacée.

La plupart du temps, les affiches s'étalaient par grandes séries, tapissant tout un pan de rue. Dès le matin, elles étaient arrachées, ou recouvertes.

Celle que j'avais sous les yeux, sur le mur du café *Au hêtre de la Bastille*, joli nom, pouvait espérer tenir un jour ou deux. Elle ne risquait pas trop de gêner un quelconque boutiquier. Les commerces installés sous les arcades des voies de la gare de la Bastille, l'ancien embarcadère de Vincennes, annonçaient presque tous leur fermeture prochaine et définitive. Quartier en rénovation. En état d'expropriation.

Je remarquai alors les larges traces humides et luisantes sur le corps du torturé, les éclaboussures de colle encore fraîche sur le bitume. L'affiche était là depuis peu. Je repris ma bicyclette.

C'était une belle nuit de novembre, anormalement douce, dominée par un ciel tourmenté sans véritable intérêt. Il était tard et pour la première fois depuis plusieurs semaines je me sentais bien dans Paris, comme si c'en était fini d'un malaise sourd et indistinct. L'affiche que je venais d'affronter y était pour quelque chose et, bien sûr, la rupture avec Jessica, une heure à peine, avant. Le temps d'une traversée de la ville un peu rêveuse, sans souci d'itinéraire efficace, seulement faite d'excitations retrouvées. Je n'avais pas eu la maîtrise de la séparation, peu m'importait. Comptait la délivrance. Le goût de l'histoire close, finie. Lue d'une certaine manière, Jessica était une belle histoire.

Je repérai une autre affiche, collée depuis peu sur le rideau de fer de l'armurerie Guyot, exactement sous ce bras tendu, disproportionné, qui brandit un fusil et qui sert d'enseigne. M'arrêter encore ? Trop fatigué, et pour cette nuit j'avais mon plein d'images.

J'avançai. Sans doute le colleur n'était-il pas très loin. Je l'imaginai solitaire, méfiant, peu désireux d'être surpris pendant son ouvrage. Pédalant doucement, j'arrivai presque au seuil de la place de la Bastille. Je découvris alors qu'ils avaient commencé à démolir la gare.

Julio m'avait prévenu. Il avait même dû me donner la date du commencement du chantier. J'avais oublié. Maintenant, c'était fait. Détruits le grand hall, le parc, les voies d'accès sur le viaduc dominant la rue. Il ne restait plus que des poutrelles tordues, des murs arasés, des amas de gravats tristes qui se découpaient sur fond de ciel dépourvu d'étoiles. Je fis toutes les photos convenables que m'autorisait le peu de lumière. Seule restait la façade de la gare, élément de décor maintenu mais précaire. Une simple question de jours. Ici, on allait construire un opéra.

J'avais manqué le début du processus. Je l'avais manqué et je savais pourquoi en même temps que la colère montait, irrationnelle et salubre.

Jessica avait occupé tout mon temps. Je n'avais pas photographié, pas vu les premières heures de la destruction de tout ce coin de place. Car la gare n'était qu'une première étape. Cette négligence vis-à-vis de Paris était impardonnable. Le signe le plus indiscutable de ma faute. La rupture, déjà acquise, prenait forme et sens. Cela allait même un peu trop vite.

Je décidai à ce moment de ne lire que plus tard le contenu de la grosse enveloppe de papier kraft que Jessica m'avait donnée avec défi sur le seuil de sa porte. “Pars, Victor, pars. C'est fini maintenant.” L'enveloppe était prête. La décision était donc déjà prise avant la dispute. “Va-t'en, s'il te plaît.” J'étais parti. A peine une heure, déjà.

Je m'engageai sur la place. Superbe, disloquée. Ce fut comme une griserie soudaine. L'espace était libre. Bien sûr, il faudrait revenir demain, et tous les jours. Tenir les minutes photographiques du bouleversement en cours. Je m'amusai, piquant un sprint, jouant avec l'idée que la fin avec Jessica ne pouvait que correspondre à la démolition des bâtiments. Au besoin, j'y veillerais. Partant, j'étais à mon aise pour musarder du côté de chez *Bofinger* puis devant le café des *Phares* (à quoi servaient d'ailleurs ces phares qui, autrefois – quand exactement ? –, se dressaient aux deux angles de l'immeuble de la Banque de France ?). Etre à Paris sans autre rendez-vous qu'avec Paris, je pédalais, jubilant de ce bonheur-là. Je jouai à suivre au plus près, exercice difficile, le tracé du pourtour de l'ancienne forteresse, pavé sur le sol. Revenant à contresens, je décrochai sur le boulevard Richard-Lenoir, jusque devant la pharmacie que Pierre Goldman n'avait pas attaquée. Traversai le terre-plein, songeant à quelque promenade le long des quais glissants du canal, dessous. Saluai, de l'autre côté, l'appartement attribué au commissaire Maigret. Plusieurs fois, je fis le tour de la Colonne de Juillet, zigzaguant et euphorique, reprenant possession du territoire, enfin. Je tournais depuis plusieurs minutes quand je vis l'homme qui collait ses affiches.

L'épaisse grille circulaire qui ceinture la base de la Colonne le dissimulait partiellement. Lui-même n'avait pas l'air de m'avoir remarqué. Je posai ma bicyclette, m'approchai, l'observai. C'était une grande ombre maigre et musclée, aux gestes rapides presque fébriles. Précis. En quelques secondes, c'était fait, une nouvelle image du torturé s'étalait sur le mur. L'impressionnante série recouvrait déjà presque toute la circonférence du fût.

D'abord j'avançai courbé puis, sur les derniers mètres, je rampai presque. L'homme était tout à sa tâche. L'éclair du flash eut sur lui l'effet d'une décharge. Un instant, il resta interdit. Pas longtemps. La rapidité avec laquelle il fonça sur moi me déconcerta. Me tirant par le col, il me plaqua brutalement contre la grille. Mon front heurta le bronze.

— Connard !

Cet homme avait les yeux clairs, exorbités par la colère, assez beaux. Une mèche de cheveux raides, luisants, s'était détachée, barrant le front. Je sentis un filet de liquide chaud couler le long de ma tempe.

D'une main, il me tenait avec force. De l'autre, il cherchait à s'emparer de mon appareil. A cause de la grille qui nous séparait, j'étais certain qu'il n'y parviendrait pas. Seul comptait le temps qu'il lui faudrait pour s'en convaincre. Il n'avait l'air ni idiot ni même antipathique. Arc-bouté, j'attendis qu'il se lasse.

La place était toujours déserte. Une heure rare. Le colleur d'affiches et moi étions dans une position ridicule, il me semblait qu'il s'en rendait compte de seconde en seconde. Ami ou ennemi ? Simple gêneur ou réel danger ? Ses yeux bleu délavé m'évaluaient. Une anxiété mêlée de brutalité. Il fit mine de renoncer.

— Sale connard ! répéta-t-il inutilement.

Une voiture passa, en maraude, s'éloigna.

Sans doute parce que je devais m'y attendre, je réussis sans mal à parer le coup de couteau que l'homme tenta de me porter. La lame heurta les larges barres de la grille, lui échappa, tomba par terre. Un beau Laguiole à manche de corne. Je le poussai du pied. J'avais le même en poche, il me parut inopportun de le sortir. Assez curieusement, l'étreinte au col se desserra un peu.

C'est du boulevard Beaumarchais que vint le bruit de la sirène. Stridente, agressive, encore lointaine, pas pour longtemps. Une sirène de ronde de nuit. Mon front heurta de nouveau la grille. Je ne savais pas trop comment dire que, peut-être, le moment était venu d'arrêter de jouer.

Il n'aurait décidément pas mon appareil photo. Etait ce bien clair ?

Le bruit de la sirène se faisant pressant, le type lâcha prise. Les yeux bleus clignèrent. Enfin dégagé, je me baissai pour ramasser le Laguiole. Les flics n'étaient plus qu'à deux ou trois cents mètres. On voyait bien les éclats bleu et orange du gyrophare, s'avançant dans le bel alignement du boulevard.

— Tiens.

Il prit le couteau, le glissa dans la poche arrière de son pantalon. Vite et maladroitement, j'escaladai la barrière, sans pouvoir éviter de m'accrocher à une pointe de pique. Mon blouson en souffrit un peu. Machinalement, le colleur d'affiches aida ma réception au sol. Il ne comprenait pas exactement ce que je faisais, moi non plus. La voiture de ronde était maintenant toute proche. Un peu par jeu, un peu parce que je n'avais pas envie de terminer la nuit dans un contrôle d'identité nécessairement pénible, je me plaquai au sol, sur le dallage. Le type m'imita.

Les pneus crissèrent, toute sirène hurlant, sans raison précise, la voiture policière passa. Deux fois. On ne nous cherchait pas, on ne nous trouva pas. Je tamponnai le sang qui me coulait du front tandis que le vacarme s'étouffait, du côté de la rue Saint-Antoine. A plat ventre sur le sol, protégé de tout d'une certaine manière, je me sentis heureux. Quelques secondes avaient suffi pour que le froid du sol me gagne doucement. C'était aussi agréable que toutes ces nuits dernières où je m'étais endormi, lit à peine défait, nu, fenêtre ouverte sur le canal.

— Cigarette ?

Le type puisa dans mon paquet de gauloises. La Liberté brisant ses chaînes s'élançait figée, cinquante-deux mètres au-dessus de nous. Le silence s'installa. Pour un temps, cela sembla du goût de mon compagnon.

Je rajustai, dans ma poche, l'enveloppe donnée par Jessica. Elle attendrait. Demain. Plus tard. Le temps de cette femme ne serait plus jamais le mien. Ses mots définitifs n'étaient plus si urgents à lire.

Une nuit, nous avions elle et moi grimpé tout en haut de la Colonne. Une nuit de manifestation joyeuse où l'on se pressait, trop nombreux, dans l'escalier en spirale. La Colonne de bronze en vibrait. Là-haut, à l'ombre du Génie gigantesque, j'avais presque eu le vertige devant cette image d'un Paris jamais vu, jamais vu de là. La peur avait gagné, brutale comme un coup au ventre, très vite balayée par le bonheur de ce spectacle fou des sarabandes, des feux de joie en bas, et des éclairs d'orage à l'horizon. On se pressait, pris par une sorte de jubilation panique. Crispé sur la balustrade, je sentais dans mon dos le corps de Jessica. La Colonne oscillait, j'en étais certain. Trop de monde, trop de poids. L'accident incroyable, l'écroulement me parurent inévitables. Jessica guida ma main, choisit de jouir brutalement. En bas, un semblant de barricade fut dispersé par des badauds, ou des manifestants. On entendit monter une vague *Carmagnole*. Devant le cinéma Paramount, on dansait.

Il est dommage que la Colonne ne soit pas tombée cette nuit-là.

Toujours allongé, l'homme se redressa sur un coude. C'était l'heure où la barbe pousse et son visage n'en était que plus sombre. Il me scrutait, calmé, encore méfiant.

— Ça va ?

— Ça va.

Il écrasa son mégot, épousseta quelques gravillons, tenta une sorte de sourire pas très assuré.

— Qu'est-ce que tu vas faire des photos ?

Je le rassurai.

— Usage privé. Rien à craindre, je t'assure. Mais tu n'es pas forcé de me croire.

J'avais poussé l'appareil vers lui et dans le même temps j'avais sorti l'autre Laguiole, le mien. Un beau couteau vraiment, qui tient bien en main et qui est très utile. Il suffit de savoir s'en servir. Je sais un peu. Du moins je cherche à installer l'idée. Je me souvins de ces paroles d'un tango : "Si tu es un vrai *compadrito*, il faut d'abord sortir ton couteau."

— Donne-moi une autre cigarette, dit le type.

Je pouvais lui en offrir, tout en gardant le couteau pointé. Sauf que ça m'emmerdait de jouer trop longtemps à cette confrontation de machos. Lui et moi, et lui plus que moi selon toute vraisemblance, savions tout de ce genre de rituels. Mon Laguiole, c'était seulement le souvenir d'une femme qui piquait ses huîtres avec une lame. Un cadeau. Je le rangeai. J'étais fatigué.

— Si tu n'as pas confiance, je peux te donner la pellicule.

Ce n'était plus l'heure où je pouvais me battre pour ça sans honte. Il repoussa l'appareil vers moi, visage impassible. Je lui dis alors que j'avais repéré ses affiches depuis longtemps, qu'elles m'intriguaient, que je les photographiais, qu'elles étaient destinées à ça et qu'il n'avait pas à m'emmerder puisque je jouais son jeu et que personne ne l'avait forcé à se laisser prendre sur le fait. Le jour n'allait pas tarder à se lever. Le froid gagnait.

— Tu t'appelles comment ?

Le sol vibra. Le premier métro. Je dis que je m'appelais Victor.

— Victor ?

— C'est ça. Comme le restaurant, là-bas.

Du doigt, je lui montrai l'auvent du rade, entre *Brasserie Pschorr* et *Pizza Juventus*, près du passage Damoye.

— C'est à toi ?

— Non. Mais comme j'aime bien cette place, ça m'amuse. Et toi ? Ton nom ?

Ses yeux se plissèrent, sa peau se tendit sur les pommettes. Il y avait quelque chose d'indien, d'andin plutôt, chez cet homme-là. Il sourit, grimaça. Beaucoup de coquetteries, en somme.

— Oscar.

Dos calé contre la grille, j'étais prêt à entendre n'importe quoi. Oscar ? Soit. Restait l'accent. Venu d'où ? Quelques voitures passèrent. Puis un nuage devant la lune. Le sol vibra encore. Je pouvais rester installé ainsi des siècles, tout en me racontant des histoires. Pour le reste, la rupture avec Jessica était une erreur. J'allais le lui dire, trouver les mots. Ou l'attendre ici. Elle saurait me trouver, elle avait toujours su.

— Espagnol ?

Les traits se durcirent. Ce n'était pas la bonne question, peu importait. Il était, Oscar, ce qu'il voulait. Espagnol ou latino-américain. Vraisemblablement latino. Chilien ou argentin, un de ses père et mère venant des montagnes. Je m'abstins de lui dire que quelques amis et la femme que j'aimais venaient du Cône sud. C'était Paris qui m'intéressait, plus lui.

Autour, nous encerclant, la vie reprenait. Rumeur insistante qui gagne, conquiert le terrain, isole. Une benne verte et blanche passa, des voitures anonymes, de plus en plus nombreuses. Je me levai.

Calant le boîtier, je pris quelques photos des restes de la gare, du cinéma Paramount, de *La Tour d'Argent*. Il n'était que temps, tout allait disparaître. Je frissonnai. A cause du froid, de tout le reste.

Oscar se croyant hors champ, je risquai une photo des affiches. Brosse et seau en main, il s'impatientait.

— Tu m'aides ?

Je saisis la brosse. Parlai de quelques copains à moi qui, eux aussi, chaque nuit, s'attaquaient aux murs ; pour y peindre des dessins au pochoir, y inscrire des graffitis ; ou qui dénaturaient des affiches publicitaires à grands coups de pinceau faussement naïfs. Mi Noche Triste, Blek le Rat, Miss Tic, les Musulmans fumants, Marie Rouffet…

— Ce n'est pas ça que je fais, dit gravement Oscar. Moi, ce n'est pas comme eux.

Puisqu'il le disait ! Je pris l'une des affiches roulées dans le sac de toile kaki qu'il avait à ses pieds, la disposai contre la pierre du socle puis y allai à grands coups de brosse. La colle éclaboussa mon jean.

Oscar évalua mon travail.

Je m'essuyai les mains, mais non : le dessin était un peu fripé vers le bas. A cause de ça, les sangles enserrant les chevilles devenaient indistinctes. Or, tout ne valait que par cette précision impitoyable du trait. Je décollai avec soin le papier humide, fragile, le retendis convenablement. Oscar ne crut pas devoir commenter ce perfectionnisme bizarre. Peut-être n'y pensa-t-il même pas. Il ne restait plus tellement d'affiches dans le sac. Assez pour finir de recouvrir le socle de la Colonne. Mieux valait faire vite. Autour de nous, la circulation redevenait normalement dense. Oscar disposa l'affiche, j'y allai de nouveau de la brosse.

— C'est quoi, ce dessin ? C'est toi qui l'as fait ?

Oscar me prit le matériel des mains et avec des gestes précis acheva le travail. Tout le fût était maintenant tapissé et c'était beau, oui, beau. Mais il ne tenait pas à admirer son œuvre.

— On décroche.

Tandis que je reprenais des photos, il vida le reste de la colle qui engluait le fond du seau, nettoya rapidement celui-ci de quelques coups d'un chiffon sorti de je ne sais où, fourra le tout dans son sac, avec la brosse. Puis il eut un geste brusque et posa sa paume sur mon objectif. “Pas de ça !”

— Pas de ça ! Pas de photo de moi. Je ne suis pas comme tes copains. Je ne veux pas de publicité. Tu m'as pris ?

— Tu sais bien que non, seulement les affiches. On y va ?

Nous nous retrouvâmes sans problème de l'autre côté de la grille, innocents badauds du petit matin. Je montrai à Oscar mes mains souillées de colle. Il m'aida à allumer une cigarette. Un car de police passa, totalement indifférent à notre manège.

— Pendant la Commune, après les combats, dans ce quartier et ailleurs, on fusillait les suspects qui avaient non pas de la colle, mais de la poudre sur les mains.

— Vraiment ?

Ça ne l'intéressait sans doute pas.

Je voulus suivre mon idée. Parler à Oscar de la Semaine sanglante, des tentatives qui avaient été faites par les insurgés pour abattre la Colonne au canon. J'allais lui raconter l'anecdote de cette péniche chargée de fagots qu'on avait halée par le canal souterrain, jusque sous la base du fût de bronze et qu'on avait enflammée. Les dépouilles mortelles de quelques martyrs révolutionnaires en avaient été carbonisées. Des restes de momies, vieux souvenirs de la campagne d'Egypte, mises là par erreur, avaient subi le même sort. Oscar, dont le regard se perdait avec un peu trop d'insistance là-haut, vers le Génie de juillet, m'interrompit avec un geste d'humeur.

— Certaines fois, dans certains pays, on arrête et on tue. Pas seulement ceux qui ont de la poudre sur les mains. Dans ces pays-là, il n'y a même pas de suspects. Tout le monde est coupable.

Dans l'axe de la rue du Faubourg-Saint-Antoine, le ciel devenait plus clair. Il était pourtant tôt.

Oscar m'ennuyait. Ses effets de manches avaient leur limite. S'il y tenait vraiment, je pouvais enchaîner sur les Escadrons de la mort ou l'AAA, sur les enlèvements, sur les Ford Falcon, les "disparus". Je pouvais. Et pas seulement parce que Jessica et son frère, Julio, et quelques-uns de leurs amis étaient passés par les caves de l'Ecole de mécanique de la marine, à Buenos Aires. Eux en étaient sortis, ou avaient pu fuir. En étaient revenus. Ils avaient eu de la chance. De la chance, oui ! Ils parlaient peu de tout ça.

Jessica ou pas. Je sais depuis toujours qu'on disparaît dans les villes.

Mais Jessica, évidemment, m'avait raconté. Dans la mesure très fragile de ce qu'elle pouvait dire. Cela se passait toujours de manière imprévisible, par vagues de descriptions calmes, avec une opiniâtreté remarquable pour chercher le mot juste, comme si elle ne voulait pas, surtout pas, se laisser aller à la verve de la colère, ou de la douleur.

— Voilà ce qu'ils m'ont fait.

Elle décrivait alors comme on dresse un procès-verbal.

Les mêmes sangles, les mêmes pinces. Fauteuil de dentiste ou table de bois blanc, rugueux. Tellement rugueux que les échardes dans le dos étaient parfois plus insupportables que les secousses électriques au plus intime.

— Le capitaine Ortiz branchait les électrodes sur une cuiller qu'il introduisait dans le vagin. Pour plus d'efficacité.

Autour, eux, tous. Avec leur rire, leurs canettes de bière, leur sexe.

— Le plus souvent, c'était avec le goulot des bouteilles qu'ils violaient. Pas de trace de sperme, en cas d'enquête.

Il n'y avait jamais d'enquête.

Jessica parlait peu de tout ça. Toujours, après, il y avait un long silence. Parfois, elle vomissait. Le plus souvent, elle me demandait de la laisser seule, de partir, s'il te plaît.

Je n'avais rien à dire sur les affiches d'Oscar. Pas de confidences à faire.

— On va se réchauffer ?

— D'accord.

Je ramassai ma bicyclette, la poussai sur la chaussée. Tous les cafés de la place étaient encore fermés. Nous traversâmes, vers la rue de la Roquette. Le froid. Le vrai hiver commençait.

— J'ai un copain qui habite là.

Où ? Je montrai à Oscar l'entrée du passage du Cheval-Blanc. Il était bien plus de cinq heures du matin. Ça pouvait être le juste moment pour un café, pour un vin blanc matinal, pour un bourbon tardif. Ou pour un maté. C'est toujours l'heure du maté. Julio m'avait appris ça, bien plus que Jessica. Jessica méprisait tous les rituels.

— C'est qui, ton copain ?

— Julio. Il est projectionniste au cinéma, là. Le Paramount.

Je m'abstins de lui dire qu'il était le frère de Jessica. Peu importait à Oscar de savoir qui était

Jessica. Passé la grille nos pas résonnèrent sous le porche du passage. Un chat s'enfuit à notre approche, sans trop de hâte. Un gros chat gris. Ma bicyclette cahotait sur les pavés disjoints. J'aime bien ce passage. Encore maintenant.

— Julio ? Il vient d'où ?

— Buenos Aires.

Il terminait son travail tard le soir et il ne pouvait jamais s'endormir tout de suite. Il préférait passer ses nuits à bricoler des pellicules.

— Des pellicules ?

— Des films qu'il tourne lui-même, des chutes qu'il récupère.

Il mêle tout ça. Il expérimente une sorte de cinéma. Pour lui tout seul. Pour le moment.

Julio expliquerait tout ça lui-même très bien, s'il voulait. Oscar s'y repérerait s'il en avait l'envie dans le petit appartement de la cour de Janvier.

— La cour de Janvier ?

Le passage du Cheval-Blanc dessert une série de cours. Chacune d'entre elles porte le nom, il ne faut pas me demander pourquoi, d'un des six premiers mois de l'année. Julio habite la cour de Janvier.

Le chat gris nous observa à bonne distance tout en faisant mine de se laver la patte. Je posai ma bicyclette, bouclai l'antivol.

— Un maté, oui, c'est ça. Voilà ce dont j'ai envie. Tu viens ?

Je me retournai, m'apprêtant à guider Oscar vers l'escalier aux marches grinçantes, à la minuterie déglinguée. Oscar avait disparu. Il est juste de dire que cela me parut être dans l'ordre des choses. Je regrettai seulement de ne pas lui avoir dérobé une affiche. En souvenir ou en gage.

COUR DE JANVIER

Dans la rue et en moi, c'est pareil.

A. PIAZZOLA, H. FERRER,
Ballade pour un fou

Jessica prit la coupe de champagne que lui tendait Edgardo, la but d'un trait, claqua la langue et partit dans un grand éclat de rire. Quelques invités se retournèrent. Je savais tout de ce rire sonore et provocant, du mouvement de menton qui l'accompagnait, manière de poser qu'elle ne riait jamais par complicité, toujours par défi. Edgardo s'éloigna. Comme d'habitude, sans son bandonéon, il avait l'air un peu perdu. Un autre s'avança, posa sa main sur le bras de Jessica.

Pour cette soirée d'inauguration de *La Boca*, elle avait choisi d'enrouler ses lourds cheveux bruns en un strict chignon. Fragilité du cou, épaules légèrement osseuses. La très fine blouse de soie ne cachait pas grand-chose des seins.

— La grande rupture entre vous se prolonge, on dirait.

Marc me servit un plein verre de bourbon.

— D'habitude, vous résistez moins longtemps. C'est vraiment définitif ?

Un tango, je ne sais plus lequel, expliquait ça très bien. Que les ruptures, les combats, les guerres, c'est aussi la fête. J'aurais pu tenter d'expliquer ces choses à Marc. Pas exactement des scoops. Il risquait donc de ne pas être trop intéressé. Son goût pour les conversations rentables était connu.

L'homme qui était auprès de Jessica et qui l'accompagnait (c'était lui qui l'accompagnait, pas l'inverse) ne m'inquiétait pas. J'identifiais le genre : la cinquantaine assurée, consciente à la fois de son charme et de ses limites. Ce soir, ce type n'était pas certain d'être à sa juste place, d'avoir choisi la veste convenable. Malgré toute son habitude du monde et son excellente éducation, il n'était pas complètement à l'aise au milieu de cette faune d'exilés déclassés, d'artistes un peu voyous. Il s'encanaillait avec circonspection. Jessica l'embrassa. En fond sonore, Gardel chantait *La Cumparsita*.

— On m'a raconté des trucs sur ce type, dit Marc. Il n'est pas à Paris depuis très longtemps. Il a du talent ou du pouvoir, je ne sais plus. Il s'appelle Baxter.

— Baxter comment ?

— Baxter, c'est tout.

Pour Marc, quels que soient les mérites ou les tares de cet homme, il ne méritait pas encore un article. Donc, il n'existait pas. En revanche, *La Boca* vaudrait bien quelques lignes dans le journal du lendemain. Il insista pour que je lui présente Rita.

L'idée qu'elle avait eue de convertir en Cabaret-Tango un ancien entrepôt de la cour d'Avril n'était ni spécialement originale ni spécialement stupide. Elle allait dans le sens de l'évolution du quartier telle qu'on pouvait sans mal la prévoir. Rita ne lançait pas le plus mauvais des paris. Ici on écouterait du tango, on le danserait. On boirait, on converserait. “Je veux que *La Boca* soit le rendez-vous des *compadres*”, m'avait plusieurs fois dit Rita. Pour elle, et compte tenu des traditions du coin, un *compadre* était un “apache chic”.

— Ça te plaît ? demanda-t-elle.

Je l'assurai que j'étais tout disposé à prendre mes habitudes dans son bouge. Puis, je fis les présentations. D'un côté, Marc, directeur de journal, *Le Soir*, ex-*Grand-Soir*. Deux cent mille lecteurs. De l'autre Rita, japonaise d'origine, argentine d'adoption, résidant à Paris.

— Une Japonaise qui lance une boîte à tango, c'est un peu paradoxal, non ?

— Les Argentins, rétorqua Rita, naissent le dos à la pampa, le regard tourné vers Paris. Eux-mêmes le disent. Moi qui viens de Tokyo, je rêve de Buenos Aires. Mais je préfère vivre à Paris. Au fait, monsieur le journaliste, savez-vous que le tango est né au Japon. Non ?

Elle s'éloigna en riant, suggérant à Marc de revenir l'interviewer quand il aurait potassé son sujet. Il lui arrivait rarement d'être déconcerté. Il l'était.

— Au Japon... le tango ?

— Elle a toute une théorie là-dessus. Qu'elle peut t'expliquer pendant des heures. Qu'en penses-tu ?

— Elle est très belle.

A quelques mètres de nous, Jessica pérorait. Un groupe faisait cercle autour d'elle, c'était bien la moindre des choses. Je vis Julio qui tentait de se frayer un chemin vers nous, au milieu du grouillement bavard des invités.

— Tu devrais faire quelques photos, me dit Marc. J'en prendrai une ou deux pour illustrer mon papier.

Marc lui-même prenant la plume pour un article de chronique mondaine ? *La Boca* serait donc demain le rendez-vous du n'importe quoi branché. Je fis la grimace.

— Pas de photos pour le moment.

— Comment, pas de photos ? Plus du tout ?

— C'est comme ça.

Il en resta tout surpris, l'imbécile, habitué qu'il était depuis plus de quinze ans à me voir brûler de la pellicule à tout-va. Là-dessus comme sur le reste, je n'avais pas d'explication à lui donner. Depuis novembre, c'était la panne.

N'empêche qu'il avait raison. Il y avait dans la salle une belle galerie de portraits à faire. Marti le peintre, qui griffonnait sur une nappe en papier. Edgardo, courbé sur son bandonéon, entouré d'amateurs subjugués par ses improvisations jazzo-tanguistes. Ruben, l'écrivain ténébreux, ressassant son exil et son impossibilité à terminer son vrai grand livre. Les gosses de Mi Noche Triste, le groupe de peintres de rue et leurs copains, bombeurs et graffiteurs fous.

— Tiens ! dit Marc. Jacob est là.

Il me désigna un homme de taille moyenne dont l'absence d'autres caractéristiques notables était tout à fait remarquable.

— Un avocat, précisa-t-il.

— Le tien ?

— Je n'ai pas d'avocat. Comment veux-tu que je fasse confiance à quelqu'un qui accepte de prendre ma défense ? Non. C'est logique qu'il soit là. Il a plein de clients latinos.

Julio parvint enfin jusqu'à nous. L'encombrement de la salle n'était pas seul à expliquer sa lente progression. Il avait pas mal bu. Une nouvelle fois, je m'apprêtai à faire les présentations mais Marc nous demanda de l'excuser. Un photographe le priait de lui accorder quelques instants. Ce qu'il ne pouvait refuser.

— Regarde, dis-je à Julio.

Marc valait la peine d'être pris en photo. Il le savait. Mèches calamistrées, costume croisé à rayures, verre en main, il posa. Plus vrai que nature. Pour quelques clichés en plus, il en rajouta : lippe désabusée, gras du cou épais. La longue cendre de sa cigarette tomba, s'écrasa sur son revers. Le confrère flasha, Marc sourit.

— Celle-ci sera parfaite. Il y a bien longtemps que je ne cherche plus à passer pour un mec net.

Julio n'étant visiblement pas un gibier pour rubrique people, Marc s'éloigna. Pas lourd.

— Drôle d'homme, dit Julio.

Longtemps, j'avais pensé que Marc était devenu un peu pourri, qu'il ne l'avait pas toujours été. Une idée que je tendais à réviser. Je ne lui faisais plus le crédit d'un état de grâce, même lointain. Nous nous connaissions pourtant depuis toujours et avions partagé, en apparence, des utopies collectives. Une fois pour toutes et depuis des années, nous avions renoncé à nous fâcher à propos de quelque sujet que ce soit. Je l'amusais, je le méprisais. Nous nous apprenions mutuellement des choses, en copains. Ce qui excluait toute confidence sur nos vraies vies.

— Toujours d'accord pour l'expédition, tout à l'heure ?

Plus que jamais. Je voulais vraiment le Bras armé.

Là-bas, la bretelle de la blouse de Jessica glissa, rendit parfaite l'épaule et révéla presque un sein. Quelle heure pouvait-il bien être ?

D'abord, Edgardo nous quitta, à la recherche d'un taxi. Ensuite nous pûmes tous enregistrer le déroulement des faits, même si les choses allèrent vite. Même s'il faisait nuit.

Edgardo descendit du trottoir, s'avança. C'était un peu imprudent, mais il y avait peu de circulation. Il tenait son bandonéon sous le bras. Un Ernst L. Arnold. Une belle pièce. Plusieurs fois, il héla des voitures déjà en charge.

— Pressons-nous, me dit Julio. J'ai la camionnette, les outils.

— On pourrait peut-être le déposer, avant.

— Merde. Faudrait savoir ce que tu veux !

La voiture roulait vite. Elle le prit de plein fouet, un bruit épouvantable. Je vis le corps, une seconde, comme suspendu en l'air, film au ralenti, pantelant. La voiture pila net quelques mètres plus loin, puis recula. Bruits encore. D'écrasement, d'éclatement. On ne voyait plus Edgardo. Nous nous précipitâmes, Julio, Marti, d'autres. La voiture redémarra en trombe, tourna sur la droite, boulevard Richard-Lenoir.

Edgardo était étendu sur le dos, yeux grands ouverts. Inerte. Il respirait difficilement. Ses jambes semblaient brisées. J'entendis les phrases habituelles. Ne pas le toucher. Appeler la police. Trouver une couverture. Personne n'avait pu prendre le numéro de la voiture.

— Partons, dit Julio. Je ne supporte pas ça.

Un fourgon de police arriva. Une ronde banale.

— Les copains pourront donner tous les témoignages nécessaires. Viens.

Cette nuit, je n'avais pas envie de côtoyer les flics, ni d'assumer un accident, quel qu'il soit.

A nos pieds, traînaient des morceaux de bandonéon éclaté. Touches de nacre, morceau de bois laqué.

Lorgnant alentour, je relevai mon col. Julio enjamba le parapet de briques usées, serties de ciment sale. Il était là-haut, assis à califourchon, à l'aplomb exact du numéro 48, rue de Lyon, armurerie Guyot. Il faisait nuit noire et froid, très froid. Entre nous deux, à mi-hauteur : le Bras armé, comme jaillissant du mur.

Une chose curieuse, ce Bras. En stuc ou en plâtre. Avec une manche peinte en rouge et, serré dans le poing fermé, un fusil.

Un soir, il y avait de cela une quinzaine, chez Julio et tout en sirotant l'inévitable maté, j'avais dû dire : "Puisqu'ils détruisent tout, qu'est-ce qu'ils vont faire de ce Bras ?" Qui allait le récupérer ?

— Toi, si tu veux, avait répondu Julio.

— Comment ça ?

— On y va tous les deux, quand tu veux. Ça m'amuserait de faire ce coup-là.

J'avais choisi le soir de l'inauguration de *La Boca.*

Vu du trottoir où j'étais, ça paraissait faisable. Même : la disposition des lampadaires rendait le coin presque obscur. A quelques mètres à peine, les voitures, pas si nombreuses, roulaient, indifférentes.

Julio fouilla dans sa sacoche. Ensuite, il vérifia que le nœud du lasso coulait bien. Il soupesa la corde épaisse, ajusta la largeur initiale de la boucle. Faisant le guet, il me sembla que tout allait bien. A cheval sur le muret, Julio marmonna un quelconque propos sur un ancêtre gaucho puis eut un geste balancé, à la fois ample et sec, précis, sans frime inutile.

La corde s'enroula autour du canon pointé, tomba sur le poignet. Le nœud se resserra. Julio le fit glisser jusqu'au coude, tira.

Soudain, la chose me parut énorme. Quelle était la mesure de ce Bras disproportionné, excroissance incongrue d'un géant passe-muraille ? Deux mètres ? Ou plus ? Et le fusil devait bien en faire autant. Julio assura sa prise.

— Toujours d'accord ? Tu le veux ?

— Evidemment.

Julio bascula, s'affaira derrière le parapet, fixant la corde à je ne savais trop quoi. Je connaissais bien le haut du viaduc. Désaffecté de tout transit ferroviaire, c'était devenu un véritable terrain vague envahi d'herbes folles, d'objets abandonnés dérisoires, d'impressionnants amas de poutrelles tordues. Une promenade que j'aimais bien, désormais condamnée. A moins de cent mètres, les pelleteuses Poclain étaient au repos. Elles avaient déjà largement commencé le travail. Julio réapparut.

— C'est fait. Ça tiendra.

Des voitures filaient. Sur le mur, face à moi, les affiches d'Oscar avaient pratiquement disparu. Collées et recollées, toujours arrachées. Seul un lambeau de papier témoignait de l'entreprise. La bouche grimaçante du torturé. On distinguait nettement la pince serrant la lèvre inférieure.

Oscar collait toujours. Sans doute chaque nuit. Quand je me levais tôt, ou quand je rentrais chez moi, quai de Jemmapes, je voyais ses affiches sur les murs du quartier (il semblait avoir pris la place de la Bastille pour épicentre). Elles ne restaient pas longtemps en place.

Un peu au hasard des promenades, j'avais constaté qu'il collait aussi ailleurs, dans Paris. Plus rarement mais sans que cela soit dû au hasard : du côté de l'ambassade d'Argentine, du consulat, pas très loin de la place de l'Etoile.

Il avait même œuvré (une photo qui n'était évidemment pas de moi, publiée un jour dans la page Courrier du *Soir* l'attestait) rue de l'Arcade, dans le 8e. Au numéro 14, où une plaque récente (5 novembre 1984) précise que là était la dernière demeure parisienne de Carlos Gardel. Oscar avait collé partout, même sur les trottoirs. La photo du lecteur témoignait d'un réel acharnement.

J'étais allé sur place, rue de l'Arcade, aussitôt que possible. Il ne restait presque plus rien. Les concierges vigilants avaient sévi. Une affiche avait résisté, à une bonne dizaine de mètres de la plaque commémorative. La regardant attentivement une fois encore, un détail m'avait frappé. Sur la poitrine souillée de l'homme s'ajoutaient de nouvelles meurtrissures. Des brûlures de cigarettes. Très nettes. Pas dessinées. De vraies brûlures. Oscar – qui d'autre ? – avait pris le soin de percer le papier de son affiche de cinq ou six petits trous ronds terribles, méticuleux.

J'avais pensé à la statue de Gardel. Celle qui domine sa sépulture au cimetière de Buenos Aires. Aux cigarettes allumées que les dévots renouvellent systématiquement entre les doigts de pierre.

J'avais pensé à certaines chansons de Gardel, interdites d'ondes pendant la dictature. J'avais pensé au tango qu'on n'écoutait plus trop à Buenos Aires, paraît-il. J'avais sans doute pensé assez vite à autre chose. Ces brûlures. Le ventre de Jessica…

Je n'avais pas revu Oscar depuis la nuit de novembre, à la Bastille. Peut-être zonait-il encore, pas loin.

— Quand tu veux, dit Julio. Je suis prêt.

Il se laissa glisser le long du mur, à l'aide de l'épaisse sangle amarrée, derrière le parapet. Il arriva au niveau du Bras. Ou plutôt là où, du mur, sortait l'épaule. Incongrûment. Julio sortit la scie qu'il tenait dissimulée sous son blouson, se mit au travail.

Cela prit peu de temps. Deux minutes à peine. Mais cela fit un bruit pénible, un crissement dur aux dents et aux nerfs. Le long Bras vibra, vacilla lamentablement. Coupé, il heurta le mur et se retrouva oscillant, pendant contre le rideau de fer de la boutique condamnée.

Le fusil s'était un peu cassé dans la chute. Pas beaucoup. Rien d'irréparable (mais quand le réparerais-je ?). Le stuc était moulé autour d'une forte armature de métal. N'empêche, le canon semblait désormais conçu pour tirer dans les coins.

On klaxonna, pas loin. Ce n'était pas inquiétant mais il convenait de ne pas s'attarder. Julio trancha la corde du lasso et je réceptionnai le Bras, évitant qu'un nouveau choc au sol ne l'abîmât encore plus. Je le posai délicatement, avec toutes les peines du monde, désormais soucieux d'aller vite.

Julio se laissa filer sur sa sangle, un bon mètre, puis sauta, me rejoignant. "Content ?"

Ravi. Il me semblait cependant que les yeux de tous les conducteurs qui passaient par la rue de Lyon étaient braqués sur nous. Gigantesque, le Bras gisait à nos pieds. Même si ce butin n'intéressait que moi, il importait de le mettre à l'abri.

La camionnette de Julio n'était pas loin. Juste en face de la boutique, *Au hêtre de la Bastille*. Nous y portâmes l'enseigne tant bien que mal.

— Ça ne tient pas. Trop grand.

Effectivement, le fusil, cassé, dépassait. Impossible de fermer la porte arrière. "Tant pis."

L'énervement s'installait, absurde, alimenté par un gyrophare du côté de la gare, par une voiture passant près de nous un peu lentement, par le froid dur dont nous reprenions conscience. Julio démarra. C'était fait.

— Voilà.

Les chattes flairaient le trophée, circonspectes.

Ce Bras armé posé au milieu du living et dont je ne savais déjà que faire ne leur inspirait rien de particulier, rien que de la curiosité de chat.

Julio lampait doucement son bourbon.

— La gare, c'est fini. Bientôt ce sera au tour du cinéma. Si tu veux y faire de la récupération, fais-moi signe.

Ce job de projectionniste pour lui, l'exilé, ç'avait été une aubaine. Il y avait aussi trouvé une belle matière première pour ses petits travaux. Que pouvais-je bien récupérer ? On avait déjà cassé beaucoup de cinémas dans Paris, au bénéfice de constructions rarement défendables. La disparition de celui-là, le Lux de mon enfance (celui des jeudis en rang, pour le Walt Disney), m'attristait un peu. Rien qu'un peu.

— Quand ?

— Le mois prochain.

— Et toi, qu'est-ce que tu vas faire ?

— Oh ! moi…

Il resta un peu longuement le nez dans son verre, comme s'il prenait soudain un intérêt précis pour cet alcool-là, que je lui avais servi. A cette heure il aurait sûrement préféré un maté.

Julio agita sa tignasse poivre et sel. Il avait deux ou trois pistes de boulots possibles. Ni plus ni moins gratifiantes que son job de projectionniste. Il s'en foutait un peu. Le Paramount lui permettait de jouer avec ses manies, ça c'était vrai. Il risquait de ne pas trouver l'équivalent dans une autre place, bien sûr. Ce n'était pas un drame.

— Toi, tu es d'ici, lâcha-t-il. Tu es attaché à l'endroit où tu habites, où tu travailles. Tout ça (il désigna d'un geste rapide l'étalage des livres, des images, des objets qui couvrait tous les murs).

Ce Bras… Moi, je vais sûrement habiter encore longtemps à Paris mais, dans le fond, je m'en fous. Complètement.

Peut-être avait-il en tête de me faire une fois de plus le numéro du déraciné, du *porteño* flippé. Je m'apprêtai à couper court. La nuit n'était pas si avancée, il était un peu tôt pour l'évocation des grands drames qui font pleurer et qui sont sans issues. Kamenev grattait depuis un moment la peinture écaillée du Bras. Elle finit par s'installer au creux du coude. Il pouvait fort bien faire lit. Elle fit sa toilette puis, une fois convaincue que chacun avait pu apprécier son manège, s'y endormit. Kamenev est une très vieille chatte.

Il me faudrait nettoyer cette enseigne soigneusement, au savon doux. Une fois sèche, il serait sans doute nécessaire de la passer au vernis incolore pour protéger la peinture restante. La mettre où, ensuite ? L'appartement n'était pas si grand. Pour tout ce qui n'était pas le studio (le travail, le gagne-pain) il devenait même franchement petit, envahi par l'empilement des objets fétiches, des bouquins et des boîtes bourrées de photos plus ou moins bien classées, de toutes les reliques indispensables.

— Ce truc, tu vas le mettre où ?

Pour le moment, ce truc était là et c'était bien. Inespéré. Aussi précieux qu'une flèche de Notre-Dame, qu'un bout d'escalier de la tour Eiffel ou que la pompe à eau du passage des Singes. Bout de Paris désormais à moi, en sécurité. Ce genre de coup aurait bien plu à Jessica. Autrefois.

— Elle était belle ce soir, hein ? Faut pas lui en vouloir. Tu sais comment elle est. Elle provoque toujours. C'est plus fort qu'elle.

De ça non plus je ne voulais pas parler ce soir avec Julio. Pas de délectation morose, pas de confidences humides. Je n'avais rien à dire concernant Jessica. Ni à son frère ni à quiconque. Au vrai, la manière dont elle jouait avec notre rupture me convenait parfaitement. Trop, même.

Julio n'allant décidément pas fort, je ne sus pas lui refuser d'aller prendre un dernier verre chez lui, passage du Cheval-Blanc. Dans le même temps que j'acceptai son invitation, je me rendis compte sans agrément particulier que, cette nuit, je n'avais pas tellement hâte de me retrouver seul.

Nous roulions boulevard Richard-Lenoir et étions presque arrivés place de la Bastille quand Julio me dit :

— Je retourne à Buenos Aires, le mois prochain.

— Quoi ?

— Pas définitivement. Quelques semaines. Je dois témoigner au procès des militaires.

— Le procès de la junte ?

— C'est ça.

Il gelait. La nuit était claire, transparente. Les lueurs des lampadaires balayaient régulièrement d'éclats blafards le visage de Julio. Ses yeux fixaient la chaussée, droit devant. Nous tournâmes autour de la Colonne. Aucune affiche. Dès le lendemain du collage de novembre, une équipe municipale était venue faire place nette. Cirés jaunes et lance projetant de la vapeur sous pression. A ma connaissance, Oscar n'avait pas récidivé à cet endroit-là.

— Les types de la commission d'enquête sur la disparition des personnes, la CONADEP, sont venus enquêter à Paris, il y a quelques mois. Ils ont entendu pas mal de monde. Ils m'ont demandé de témoigner au procès. A moi et à d'autres.

J'étais abasourdi sans raison précise, assez stupidement. A force d'entendre leur musique, de voir leurs tableaux, de lire leurs poèmes ou leurs ébauches de romans, à force aussi de m'être trop laissé prendre au tourbillon-Jessica, j'avais un peu oublié.

Si tous n'étaient pas des exilés politiques, beaucoup étaient des rescapés des prisons de la dictature. Le cas de Julio tenait presque du miracle, on m'avait raconté.

Pendant plusieurs années, après que des hommes l'eurent enlevé dans une Falcon verte, Avenida Florida en plein centre-ville, on l'avait compté au nombre des "disparus". Il faisait partie de ces quelques dizaines de rescapés que les tortionnaires n'avaient pas tués. Il ne m'avait pas raconté les détails. Il me semblait qu'il ne les avait racontés à personne.

— Les enquêteurs que j'ai vus sont des types bien. Et Sabato, l'écrivain, celui qui est responsable de la commission, est un homme vraiment intègre. Ce procès sera décisif.

Jessica m'avait dit cela, aussi. Je m'en souvenais. Elle aussi avait été convoquée à l'ambassade pour apporter son témoignage. Elle leur avait raconté tout ce qu'ils lui avaient fait, à l'Ecole de mécanique de la marine. Et qui. Tout ? "Je ne pourrai jamais tout dire."

Ces audiences avaient eu lieu pendant l'été. Cette époque où nous flirtions avec l'idée que peut-être Jessica pourrait s'installer quai de Jemmapes, au moins pour voir.

— Jessica aussi ira témoigner, dit Julio. Tu ne le savais pas ?

Depuis novembre, je ne savais rien de Jessica. Rien. Sauf les photos qu'elle m'avait données le soir de la rupture. Et toutes les autres chaque mois. Provocantes et très supportables. Jessica à Buenos Aires ? Quand ?

Il parlait un peu vite et d'autre chose, avec un débit saccadé que je ne lui connaissais pas. Il disait que maintenant, après tant d'années de honte, de silence, il fallait oser témoigner, tout dire, dans tous les détails, crever les abcès, en finir. Il parlait de dignité, d'identité à retrouver. Il dit aussi qu'il avait peur.

— Peur ? Pourquoi ?

— Ils seront neuf dans le box. Rien que neuf. Et encore, la loi les autorise à ne pas assister aux audiences. Neuf seulement ! Uniquement les généraux, les amiraux, les grands patrons des différentes juntes. Tu sais combien de tortionnaires sont nominalement cités dans le rapport de la commission Sabato ? Mille deux cents.

— Faire leur procès à tous, ce serait possible ?

— Je ne sais pas. Je ne crois pas.

Il engagea la camionnette dans la rue de la Roquette.

— Une société ne peut pas faire le procès de toute son armée. Surtout quand cette société se sent aussi coupable.

Il y avait eu les femmes, les Mères de la place de Mai qui chaque semaine venaient manifester devant le palais de la Présidence pour qu'on leur dise ce qu'étaient devenus les fils, les maris, les compagnons. Il y avait eu tous les autres, les plus nombreux, qui n'avaient rien vu, rien voulu voir ou qui s'étaient persuadés qu'on n'arrête pas les gens sans raison, que ce pays avait besoin d'ordre, d'ordre d'abord, même au prix de quelques injustices marginales. "Le rapport Sabato a recensé 8 961 disparitions illégales vérifiées. Tu imagines le nombre réel ?" On parlait de 30 000.

— Le président Alfonsín ne veut pas faire le procès de l'armée. Mais les militaires ont peur, eux aussi, maintenant. C'est la seule chose qui console ma peur. Mais neuf accusés, c'est vraiment trop peu.

Il gara la voiture rue Daval, à quelques mètres d'un appartement qui, bien des années avant, avait servi de refuge aux animateurs du réseau Jeanson, et puis ensuite aux amis de Curiel. J'avais eu à m'en servir aussi. Les villes ont de curieux abcès. Certains appartements de curieuses traditions. Combien de temps aurais-je tenu, à Buenos Aires ?

Partout des piles de boîtes en fer-blanc, des rouleaux de pellicule épinglés au plafond, pendant le plus souvent jusqu'au sol. Même la visionneuse, dans le coin, le meuble principal, était recouverte de feuilles éparses noircies de notes, de croquis. "Rien de présentable encore, de l'expérimental, tu verras, plus tard." Près du lit, une pile de *La Nación*. Surmontée d'une antique machine à écrire. Une Remington.

De manière prévisible, Julio fit bouillir l'eau. Bon hôte, il me proposa un verre d'autre chose de plus raide que le maté. Un fond de scotch ferait l'affaire. J'aimais autant ne pas trop savoir la marque.

Il ne se dégageait pas du studio de Julio qu'une impression de bordel créatif. Aux murs étaient punaisées beaucoup de photos sympathiques : Jacqueline Bisset, Catherine Deneuve, Kim Novak, Diane Keaton, Hedy Lamarr. Nues. Un commerce pour fans. Quoi de plus facile pour un projectionniste que de découper une ou deux images, de recoller le film et de vendre aux amateurs la trace de l'instant précieux, si fugitif à l'écran, où apparaît le sein ou le cul de la star ? Ces photogrammes s'arrachaient, paraît-il.

— La photo de la même actrice posée dans *Playboy* ou dans *Lui* ? aucun intérêt. Ce qui est excitant, c'est l'image volée, dans le mouvement des 24 images par seconde.

Je pouvais comprendre ça. Ce petit trafic arrondissait les fins de mois de Julio. J'étais parfois client. Ça ne donnait pas un meilleur goût à son whisky éventé. Il tira sur sa pipette. Au fond, le rituel du maté m'exaspérait autant que celui du vieux joint.

— J'ai peur aussi de retourner là-bas, tout simplement. Buenos Aires, tu ne te rends pas compte. C'est une ville tellement compliquée ! Il y a des fois où je me demande même si elle existe. On en parle tous, chacun avec des souvenirs de notre quartier d'origine. On se demande si on parle du même coin du monde.

— Sauf quand vous écoutez le tango.

— Ici, oui. Mais, là-bas, le tango, on ne l'écoute presque plus.

Nous restâmes un moment silencieux. Par réflexe, Julio avait mis un disque sur la platine. Piazzola, *Adios Nonino.*

L'interprétation, qui commence par une longue approche au piano, très lente et où chaque note se détache, comme un pas hésitant dans une rue mal connue à une heure dangereuse et où se greffe l'emportement du violon et du bandonéon, ample, imparable. J'eus un frisson, comme à chaque fois.

— C'est beau, hein ? C'est beau. Même si Piazzola a fricoté avec la junte.

— Il l'a fait ?

— Bah !

— J'ai peur parce que je détiens des preuves contre les intermédiaires, les capitaines, certains d'entre eux. Ceux qui ne seront pas présents le jour où on lira l'acte d'accusation. Pas les généraux : les capitaines. Au moins un.

— Les exécutants ?

— Les exécuteurs.

Il me cita plusieurs noms que je ne cherchai pas à retenir. La fatigue gagnait. Ces histoires n'étaient pas les miennes. Seule m'importait cette nouvelle information : Jessica allait quitter Paris.

— Je t'ai demandé de venir prendre un verre, de me raccompagner, aussi à cause de cette peur. Je suis un danger pour eux, j'ai des preuves. Ils le savent.

— Qui ça ?

— Les sous-fifres, ceux des caves, les chasseurs de chats.

— Comprends pas.

— C'était comme ça qu'ils s'appelaient entre eux, à Córdoba, tout au début avant de prendre le pouvoir, quand ils se sont mis à organiser des expéditions punitives. La nuit tombée, ils enlevaient l'uniforme, prenaient les armes et partaient en commando. "La chasse aux chats."

Le froid de la nuit pénétrait par je ne savais quel interstice de ce studio finalement sordide où j'étais mal. J'avais envie de partir, vite, comme on fuit.

Je savais, j'avais lu, Jessica ou d'autres m'avaient déjà raconté. Sa peur était respectable. Je n'y pouvais pas grand-chose. Pour ce soir, j'avais fait ce qu'il m'avait demandé : lui tenir la main jusqu'à chez lui.

— Il y a les gens de la commission Sabato qui sont passés à Paris. Les autres sont là aussi. Je le sais.

— Tu veux dire qu'ils te menacent ?

Il posa sa *bombilla* de maté. Son tort fut peut-être que la lassitude du geste n'était pas tout à fait convaincante.

— Je les sens qui rôdent. Ils me suivent tout le temps.

— Tu veux baiser ?

Je ne croyais pas être venu pour ça. Je n'avais même pas spécialement envie d'un dernier verre. Mais c'était quand même une bonne idée de le boire avec elle. Rita sourit.

— Je voulais seulement te féliciter pour ta fête. C'était bien. On passera de bons moments ici. *La Boca*, c'est un beau nom.

— Le quartier natal du tango, dit-elle. Entre abattoirs et bordels. Du moins à Buenos Aires. Parce que…

Les origines du tango étaient pour Rita un inépuisable sujet de controverses. J'avais déjà vu plus d'un *porteño* laissé pantois par sa thèse nippone. Elle s'éloigna vers le bar.

Des chaises de bistrot empilées, des cendriers pleins, un parquet souillé, *La Boca* était le refuge convenable à l'heure qu'il était (six heures, ou bien sept ?). Dans un coin, un appareil indistinct faisait jouer Gato Barbieri, très doucement. Le saxophone ne convenait bien au tango qu'aux moments charnières de la nuit. Rita servit le Jack Daniel's.

— Dommage que tu ne veuilles pas. Je n'ai retenu aucun homme, pensant que tu allais revenir.

— A ta santé.

— A tes amours... et ne va pas croire que je ne te donne pas raison, pour Jessica. Tu as très exactement trouvé la femme qui peut te faire le plus de mal. La moindre des choses est de t'y accrocher.

— Comment se sont passées les choses, ce soir ?

Elle sangla un peu plus son kimono gris, alluma une Boyard (traces ravageuses de rouge à lèvres sur le papier blanc poreux, j'avais déjà vu des admirateurs récupérer ses mégots, oui, oui).

— Bien. Tout le monde était là.

Les jeunes de Mi Noche Triste avaient proposé de peindre les chiottes de *La Boca* à leur façon. Marc avait promis un papier dans *Le Soir*, un journaliste australien aussi. On avait failli être à court de tequila et de veuve-clicquot, mais si j'avais encore faim, il devait bien rester quelques *empanadas*. Ou alors, du poisson cru. Est-ce que je n'en avais pas un peu marre de Barbieri ? Elle était belle, visage lisse, masque blanc impeccablement poudré, paupières roses, lèvres brillantes, rouge sang. Belle bouche.

— Ceux de nos amis que nous aimons le plus semblaient assez nerveux.

— Les Argentins ?

— Ils parlaient beaucoup entre eux, comme toujours. Mais pas comme d'habitude. Peut-être à cause de ce procès qui va venir.

Sur les murs, Rita avait fait encadrer plusieurs photos et l'ensemble pouvait ressembler à une rétrospective de l'histoire du tango. De Gardel à Piazzola, en passant dans le désordre par Goyeneche, Pugliese, Troilo, Diescepolo, Manzi, etc. Elle avait joint trois autres photos. La première représentait le Che torse nu, christique, criblé de balles (1967). La deuxième était un alignement de prisonniers, ceux de Trelew, peu avant le massacre (1972). La troisième était une manifestation des Mères de la place de Mai. Non datée.

— Pourquoi ces photos ?

— C'est Jessica qui me les a données.

Elle me tendit un verre.

Rita savait serrer son kimono de la manière la plus stricte tout en laissant apparaître dans l'entrebâillement de la poitrine la découpe d'un sein, à chaque fois que cela lui paraissait nécessaire. Ce sein était petit, presque plat, avec un mamelon curieusement saillant qu'il était difficile de ne pas avoir envie de frôler. Sous le doigt, il se fit plus tendu encore. Rita me regarda longtemps dans les yeux tout en me laissant faire puis elle baissa les paupières, attentive.

— Quand tu veux, tu viens ici, dit-elle, voix rauque. Tous les soirs, toutes les nuits, si tu veux. Tu me baises. Ou pas. C'est ta maison.

Elle défit la ceinture, alluma une autre Boyard.

— Tu peux venir te reposer. Ou te cacher. Tu peux venir et te taire.

Pubis rasé net. Elle s'écarta, se plaisant à discourir tandis que je la fouillais.

— Nous écouterons de la musique que nous aimons. Nous recevrons les amis que nous voudrons. J'aurai mes fugues et tu auras Jessica. Nous serons très intelligents et très amis, inséparables.

Seulement plus tard, elle se tut enfin, les lèvres de son sexe dures comme des crêtes tendues. Plus tard encore, ses doigts pressèrent plus fort ma nuque. Elle jouit à sa manière, tête renversée, visage impassible, soupira, écrasa sa Boyard.

— Il n'y a que toi qui saches me branler en ami.

Le jour se levait. C'était l'hiver, le vrai, avec un froid compact qui prenait aux tempes et donnait sens à chaque mouvement. Il ne me déplaisait pas d'y être vulnérable. Rita s'assit au bas des grilles de la Colonne.

— Et là, qu'est-ce qu'ils vont faire ?

Elle écrasa le mégot de sa cigarette maculée.

— Un opéra.

— Un opéra, dit-elle, pensive. Tu crois que c'est bien ? A Tokyo, tu sais, j'ai failli chanter *Carmen*.

Elle rit, alluma une autre Boyard, visage toujours impassible. “Si tu ne m'aimes pas, je t'aime.”

J'avais beau me forcer, je n'étais pas triste. Le chantier me convenait. La place tout entière était à la mesure d'un doute que je parvenais mal à identifier. Rien ne pressait. Rita chantonnait *Carmen* tandis que passait un bus avec sur son flanc une publicité pour une quelconque manifestation de l'année Victor Hugo. C'était un beau petit matin.

— Regarde les lumières. Le bistrot ouvre. On va prendre un café ?

C'était *Le Rey*, au coin de la rue de la Roquette et du Faubourg-Saint-Antoine. Je n'avais pas très envie d'un café. Seulement de marcher seul jusqu'à chez moi, de profiter tout mon soûl du vent glacé, avant de retrouver les chattes.

Je dis à Rita que j'avais sommeil. Elle ne fit même pas semblant de me croire et resta là, adossée contre la grille, étonnante et trompeuse poupée, je m'éloignai. Au cinéma, je crois, cela se serait accompagné d'un peu de musique du genre planant, façon fin '60. Ou bien d'un Cuarteto Cedrón plus dur.

— Sois prudent, dit Rita.

L'ordre du jour me paraissait exactement inverse. Mais je suis un velléitaire.

Je ne fis pas le détour par la rue de la Roquette, et n'allai pas saluer Maleo en sa boutique de lingerie fine, frivolités, etc. Pourtant, à cette heure, il devait mettre son premier café sur le gaz, vieux bonhomme, au milieu de son fatras de merveilles. J'avais réellement sommeil.

Le jour était complètement levé lorsque j'arrivai au canal Saint-Martin. Face à *La Capitale* qui ouvrait, une pancarte de la municipalité annonçait toujours de prochains travaux de réhabilitation du square. Il est vrai que le terrain était devenu bien pouilleux. Mais quoi d'autre de possible en ce lieu précis de Paris ?

La statue en buste de Frédérick Lemaître, masque méprisant, évaluait toujours le chaland. Je m'étais renseigné. On n'y toucherait pas. Je la saluai. De l'autre côté de la rue du Faubourg-du-Temple, la "grisette" se tendait, buste en avant, corps déjà acquis. Mon coin, ma zone. J'aimais ces deux statues un peu ridicules et un instant je regrettai que le grand Frédérick ici, en son quartier, n'ait pas entraîné un culte aussi fervent que Gardel à Buenos Aires. Non sans mal, je parvins à ficher une gauloise entre ses lèvres. Allumée.

Restait à acheter *Le Soir*, journal du matin, au kiosque du bistrot. Feuilletant rapidement, j'y trouvai une chronique mondaine sur l'ouverture de *La Boca*, signée Marc. Je ne la lus pas. Il y avait en illustration haut de page une photo non signée de Rita avec aussi Jessica en arrière-fond, un peu floue.

Au 38 du quai, je montai chez moi. Du vestibule j'entendis les chattes miauler. Au palier du troisième étage, Oscar m'attendait.

Il était assis, adossé contre ma porte. Le déclenchement de la minuterie, ou le bruit de mes pas, venait de le réveiller. Se redressant péniblement, il renversa le seau qui était près de lui, presque vide de colle.

Oscar avait triste allure. Gros pull de laine épaisse de couleur indistincte, distendu, troué, pantalon de toile kaki maculé de crasse et de taches de colle, sa mise s'était incroyablement dégradée depuis notre première rencontre. Seul démenti à la clochardisation apparente, le visage. Emacié, fatigué mais rasé de près. La coupe de cheveux était parfaitement nette. Il tenta de sourire.

— J'habite assez loin. Je me suis dit que je pouvais faire halte chez toi.

Je pensai au froid. Je venais de le traverser avec la jubilation fatiguée de celui qui va se vautrer dans le tiède. Oscar réprima mal un claquement de dents. Il avait dû rester longtemps dehors. Trop. Je le fis entrer sans même lui demander comment il avait eu connaissance de mon adresse.

Les chattes crièrent famine, sans autre raison que leur maniaquerie de nanties. Une fois repues, elles reprirent possession du living. Silencieux et regard éteint, Oscar était affalé dans le fauteuil d'osier. Zinoviev grogna, on occupait son fauteuil préféré, celui de la digestion ou des gros câlins avec moi. Devant l'indifférence de l'intrus, elle essaya les crachats. Cependant, elle restait à bonne distance. Voulant la calmer d'une caresse peut-être trop négligente, je ne réussis qu'à l'exaspérer davantage. Elle me griffa. Je ne pouvais guère lui en vouloir. Il était admis que n'entraient chez nous que des visiteurs sachant se tenir. Le fauteuil faisait partie des lieux réservés. La chatte cracha une dernière fois puis partit vers ma chambre. Oscar était resté indifférent à la scène.

Il accepta une tasse de café, puis un gaspacho en boîte et que je fis chauffer histoire de le faire ressembler à une soupe, c'était tout ce que j'avais pour le nourrir. Il avait faim mais il refusait de le dire, et moi, la rupture avec Jessica avait perturbé toutes mes routines de célibataire prévoyant : placards et frigo étaient vides. Oscar m'énervait un peu. En même temps cette intrusion m'intéressait. Elle était l'exact symétrique de celle que je m'étais autorisée, la nuit des torturés de la Colonne de Juillet.

Le bourbon était peut-être ce qui pouvait lui faire le plus de bien. Moi, en tous les cas, j'en avais besoin.

— Je t'ai suivi, finit-il par lâcher. Plusieurs fois. C'est comme ça que j'ai su que tu habitais ici.

Sa mâchoire tremblait toujours un peu. Il m'avait suivi, mais quand ?

— Souvent, le matin, je retourne dans les rues où j'ai collé mon affiche. Plusieurs fois je t'ai vu.

Ne l'ayant jamais remarqué, j'en ressentis comme une humiliation vague. Il continua.

— Je crois que tu as tenu parole, l'autre nuit. Tu n'as jamais publié ma photo. Ou bien, tu n'as pas réussi à me prendre. Mais ça revient au même.

La photo existait. Elle faisait partie de ma dernière pellicule développée et tirée. Depuis, je n'avais pas touché à l'appareil. Oscar figurait, au premier plan du cliché, jamais tout à fait net mais très reconnaissable. Le léger flou du visage, le blafard du flash, opposés à la netteté des affiches au second plan, au noir oppressant du ciel donnaient une composition saisissante. J'en avais été le premier surpris. Je me levai, pris un classeur dans la bibliothèque.

— Tiens.

Il resta un long moment à regarder l'image.

— Tu l'as publiée ?

— Non.

— Tu comptes le faire ?

— Non.

Il hésita.

— C'est pourtant une bonne photo.

— Je n'en ai pas fait d'autres depuis.

La meilleure faite depuis longtemps. A mon avis, une des plus nécessaires en tout cas. Sur le même dernier rouleau, il y avait aussi quelques photos de Jessica.

— Pourquoi tu ne la publies pas ?

— Parce que je t'ai donné ma parole.

Ce n'était pas vrai. Pas complètement. J'ai peu de parole quand il s'agit de belles images. Pourquoi m'avait-il suivi ?

— Tu m'intriguais. L'autre nuit finalement, je t'ai trouvé sympathique.

Cela aussi, je savais que ce n'était pas vrai. Il buvait beaucoup et je sentais bien qu'il n'avait pas tellement envie de s'expliquer. Il redit qu'il habitait loin. Je n'étais pas certain qu'il eût un logis. Je me pris même à penser un instant que ses collages obstinés ne pouvaient faire de lui qu'un irrégulier, forcément sans attaches.

Il but encore. Sa tête dodelina et, brutalement, il sombra dans le sommeil. Cela m'arrangeait. Au moins, je n'avais pas eu explicitement à lui proposer de rester dormir chez moi.

Allant chercher une couverture, je constatai que Zinoviev était tout le temps restée sur le pas de la porte, en observation. Elle accepta avec réticence une caresse sur l'échine. J'étais fourbu.

Les jours qui suivirent, je ne fis pas plus de photos. Paris se figeait dans un froid qui décidément surprenait. Des clochards moururent, des dispositifs d'urgence furent tant bien que mal installés pour assister une population de sinistrés un peu indistincte, clodos de toujours et nouveaux pauvres, on laissa même certaines stations de métro ouvertes, la nuit.

Comme il fallait s'y attendre, Jessica se montrait beaucoup. Sa liaison avec Baxter prenait même l'allure d'un compagnonnage officiel. Ils se montraient, on les voyait. Plus exactement, on voyait Jessica. Régulièrement, je trouvais dans ma boîte à lettres des cartons d'invitation à des soirées, cocktails, générales diverses où, pour peu que je m'y rende, j'étais assuré de la voir avec lui. La plupart du temps, je ne me dérobais pas. Nous ne nous parlions jamais.

Au bout de quelques jours, je finis par trouver un emplacement convenable pour le Bras armé. Entre les deux fenêtres du living. Il gênait un peu le passage, entre la table-échiquier, le fauteuil thaïlandais et Laureen, un de mes mannequins d'étalage récupéré dans une benne. Dans l'appartement et trouvées dans des conditions analogues : Gene et Jane. Mais dans des coins moins passants, ainsi ça pouvait être vivable et même, en y réfléchissant, conforme à mes stratégies d'empilement domestique. Je suis de ceux qui jettent peu et récupèrent beaucoup, sans vrai souci de collection, comme on cueille.

Il fut un peu difficile de fixer le Bras au mur. Ce truc était terriblement lourd, le peu de surface de la section de l'épaule posait un vrai problème. Les Mi Noche Triste en vinrent à bout en moins d'une demi-journée.

Dans un premier temps, j'avais d'abord pensé recourir une nouvelle fois aux services de Julio. Le peu de nouvelles que j'avais de lui, directement ou indirectement, m'en dissuada assez vite. Il allait mal. A moi il ne le disait pas trop. Rita qui était sa voisine de cour me le confirma. Elle voulait même m'en parler car elle était inquiète. Je retins l'information car l'inquiétude allait mal à Rita. Elle avait trop le sens du tragique pour dramatiser les choses.

Bricoleurs, les Mi Noche Triste trouvèrent vite le bon système : un habile montage de vis filetée dans le haut du bras préalablement évidé puis renforcé de l'intérieur par le coulage d'un produit cimenteux à prise ultrarapide, de moi inconnu mais, me dirent-ils, très utilisé par un groupe de sculpteurs d'avant-garde tout à fait géniaux à Skid Row, *downtown*, LA. Le fait est qu'avec un audacieux perçage dans le mur, le Bras tint, sans qu'il devienne pensable qu'il quittât jamais ce nouveau support. Il fallut bien deux bouteilles pour fêter l'événement. J'aimais bien les Mi Noche Triste.

Je les avais beaucoup photographiés, eux et leurs piratages d'affiches publicitaires dans le métro, à leurs débuts. Pourquoi fallut-il que la conversation vînt très vite sur le torturé d'Oscar ? Ils n'aimaient pas. Dragon Lady était la plus virulente. Pour elle, c'était “mao”. Ou “Maho”. Comme Mahomet.

— Le Grand Timonier ou les ayatollahs, hein, c'est la même connerie. La dénonciation. Le même Moyen Age. Qu'est-ce que c'est que cette image pieuse, ce mec, là, qui souffre ? C'est d'un ennui.

Dragon Lady était la fille de Marti, le peintre. Pour elle et ses copains peinturlureurs, Wesson Smith et Jill de Ray (look punkie mais avec un je ne sais quoi de calme), Oscar était un ringard, un démonstratif qui occupait l'espace.

— Remarque, il y a de la place pour tout le monde. Lui, ça doit être un solitaire. On l'a jamais vu. Faudrait peut-être lui parler de la vie, de la mode, de ces choses-là.

Leurs intentions étaient pacifiques.

— Ça ressemble juste un peu trop aux affiches de 68 que mon paternel a affichées dans la salle d'attente de son cabinet.

Le père de Jill de Ray était psychanalyste. Ils rirent. C'étaient de bons jeunes gens, d'un commerce tout à fait agréable et qui venaient de me rendre un signalé service. Leur opinion sur le travail d'Oscar n'était pas ridicule. Et ils aimaient le tango.

Je dis que j'étais d'accord pour les accompagner dans une de leurs prochaines virées nocturnes. Pour faire des photos. Si j'en refaisais un jour. Plus tard. De toute façon, rien ne pressait. Perchée, nichée au creux du Bras, Kamenev se léchait.

Oscar prit ses habitudes chez moi, en pointillé. Il ne venait qu'à certaines heures, entre cinq et sept, le matin, au terme de ses virées nocturnes. Sans jamais employer le mot, il me parlait de ses collages comme d'un devoir, d'une "mission". Sa situation n'avait pas l'air de s'améliorer : de plus en plus de trous à son pull. Jamais je ne lui demandais comment et où il vivait, le jour. Un accord tacite fit seulement qu'il pouvait sonner chez moi, à l'aube. Le sommeil n'a jamais été pour moi un repos, ses visites ne me dérangeaient pas. Un rituel s'installa. Quelques tasses de café, un peu de nourriture, un peu d'alcool, peu de mots échangés. Je retournais me coucher, lui restait à dormir, sur le fauteuil. Sans trop m'en rendre compte, je me mis à avoir le souci de ces passages possibles. La plupart du temps, il disparaissait avant mon réveil. Les chattes le boudèrent avec moins d'ostentation sans pour autant l'approcher.

Ce n'était pas un causeur. Je ne l'étais plus depuis longtemps. Parfois, par bribes fatiguées et peut-être un peu affectées, il évoquait Paris, qui était une ville dure qu'il aimait, et Buenos Aires qui était une autre ville également très dure, où il ne voulait plus jamais retourner.

— Plus jamais.

— Pourquoi ?

Cette fois-là, il me parla de la Pampa, de son arrivée à la ville et, dans un désordre où je ne compris pas tout, de son échec à l'université, de ses amis brésiliens, des "Folles", des Malouines. Les Malouines, il avait fait cette guerre-là.

— Au premier engagement, le capitaine de mon bataillon s'est rendu. Ils n'ont pas réussi à me faire prisonnier mais j'ai été forcé de fuir. La seule fois de ma vie ! Tout le bataillon pris, sauf moi. Ça te fait rire ?

Je n'avais pas le cœur à ça. Les Malouines avaient été une guerre idiote déclenchée par des ordures contre un colonialisme débile. Les débiles avaient gagné, les ordures y avaient laissé une partie de leur pouvoir et avaient finalement abdiqué.

— Pourquoi as-tu quitté le pays ? C'est la démocratie maintenant.

Il ne répondit pas.

A notre échelle, c'était un long dialogue. Il s'endormait toujours soudainement, tête tombant comme sous un choc. Je l'abandonnai, veillant à ce qu'il soit convenablement couvert, laissant traîner des paquets de cigarettes qu'il pourrait prendre avant de s'en aller (il n'y manquait jamais). Plusieurs fois, j'avais fouillé dans le sac de toile qu'il posait dans le vestibule, à côté du seau de colle au pied du mannequin (Gene). Je n'y trouvais jamais rien, sauf un jour une vieille coupure de presse, découpée dans *Le Soir.* L'article de Marc relatant l'ouverture de *La Boca.* Je lui avais souvent proposé de venir prendre un verre là-bas, un soir quelconque, mais il avait éludé, laissant entendre que ce genre d'endroit lui déplaisait et qu'il n'avait aucun goût pour les rassemblements d'immigrés. En réalité, il ne tenait pas à ce que nos relations aillent au-delà de la halte du matin, des quelques propos effilochés qui l'accompagnaient. Ce qui me convenait fort bien.

Les journées passaient vite sans que j'en fisse grand-chose. Le grand classement des photos et des négatifs que j'avais entrepris entretenait ce qu'il fallait de morosité. Après déchirure je jetais beaucoup de tirages plus ou moins anciens, souvent des portraits, plus souvent encore des portraits de femmes, pour beaucoup d'entre elles, l'histoire s'était résumée à ces images prises, le reste n'avait été qu'anecdote facile. Il n'y avait pas à être dupe de ce nettoyage sacrificiel, les négatifs restaient. Je découvris cependant, et cela me plongea dans un assez délicieux malaise, que nombre d'entre eux s'étaient dégradés, jaunissaient, sans doute parce que fixés trop hâtivement au moment du développement. Ils ne permettraient plus que des tirages médiocres. Le jour viendrait où ils seraient inutilisables. Des moyens simples existaient pour enrayer ce désastre. Je savais que je n'y aurais pas recours. Il ne me déplaisait pas que l'urgence qui avait guidé certains développements (cette fièvre à faire apparaître les images, vite, à posséder) se transforme en piège autodestructeur sur le long terme.

Je me promenais presque chaque jour, du côté de la place de la Bastille. La gare et le viaduc étaient depuis longtemps rasés. Le vaste espace découvert qui courait du cinéma jusqu'à l'hôpital des Quinze-Vingts était la proie des bulldozers, des grues. On creusait, forait, nivelait avec une logique incompréhensible et pas même terrifiante. Nombreux étaient ceux qui rôdaient aux alentours, photographiant cette dévoration qui ne faisait que commencer.

Julio allait mal, de plus en plus mal au fur et à mesure qu'approchait la date de son départ pour Buenos Aires. Cette date, il l'avait repoussée plusieurs fois.

— Je ne témoigne qu'en mai, j'ai tout mon temps.

— Tu ne vas pas là-bas seulement pour témoigner.

— Revenir est une décision difficile à prendre, voilà tout.

Revenir. *Volver.* Pour faire bonne mesure, Julio sifflota la célèbre chanson de Gardel, pas trop longtemps. Dans son genre, Julio était un Latino extrêmement sobre.

— C'est cela quand même notre problème, à nous autres exilés. Partir, c'est facile. Mais le retour…

— Tu pars quand ?

— Demain ? Dans deux mois ? Qu'est-ce que tu veux que je te dise ? J'ai peur, c'est tout.

Il était là, assis sous ses rubans de pellicules suspendues, ses images, ses piles de journaux du pays, tout son musée. Il y avait aussi une valise. Pour la première fois, je réalisais que Julio l'avait toujours laissée ostensiblement traîner dans un coin de la pièce, bien visible, comme un emblème. Ça et la calebasse à maté.

— On va faire un tour ? proposai-je. Boire un verre ?

— J'ai une autre idée. Tu veux voir le cinéma ?

— Quel cinéma ?

— Le Paramount. C'est fini tu sais. J'ai fait ma dernière projo la semaine dernière.

— C'était quoi ?

— *L'Année des méduses*. Pur chef-d'œuvre. On y va ?

C'était un cinéma sans attrait particulier malgré son péristyle en demi-cercle, sa colonnade de façade. Il était beau comme un cinéma de quartier, voilà tout. Mon quartier d'enfance.

— Vrai ?

— Je te jure. Tous les Walt Disney, Jean Marais, *Le Bossu*, *Le Capitan*, et *Les Misérables* avec Gabin. Les photos Harcourt dans le hall.

Plus tard, il y avait eu les Bardot plus ou moins interdits aux moins de seize ans, *La Femme et le Pantin*, *Une Parisienne*, *En cas de malheur.* J'y ai vu aussi *James Bond contre Dr No* avec une fille qui portait une charmante et agaçante parure Rosy-College. (Maleo avait-il des Rosy-College dans sa collection d'arrière-boutique ? Il faudrait vérifier.)

— Ça va te faire un choc quand on va foutre ça en l'air !

Bah ! Plus aucune affiche n'annonçait les films de la semaine. Au-dessus du hall d'entrée grillagé, il n'y avait plus qu'un rectangle de parpaings nus. Plus de photos, épinglées en vitrine de chaque côté de l'entrée.

Quand j'étais gosse, un copain avait trouvé le moyen de forcer la glissière du vitrage. Son système ne faisait pas trop de dégâts et surtout pas de bruit. On faisait des virées nocturnes. J'y ai récupéré la photo de Jeanne Moreau, au lit, dans *Les Amants*. Une autre de Jayne Mansfield dans *La Blonde et le Shérif.*

— On entre ?

Déjà, des rouleaux de tickets dévidés jonchaient le sol du côté de la caisse, la poussière s'installait, venue de la rue. Plus aucune photo Harcourt depuis longtemps. La désaffection.

— Viens.

Il me fit prendre un escalier étroit sur la gauche, qui menait à la salle de projection, et plus loin une sorte de bureau. Le déménagement avait été sommairement fait. Des piles de classeurs traînaient sur une table, des boîtes rondes de fer-blanc étaient empilées dans tous les coins. Vides ?

— Non. Ce sont des bandes-annonces qui n'ont pas été récupérées. Elles ne le seront plus.

— Même pas par toi ?

— J'ai déjà pris presque tout ce qui m'intéressait. Si tu veux, sers-toi.

Les Rues de l'enfer, *L'Eté prochain*, *Joyeuses Pâques*, *Xanadu*, *Réveillon chez Bob*, *Urgence*...

— Un autre jour.

— Dans toutes ces merdes, il y a parfois une ou deux images intéressantes. Quelquefois beaucoup plus, insista-t-il.

Ce fatras d'images, c'était sa matière première. La mienne aussi, d'un autre point de vue. A l'emplacement de l'appareil de projection, il y avait une sorte de rectangle plus clair, sur le dallage. Par les deux trous rectangulaires percés dans le mur on ne distinguait pas grand-chose de la salle plongée dans l'obscurité. Même pas la tache blanche de l'écran. Ça aussi, ils l'avaient enlevé.

— J'aimais bien ce travail. Si je ne pars pas à Buenos Aires, c'est peut-être que je veux être là le jour où ils vont tout casser.

— C'est la meilleure raison que tu m'aies avancée.

C'était quand même une fausse raison. Il restait quelques cartes postales scotchées au mur bleu sale. Des vues de stations balnéaires, des filles roses et blondes un peu nues, des monuments. Une autre était une vue de la *casa* de María La Vasca, à Buenos Aires.

— Comment le sais-tu ? s'étonna Julio. Tu la connais, cette maison ?

— Je n'y ai jamais mis les pieds.

Je savais quand même que la première partition de tango était censée y avoir été écrite. Fallait-il nécessairement être argentin pour avoir Buenos Aires dans la tête ?

— D'accord. Cette carte, c'est un cousin qui me l'a envoyée. Il y a deux ans. Pas eu de ses nouvelles depuis. Lui aussi est projectionniste.

— Pas de nouvelles, ça veut dire "disparu" ?

— Qu'est-ce que je peux en savoir ? Il y a tellement de manières de disparaître, comme ça, sans prévenir.

Je ne comprenais pas les raisons de son soudain énervement.

— On disparaît ! Ça peut être pour n'importe quelle raison, pour une histoire d'amour, parce qu'on ne se supporte plus, parce qu'on fait de la politique ou qu'on a connu quelqu'un qui en fait ! Pour rien !

Il tremblait.

— Et ce ciné aussi va disparaître ! Il n'était pas bien beau, on était mal assis, on y passait des films plutôt cons. A la place, il y aura un bel agencement de bâtiments, bien ordonné, bien propre, on y montera des spectacles de qualité, ce sera formidable, et à des prix très démocratiques.

— Qu'est-ce que tu veux dire ?

Julio shoota dans une pile de boîtes à films. Des rouleaux de pellicule se dévidèrent sur le sol maculé, serpentins accablants.

— Merde ! C'est toi le Parisien ! (Un temps, il m'entraîna vers une curieuse lucarne ronde, dans le bureau.) Regarde.

C'était la place de la Bastille, en partie. Côté bassin de l'Arsenal. Une belle vue.

— Regarde bien parce que, dans quinze jours, ce sera fini. Ici, ce sera un tas de gravats.

Il alluma une cigarette, calma le jeu, quel jeu ? Je savais à peu près tout ce qu'on pouvait dire sur les cinémas qu'on détruit, sur les dernières séances, les séries B de la nostalgie, les kung-fu, les westerns, les polars, les eskimos de l'entracte et les touche-pipi avec la petite voisine. La casse du Lux était un sale coup (pour moi il serait toujours le Lux, pas le Paramount). Alors ?

— Rien. Laisse tomber. Je suis nerveux tous ces temps-ci. Ils me suivent à nouveau.

— Qui ?

— Eux.

Mouvement des bras, accablé ("laissons tomber, excuse-moi"), cigarette écrasée, puis une autre rallumée aussitôt. Dehors, en bas, à quelques mètres, un bus freina très sec. C'était un brouhaha intime, de précieux bruits de ville qui montaient.

— Tu ne sais pas ce que c'est. J'ai connu ça, des mois et des mois, là-bas. Savoir qu'on est épié, suivi, tout le temps. Qu'ils ne se cachent même pas, qu'ils attendent, observent la panique qui augmente. Ils ne te lâchent pas. Et, au moment qu'ils ont choisi, ou quand on leur donne l'ordre…

Pas besoin de dire. L'enlèvement au petit matin, la Falcon Verde, la cagoule sur la tête, les coups qui abrutissent tout de suite, la cave.

— Tu crois vraiment qu'ils te surveillent ? C'est qui, "ils" ?

— Ne sois pas con.

Ce n'était pas mon pays, mes informations étaient partielles, mais certainement je ne croyais pas que le parti radical d'Alfonsín avait, en moins d'un an, réussi à neutraliser tous les fascistes. Je ne pensais pas que tous les militaires factieux étaient en prison, en attente d'être jugés. Je ne pensais pas non plus que les bandes de nervis avaient été démantelées. Je pouvais comprendre que l'accablant rapport Sabato, la proximité du procès des dirigeants des juntes faisaient monter la tension. Somme toute, j'étais censé avoir encore un peu de politique dans la tête. Julio m'agrippa à l'épaule.

— Maintenant, regarde.

Il m'entraîna vers le bizarre hublot du bureau. Dehors il faisait beau. Soleil d'hiver.

— Qu'est-ce que tu vois ?

— La place, pardi.

— Et puis ?

— Au choix : le chantier, l'immeuble avec la pub Sani-Central, le bassin de l'Arsenal…

— L'arrêt de bus ?

— Oui.

— Et là ?

— Quoi, là ?

— Qui y a-t-il ?

— Qui ?

Des gens qui attendaient normalement. Une vieille grosse dame. Une créature de rêve, au moins de dos, à la chevelure rousse ébouriffée, sanglée dans un ciré noir. Un lecteur de *Libé*. Un autre de *L'Huma*, plus jeune. Un indéfinissable en pardingue qui allumait une cigarette. Une petite fille qui lisait le plan en suivant les lignes du doigt. Un type à parapluie, chapka et imper qui lorgnait la rousse. Une…

— Laisse tomber. Le petit mec qui lit *L'Huma*, et l'autre, là, avec son pardessus un peu trop large. Ils étaient là quand nous sommes entrés. Dix bus ont dû passer depuis. Je les ai déjà vus. Ils font partie de l'équipe qui me suit.

— Tu es sûr ?

— Regarde.

Le 62 freina brutalement. La rousse monta, la gamine aussi. Les autres restèrent.

— Ils attendent peut-être le 76.

J'en avais un peu marre aussi de cette parano.

— Viens.

— Qu'est-ce que tu fais ?

— On descend.

Je me précipitai vers l'escalier. Julio me retint.

— Attends, dit-il. OK, on y va. Avant, je veux te dire une chose.

Il était un peu livide et d'abord, je crus que je comprenais. Il allait apprendre que ses angoisses reposaient sur du vent et ça pouvait très bien ne pas être agréable. Une fraction de seconde, je réalisai à quel point les Falcon du petit matin lui étaient devenues indispensables.

— Il ne s'agit pas de ça, coupa-t-il. Ici (d'un geste large, il embrassa la salle de projection), ici j'étais chez moi. Il faut que j'y revienne. J'ai encore des choses à moi. Tu m'y feras penser ?

Je ne comprenais plus. Il rit, un peu forcé.

— Au cas où mon départ pour Buenos Aires serait plus précipité que prévu…

— Allez, viens.

En bas, je le laissai fermer la grille du cinéma. Les deux types qu'il m'avait désignés étaient toujours là, au milieu des autres, les mêmes. Une mémé s'était jointe au groupe, et une punkette qui devait être sa petite-fille puisqu'elles se tenaient par le bras. J'abordai l'homme au pardessus.

— Pardon ?

Je le dépassais d'une bonne tête, mais il était massif. Les paupières lourdes et la couperose naissante donnaient confiance, en cas de rixe. Pourquoi songer à ça ? L'homme, cinquantenaire, portait effectivement un pardessus trop large. Il ne semblait pas du genre bagarreur. Je ne l'étais pas non plus. Le jeune lecteur de *L'Huma* avait un blouson de cuir luisant et des santiags bien pointues.

— Plaît-il ? demanda le gros homme.

— Dites… ça fait bien presque une heure que vous attendez votre bus et…

J'étais ridicule. Et quoi ? Il m'était arrivé de tourner des journées entières autour de cette place, sans raison précise, prenant des photos de passants qui en étaient parfois indisposés, m'attardant à la terrasse des cafés, attendant vaguement une Jessica qui parfois se payait le luxe d'arriver à un rendez-vous impromptu, car cela aussi elle savait le faire. Julio se dandinait à quelques mètres, mal à l'aise.

— Alors ? Que voulez-vous me dire, exactement ? Je laisse passer les bus ? C'est exact. Je ne suis pas pressé. C'est interdit ?

Il souriait légèrement, sa voix était douce, son corps solidement campé sur le macadam.

— Cette place est peut-être la plus belle de Paris, cher monsieur. Il est plaisant de l'admirer. D'observer tout, dans les moindres détails.

Un 76 stoppa le long du trottoir, le vide se fit autour de nous. Le lecteur de *L'Huma* resta. Le 76 repartit.

— Mon ami pense que vous le suivez.

— Ah ! Nous le suivons ? Alors, c'est qu'il se prend pour une jolie fille ou qu'il a quelque chose à se reprocher. Qu'en pensez-vous ? Où est-il, cet ami ?

Ça allait comme ça. Le pardessus n'avait aucune raison de me ménager. Le lecteur de *L'Huma* s'amusait ferme. Il y avait bien longtemps qu'un lecteur de *L'Huma* m'avait trouvé sans argument. Je choisis de faire retraite, en bon ordre.

— Ravi de vous avoir rencontré, dit l'homme. Et n'oubliez pas : en ville, tout le monde suit tout le monde.

Ce même soir, un message de Rita, laissé sur mon répondeur, m'apprit la mort d'Edgardo, à l'hôpital Saint-Louis. Je n'étais même pas allé le voir une seule fois. Par négligence, par paresse. Parce qu'il n'était pas un copain très proche. C'était comme cela aussi qu'on disparaissait, en ville.

Ce matin-là comme d'autres, Oscar passa chez moi au terme d'une nuit de collage. De plus en plus sale. Toujours impeccablement rasé. Il grelottait. Nous ne parlâmes pratiquement pas. A demi allongé sur le fauteuil, il but plusieurs tasses de café brûlant à la suite, un grand verre de bourbon. "Je t'ai fait une surprise", dit-il. Sa tête dodelina un peu et il s'endormit de la même manière quasi violente qui lui était habituelle. Il ne m'avait posé aucune question sur l'étalage de photos qui encombrait le sol, le tri en cours (je jetais de moins en moins). Il ne posait d'ailleurs jamais de questions. On sonna, un coup bref. Julio.

Agité. Malgré le froid, il était chemise ouverte, dépoitraillé. Mains enfoncées dans les poches d'un vieux parka informe. J'avais éteint la lumière du living, je le fis passer dans la chambre.

— Il y a un copain qui dort à côté. Parle bas.

Je fis semblant de mettre un peu d'ordre sur la table. Il fallait bien dissimuler la photo de Jessica. Je ne savais pas pourquoi : Julio aurait immédiatement compris que celle-là, elle n'était pas de moi. Il avait autre chose en tête.

— Ils sont venus, dit-il.

Il était six heures du matin. Dehors il gelait à pierre fendre et Julio avait une tête comme je ne lui en avais jamais vu.

— Une perquisition. Si on peut appeler ça comme ça.

— Chez toi ?

— Tout est sens dessus dessous. Pas de vol, beaucoup de casse. Surtout du côté des films. Le plaisir de foutre en l'air. Des vandales.

— C'était quand ?

— Dans l'après-midi, je suppose. Je n'ai pas été chez moi de la journée (il soupira). Je me suis promené avec Jessica. J'ai même passé une partie de la nuit avec elle et son nouveau mec, si tu veux savoir, tu vois comme c'est con. J'ai trouvé le bordel en rentrant.

Et il était venu tout naturellement chez moi ! Pourquoi ? Pourquoi pas chez sa chère petite sœur ?

— Tu me fais chier, j'en sais rien ! On est ou pas copains, merde ?

Exact. On était copains. A tâtons, j'allai récupérer la bouteille de bourbon dans le living.

— Là-bas, ils m'ont fait plusieurs fois le coup. La dernière, c'était quarante-huit heures avant l'arrestation.

Deux ans dans les geôles. Sans procès. Torturé pendant des mois.

— On n'est pas en Argentine. Les fachos ne sont pas au pouvoir. Ça peut être un simple cambriolage.

— Ils n'ont rien volé.

— C'est que tu n'es pas riche.

A nouveau, il faillit s'emporter.

— Tu sais ce qui se passe chez nous ? Le procès approche. Les anciens de la junte mobilisent le ban et l'arrière-ban de leurs partisans. Des curés fascistes organisent des messes qui sont de véritables meetings. Les vieux groupes d'assaut fascistes s'énervent. Contre qui ? Contre Alfonsín, contre les témoins, contre les Mères.

— C'est loin.

— Ne déconne pas. Tu n'y crois pas toi-même. Ils ont tous les moyens qu'il faut pour agir ici. Et puis, tu sais la nouvelle ?

— Quoi ?

— Deux avocats français, qui sont aussi les miens et ceux de Jessica et de pas mal d'autres exilés, viennent de demander que soit lancé un mandat d'arrêt international contre Ortiz.

Le bourbon était de plus en plus raide, la fenêtre était mal fermée, elle donnait sur le canal gelé.

Un froid de loup s'infiltrait dans la chambre. Ortiz ? Celui qui avait torturé Jessica ?

— Il a aussi torturé, tué de sa main trois ressortissants français vivant chez nous. Une vieille histoire, qui ressort maintenant. Ortiz est important, parce qu'à travers lui on montre qu'il n'y a pas que quelques hauts gradés à faire passer au tribunal. Que toute l'armée a les mains pleines de sang.

— Contre Ortiz, il y a des preuves ?

Temps de silence.

— Moi, j'en ai. Fais-moi confiance. De quoi le faire tomber, lui et pas mal d'autres.

Il les gardait pour le tribunal, d'accord. On parlait depuis des semaines de ce capitaine Ortiz. Du moins dans quelques journaux. *Le Soir*, *Libé*. Un symbole. Peut-être parce que je ne savais pas grand-chose de son passé, Julio, le projectionniste fou, ne me paraissait pas coller à l'image du témoin décisif. Son histoire se tenait mal. Le jour se levait, et j'étais un peu abruti. Julio pouvait dormir là, s'il voulait. Mais où ? Dans ma chambre, pourquoi pas, mais il faudrait qu'il me laisse un peu tranquille pour que je réfléchisse, encore une fois, sur cette photo.

Julio n'avait pas peur, ce n'était plus ça. Rien qu'un mauvais voile de fatalité dans le regard.

— Merci, non. Je vais rentrer.

— Je te raccompagne.

— Inutile. Ils ne se manifesteront plus avant un ou deux jours. On se téléphone régulièrement, c'est mieux.

— D'accord. Tu comptes toujours partir ?

— Tu crois que j'ai peur de témoigner ? Ne t'inquiète pas.

— Ce n'est pas ce que je voulais dire.

— Basta !

Je l'accompagnai jusque dans le vestibule. Il y eut au moins Zinoviev et Radek pour venir se frotter contre ses mollets. J'étais décidément trop fatigué pour le raccompagner jusqu'à Bastille.

— Je voulais te dire… il y a un drôle de collage, en bas de chez toi. Des affiches. Viens voir.

Il suffisait de traverser le studio, là où autrefois je recevais des gens, qui prenaient des poses, des personnalités, des mannequins, de très belles femmes parfois. Un jour ou l'autre il faudrait bien retravailler. Je ne savais rien faire d'autre, que ça, de belles images. J'avais appris depuis peu qu'elles pouvaient se détériorer.

— Regarde !

Il y en avait partout, sur les palissades du chantier du square, sur les murs du bâtiment, de l'autre côté du canal. Le torturé d'Oscar, en série impressionnante. Cette nuit, il avait fait très fort. C'était donc ça, sa surprise !

— Sur ton immeuble, il y en a aussi.

Julio me prit par le bras. Il semblait préoccupé.

— Ça m'a fait un choc de revoir cette affiche.

— Il y a des mois qu'elle est collée dans Paris.

— Je ne sors pas tellement. Je ne l'avais jamais vue. Du moins pas vue ici.

Il but. Nous buvions tous beaucoup trop.

— Il y avait une affiche comme ça, à Buenos Aires. Le même dessin, la même affiche anonyme, ce type. Du temps d'Isabel Perón. Elle était systématiquement arrachée.

— Et puis ?

— Plus rien. Je ne sais plus trop quand, on ne l'a plus vue, même le matin, tôt. Une disparition comme une autre. Ça fait un drôle d'effet de la revoir en bas de chez toi.

— Tu sais qui l'a dessinée ?

Il hésita.

— Peu importe. C'était une de ces multiples formes d'opposition. D'autres gens braquaient les banques, organisaient des attentats… Pourquoi est-elle collée dans le quartier ?

Je n'allais pas lui présenter Oscar. Sans raison particulière, c'était impossible. Deux portes et quelques mètres, on entendait son ronflement râpeux. J'avais plusieurs fois remarqué son abandon apaisé : chez moi au moins, Oscar dormait bien.

Nous étions un peu ivres. Julio eut ce geste maladroit. Le verre tomba. Sonore.

— Il est temps que je m'en aille.

Je n'avais rien contre le verre brisé. Je raccompagnai Julio, une nouvelle fois, dans le vestibule. Oscar apparut alors. Il était mal réveillé, paupières lourdes, et, pour la première fois, je me rendis compte qu'il puait un peu. La crasse.

— *¿ Qué pasa ?*

Surpris, Julio le détaillait. Il fit immédiatement la liaison entre cet homme hagard souillé de colle encore luisante et les affiches apposées partout aux abords de chez moi, en parut contrarié. Oscar clignait les yeux, marmonnait des mots incompréhensibles.

— On se connaît, dit Julio.

— Vous vous trompez, dit Oscar.

Dans la cuisine, les chattes miaulèrent. Elles avaient faim. Nous avions l'air un peu stupides, tous les trois dans le vestibule en compagnie de Gene. L'éclairage du plafond, pâlot, creusait les visages de manière peu gratifiante.

— Pas sûr, dit Julio.

Oscar haussa les épaules, agacé, c'est ridicule. Il ramassa son sac, je m'en vais. Un instant, je crus que Julio allait le retenir mais non. Il partit, claquant presque la porte. Je commençais à avoir vraiment sommeil.

Par la fenêtre, je vis qu'en bas les affiches étaient toujours là, ignorées des rares passants qui avançaient d'un pas hâtif et saccadé, tête dans les épaules, transis de froid. Aux charnières de l'écluse, là où d'habitude l'eau jaillit, à la jointure de la pierre et du bois, de grosses grappes translucides et figées se formaient. Décoloré par le gel, Paris se mettait à ressembler à ses portraits en noir et blanc.

Dormir ? L'heure était trop belle. Celle d'un autre café, du journal, du courrier déjà. Descendre à *La Capitale* ? Bien sûr, j'étais épuisé. Comme toujours et tellement plus depuis que je ne photographiais plus. Je m'étais trompé. La fin avec Jessica ne me libérait de rien, ne me permettait pas de mieux relire la ville. Paris s'effilochait. Une fois, au cours de promenades sans trop de but, il m'était même arrivé de me perdre.

J'ouvris grande la fenêtre, le froid pénétra, un choc. Je restai à grelotter, penché sur la rue, le temps d'une longue cigarette. Le bistrotier de *La Capitale* commençait à arracher les affiches les plus proches de son rade. Le gel ne lui facilitait pas la tâche.

Le téléphone sonna et je ne répondis pas. Cela insista, presque une minute entière. S'interrompit. Puis recommença. Je débranchai la prise. Il y avait la photo de Jessica.

Je la tirai de sous le cahier qui l'avait dissimulée aux yeux de Julio. Il me fallait bien l'affronter, une fois encore.

Jessica est agenouillée, buste posé sur une sorte de pouf. Elle est nue, reins offerts, seins écrasés sur le tissu tendu du meuble dérisoire. Il a dû la baiser ainsi, avant ou après la photographie. Une photo d'amoureux, d'amateur. Baxter ?

J'avais eu tout le temps de noter l'usage maladroit du flash, la naïveté dans l'usage de la focale qui déformait les proportions du corps. Noté aussi le luxe conventionnel du tapis, le chic des fauteuils visibles, en décor. Appartement ? Hôtel ?

Avant ou après ? Vraie question. Jessica n'est pas tout à fait nue. Une sorte de chemise blanche lui couvre la taille, seulement la taille. Troussée, voilà ce qu'elle est, exactement.

La tête repose dans le creux du coude replié. L'autre bras est abandonné vers l'avant. La main, posée sur le tapis, tient un objet indistinct, flacon de parfum ou godemichet.

Il vient de la baiser, ou bien elle vient de se branler devant lui. Effet connu : la maladresse du cliché, l'abandon de la pose rendent l'image plus intime, plus insupportable.

Elle m'avait donné cette image-là, sous enveloppe, la nuit de novembre. Il n'était pas question de l'oublier. Pas un seul jour, pas une seule minute. Ne rien perdre de ça. J'y tenais.

Je fermai la fenêtre, comme on capitule.

COUR DE FÉVRIER

Ces pas ? Qui cherchent-ils ?
Cette voiture ? S'arrête-t-elle devant sa porte ?
Et ces hommes dans la rue ?
Que surveillent-ils ?
La nuit, les bruits sont innombrables.

J. CEDRÓN, J. GELMAN,
Le Chant du coq – Bruits

Il y avait deux enveloppes dans la boîte aux lettres. La première était de kraft grand format, rigide, je connaissais l'écriture. Impossible de l'ouvrir immédiatement. Je savais ce qu'elle contenait. Une photo. Je la glissai dans mon blouson. La seconde était plus inoffensive d'aspect : nom et adresse en lettres bâtons, format standard, papier blanc. Je l'ouvris. Une lettre de Julio, tapée à la machine, elle aussi.

Il était parti, c'était fait. Ou du moins, ce devait être fait au moment où je lisais la lettre. “Assez tergiversé, je pars.” Il évoquait son “devoir” qui “l'appelait, là-bas”, la presque honte qu'il ressentait d'avoir si longtemps repoussé les échéances. Il allait plus loin encore. "Je vais te dire, *amigo* (jamais il ne m'avait appelé "*amigo*"), maintenant que la décision est prise, je crois que je pars pour toujours. Voilà ce qui me faisait peur : ce retour est le vrai. Je veux retrouver Buenos Aires, m'y fondre, m'y perdre, y tenir ma place, en bon *porteño* anonyme. Allons, tu n'entendras peut-être plus jamais parler de moi. Sache quand même qu'un de mes premiers soucis sera d'aller au cimetière et que je mettrai une cigarette, et ce sera une gauloise bleue, entre les doigts de Carlito Gardel. En ton honneur. Ça te va ? Je te dis cela au moment de partir ("*Volver*", écrivait-il, en surcharge), parce que c'est une tradition idiote et que certain soir à *La Boca*, je t'ai entendu la défendre avec une belle conviction. Je t'embrasse."

Le tout formait une lettre sympathique et chaleureuse. Elle s'achevait par un "*che !*" manuscrit, juste au-dessus de la signature.

Je me souvins fugitivement d'une autre lettre, également d'adieu, où Guevara embrassait Castro de "toute sa ferveur révolutionnaire", et cela ne me fit pas sourire.

La lettre de Julio paraissait authentique.

J'avais eu tort de le négliger après la nuit de la perquisition. C'était à cause de Jessica, rien qu'à cause d'elle. Il m'avait déplu qu'il vienne chez moi, juste après l'avoir quittée. Il fallait choisir entre la sœur et l'ami ? Il y avait un peu de cela. Je n'en étais pas fier. Il avait senti la gêne.

Oscar, aussi. Ses affiches… J'imaginais comment elles avaient pu brusquer la démarche.

Et puis non. Cette lettre n'allait pas. C'était un faux.

Le coup de la machine à écrire, d'abord, trop facile. Julio se servait peu de cette machine-là. Une Remington qu'il avait achetée aux puces et qu'il n'avait pas réellement introduite dans ses manières courantes. A ma connaissance.

Julio me téléphonait. Il m'écrivait peu. Ou pas.

Ils l'avaient enlevé. Avaient tapé cette fausse lettre avec sa machine. Il avait vu juste, senti le danger. Bien sûr qu'ils l'avaient suivi, traqué, qu'ils avaient tous les moyens pour prolonger la "sale guerre" en Europe, où ils voulaient. Julio avait des preuves contre eux. Ils l'avaient supprimé.

Les parties manuscrites ? Elles ne prouvaient rien. L'écriture de Julio était facile à imiter. Le "*Che*" final, par exemple, ce n'était pas dans ses habitudes. Certainement, Argentin pur sang, il lâchait parfois l'interjection familière : "Eh !", "Salut !" *Che* ! Mais de là à l'écrire…

D'autres que moi avaient-ils reçu des lettres de ce genre ? Jessica ? Pour quand son départ à elle ? Peut-être y avait-il un mot, au milieu des photos de son enveloppe. Quelques mots : "Je pars."

Je n'ouvris pas l'enveloppe.

C'était dimanche, il faisait toujours froid mais moins que les jours précédents et Ida la clocharde faisait l'article. Qui voulait de ses lunettes ? Qui ? Les clients ne se bousculaient pas, pourtant il y avait du monde autour d'elle, des promeneurs consternés par les ruines.

Elle gesticulait, les brandissait, ses lunettes, les offrant, non pas à la pièce, mais à pleine poignée. Un franc, deux francs, à vot' bon cœur ! De belles lunettes : armature en carton, cellulos vert et rouge pour les yeux. Elle eut un geste de découragement. Personne n'achetait.

— Je laisse tomber. Je braderai tout ça à Aligre. On fait la pause ?

Un gros moellon parmi tant d'autres pouvait faire office de siège. Nous nous installâmes. Je sortis un paquet de gauloises. Ida y piqua cinq ou six cigarettes. Derrière nous, aucun des badauds n'osait trop s'aventurer sur le chantier.

— Les lunettes, dit-elle, j'en ai trouvé tout un stock, derrière la caisse. Tu veux que je te montre ?

— Tout à l'heure.

— T'as déjà vu du ciné en relief, toi ? C'est comment ?

— Pas mal. Ça te plairait.

— C'est con, j'ai loupé ça. Maintenant…

Il n'y avait plus de murs, plus de salle, plus de sièges à peluche rouge pelée. Plus qu'un amas de gravats. A la place de l'écran de projection, un trou. Pas très profond. C'était là que nous étions installés, Ida et moi. Entre nous, c'était une vieille histoire. Elle était ouvreuse du temps où j'allais au ciné, le jeudi, avec le patronage. Je l'avais remarquée à l'époque à cause de ses bas à couture, de ce cul formidable qui tendait la jupe noire. Entre nous, les gosses, il courait des tas d'histoires sur elle. Sur ce qu'elle était censée faire dans les chiottes du cinéma, parfois, avec les plus grands, ou certains d'entre eux, des trucs pas possibles. Je lui avais raconté ça, bien plus tard, elle avait ri.

— Y en avait bien un ou deux d'entre vous très mignons, mais…

Je l'avais abordée au marché d'Aligre, à la lisière de la zone des puces. Il m'avait fallu du temps, celui d'une longue négociation sur le prix d'un vieux quarante-cinq tours, un truc des Shadows perdu au milieu de tous les autres disques dont était empli son caddie aux roues voilées. Elle disait dix francs, je proposais cinq et on aurait pu discuter des heures comme ça. Son allure m'intriguait. Je crois que je l'ai reconnue d'abord à ses mollets un peu forts. Le reste a suivi très vite : c'était elle. Ida. Elle n'avait aucun souvenir particulier de moi, bien entendu, perdu que j'étais dans la cohorte des mouflets du jeudi. Mais toutes les anecdotes concordaient, j'étais bien l'un des siens, lié à cette période de sa vie. "Une période heureuse", avait-elle insisté. Une des seules.

Tout s'était déglingué pour elle le jour où le Lux était devenu le Paramount. On lui avait bien proposé de la réembaucher mais ça n'allait pas bien dans sa vie à ce moment-là, son mari, sa fille, tout foutait le camp. D'ailleurs elle-même, elle voulait bien l'admettre, s'était mise à picoler rude. Pourquoi ? Allez savoir !

— Dans les chiottes, qu'est-ce que j'y faisais ? Des pipes ?

— Sans doute, oui. C'est ce qu'on se disait. Entre autres.

Je lui avais offert un verre suivi de pas mal d'autres au tabac du marché, content de ces retrouvailles, de cette boucle bouclée. Elle était méconnaissable à cause du vin et du temps, des vêtements informes. Restaient les bas, même filés. Elle cligna de l'œil.

— Et maintenant, ça te plairait ?

Elle avait annoncé le prix, cinquante francs la passe, le prix de cinq quarante-cinq tours. J'avais presque hésité, par goût des conclusions, moi qui ne vais jamais aux putes, par haine aussi de ces souvenirs d'enfance qu'il faut tous assassiner. L'affaire s'était conclue sur l'achat de sa cargaison de disques cinq cents balles sans barguigner, une autre tournée de blanc sec s'il vous plaît, et à la prochaine.

On se voyait de temps en temps, du côté de *La Bretagne*, rade de la rue de Charenton, ou ailleurs. Rarement bien loin du cinéma.

— Ça ressemble à quoi, tout ce tintouin ? Pour un opéra ?

Elle me piqua d'autres cigarettes, chantonna : "Comme la plume au vent, la merde au cul me pend…"

Elle avait conservé un admirable profil que le contre-jour du moment protégeait des boursouflures alcooliques. Un profil dur, presque aristocratique.

La ligne du cou, surtout, était exempte de tout laisser-aller.

— "Comme la plume au vent..."

Elle tirait sur la gauloise, pleurait aussi, et ça je ne voulais pas trop le voir. Elle ressemblait à une photo de Brassaï.

En abattant la salle du cinéma, les démolisseurs avaient remis au jour une vieille publicité pour les vins Nicolas, peinte sur le mur mitoyen Nectar, le livreur avec sa blouse bleue, des bouteilles, en éventail, plein les mains. La tête du livreur était coupée. Il aurait fallu prendre une photo de ça. Qui allait être détruit aussi.

Je n'avais jamais pris de photo d'Ida. Elle se ressaisit.

— A mon avis, c'est demain qu'ils vont tout casser. Le peu qui reste.

Il restait quoi ? La façade (rotonde, colonnes), le hall d'entrée, le bureau et la salle de projection, au-dessus... Depuis sa lettre, je n'avais aucune nouvelle de Julio.

— Un verre, camarade ?

Façon lapin sortant du chapeau, elle avait extirpé une bouteille de la poche de sa houppelande informe. Je n'avais rien contre le fleuron-vin de table français blanc sec (mis en bouteilles par les Chais réunis à AF 94320 Félix Potin). Nous bûmes quelques rasades convenables sous l'œil réprobateur des non-acheteurs de lunettes. J'embrassai Ida.

— Je vais jeter un coup d'œil au ciné.

Je me levai.

— Fais gaffe, c'est tout cassé.

Ce qui restait du Paramount fonctionnait comme un décor. Vu de la place, tout avait l'air d'être encore intact, la façade, le péristyle, les colonnes. Vu du chantier, de cet endroit par exemple qu'on appelait jadis la Cour des Juifs, dégagé par la destruction de la gare, c'était l'éventrement. Je m'avançai, laissant Ida, dépassant le groupe de badauds (j'en connaissais certains de vue, des gens du coin, des habitués du *Rey*, de *La Tour d'Argent*, du *Tabac de la Bastille*).

Ici un morceau de fauteuil, là des rubans de tickets d'entrée. Il fallait assurer le pas prudemment en progressant sur les amas de moellons en équilibre instable. Quand ils s'y mettraient demain, sans doute, la destruction complète ne serait que l'affaire de quelques heures. Je poussai la porte à battants (peinture écaillée beige sale, hublots carrés à verre bleuté), pénétrai dans le hall, juste à côté de la caisse. Rien n'avait trop changé depuis la visite avec Julio, c'était simplement plus définitivement désolé. Ida n'avait certes pas cherché à garder l'exclusivité de sa trouvaille : des lunettes pour ciné-relief traînaient un peu partout. A quelques mètres, derrière la grille et les portes de verre, c'était l'animation calme de la place, un dimanche d'hiver. J'entendis un bruit, comme un froissement.

Deux portes permettaient de passer du hall à ce qui avait été la salle. J'étais entré par l'une, je me dirigeai vers l'autre. Un coup de pelleteuse l'avait en partie détruite. Un homme s'activait au milieu des décombres. Je le saluai. Après un court moment de surprise, il me rendit la politesse, enchaîna sur un geste désabusé, comme pour me faire constater l'étendue des dégâts.

Au milieu des gravats, quantité de boîtes rondes en fer-blanc étaient éparpillées, certaines ouvertes (elles contenaient des bobines de films), la plupart fermées. Dessus, des étiquettes rondes : "Editions René Château", "Eclair", "Parafrance", etc.

— Un beau gâchis, hein ? dit une voix d'homme.

Je le distinguai mal, il tournait le dos à la lumière. Derrière lui pendaient, comme une multitude de lianes, des pellicules entortillées qui avaient dégringolé de la salle de projection. Ça aurait plu à Julio. Plus vraisemblablement, ça l'aurait consterné. L'homme avait repris ses fouilles, courbé en deux. Avec une fébrilité remarquable, il ouvrait les boîtes, se tournait vers le jour, inspectait le film, le rejetait ou bien le mettait dans le grand sac-poubelle en plastique gris qu'il traînait avec lui.

Quantité de boîtes restaient empilées, encore intactes. Dont quelques-unes à mes pieds. Je commençai mes propres investigations.

Rien que des bandes-annonces pour des films assez merdeux, des thrillers qualité française ou des films d'horreur de dernière zone.

— Nous ne sommes pas les premiers, dit l'homme. Tous les trucs intéressants ont déjà été pris.

La voix était essoufflée, le ton se voulait discrètement dissuasif. Je continuais. Avec une excitation croissante, même. Peu importaient les titres, je les regardais à peine. La décomposition 24 images par seconde, étalée au mètre, était stupéfiante. Pas du cinéma, des successions de photos vertigineusement figées. Je fouillai, bientôt pris par une réelle frénésie.

Ayant trouvé à portée de main un vieux sac de Prisunic, j'y fourrai mes trouvailles. Je triai dans les bobines, coupant avec les ongles les séquences qui m'intéressaient. Je compris vite les registres de ma sélection, incertaine au début. M'intéressaient les scènes de violence ou de cul, les gros plans de comédiens, de comédiennes surtout. Par principe accrocheuses, les bandes-annonces offraient un matériel abondant pour ce type de collection.

Quelquefois, je renonçais à visionner (bras tendus vers la lumière, vers le trou béant de la ruine, vers l'ancienne salle) et embarquais la bobine et sa boîte. Implicitement, une répartition du territoire, du pillage, s'était établie entre l'homme et moi. A coups de politesses.

— Pour vous, cette pile ?

— Je vous la laisse. Je prends celle-ci.

— Très bien.

Un troisième intervenant, et ç'aurait été la guerre. J'avais déjà deux sacs pleins à craquer. Je me voyais déjà dans le labo traitant ce matériel, ou bien me le projetant sur écran, comme des diapositives. Les petits seins de Sophie Marceau, les plus gros de Kaprisky. Cette étonnante scène de passage à tabac. Ou encore ce cran d'arrêt jaillissant d'un blouson, en moins de 48 images.

J'imaginais des tirages, des traficotages avec les négatifs, des détournements de photos isolées de tout leur contexte de film, j'entrevoyais même des histoires possibles. Je pensais aux excitations de Julio que je n'avais pas toujours comprises. J'oubliais que je ne faisais plus de photo, plus de labo depuis près de trois mois. Julio avait-il encore du matériel ici ?

C'était évidemment un pillage mais en même temps, j'avais la certitude aiguë de faire œuvre de sauvegarde.

— Je monte, dit l'homme.

— Je vous accompagne.

Que pouvait-il dire contre ? Maintenant, je pouvais mieux le voir. Un peu plus de la trentaine, certainement, le crâne un peu dégarni, front haut et cheveux bouclés, lunettes cerclées de fer. Il avait une gueule d'intello et des mâchoires fortes. Il grimaça. Je le rassurai.

— Vous étiez là le premier, à vous l'initiative.

— Tâchons de nous arranger.

Chemise bordeaux, cravate noire, pardessus épais, le personnage avait une autre caractéristique : un léger soupçon, infime, d'accent espagnol. De retour dans le hall, il me désigna une pancarte, posée par terre. “Film interdit aux moins de 18 ans” ; du carton, lettres blanches sur fond bleu ciel.

— Vous prenez ?

— A vous.

— Je vous remercie. Et ceci ?

Au-dessus d'une porte, une applique. Lettres blanches sur fond vert, le mot "Sortie". Il y avait une autre applique de ce genre dans le hall.

— Je prends.

— Montons.

Le même escalier qu'avec Julio, le mois d'avant. Plus les gravats, plus les fils électriques arrachés, plus la mort. La salle de projection offrait le spectacle difficile d'un déménagement bâclé et d'une opération vandale bizarre. Peu de bobines de films restaient. Nous nous les partageâmes. L'homme inspecta ensuite les murs, s'octroya un calendrier largement périmé. La carte postale du cousin de Julio, incompréhensiblement restée là. La *casa* de María La Vasca. Il la prit. Je ne protestai pas.

Je dis, pourquoi ne l'aurais-je pas dit :

— La maison natale du tango.

— Pardon ?

— Sur cette carte, c'est ça.

— Ah ? fit l'homme. Très intéressant.

— Pourquoi l'avez-vous prise, si vous ne savez pas ce qu'elle montre ?

Il haussa les épaules. Que montrait-elle, cette carte ? Un empilement de meubles, chaises, lit, armoires. Des valises aussi. Une dame plantureuse en robe verte se reflète dans la glace d'une des armoires, mine empruntée. Il y a des valises aussi et un éclairage intéressant sur un mur en crépi, un peu mauve. Une image suggérant sans détour l'envie d'enracinement et la fatalité de l'exil (mais ce sont des constructions que je me fais, vite, dans ma tête et sans conséquence, d'habitude).

— Vous la voulez ?

— Gardez-la. Vous êtes argentin ?

Il dut se raidir.

— J'ai beaucoup vécu à Madrid, dit-il.

Restait le travail. Cette fois, j'y mis moins de conviction. Sur cette partie-là du terrain, j'étais assuré que Julio avait tout sélectionné. Je glanais bien quelques scènes de poursuite, de coucherie, un flingage, des choses comme ça. L'homme, au contraire, embarquait, avec une rapacité qui s'accentuait de seconde en seconde. Comme s'il ne trouvait pas la pièce rare cherchée.

Lors de ma visite avec Julio, je n'avais pas remarqué la trappe, au plafond. Une échelle était posée. Elle branlait un peu mais pouvait tenir bon. Elle menait au toit du cinéma. Le risque était clair. L'homme m'observait du coin de l'œil. Il prit les devants, força sur le sourire.

— Vous avez envie de monter là-haut, mais vous pensez que j'en profiterai pour piquer dans vos sacs, hein ?

Il y avait de ça.

— Je ne suis pas certain de résister à la tentation, en effet. Montons ensemble. D'accord ? J'ai assez envie de voir comment c'est.

C'était beau. Arrivant à l'air libre, très vif, nous étions au milieu de l'arc de cercle, le verso de l'enseigne "Cinéma Paramount" (hautes lettres de zinc peintes en rouge sombre, écaillé). Au-delà, c'était la place, gigantesque, comme encore jamais vue, comme encore jamais prise. L'abandon de l'appareil photo devenait insupportable. Je le sentis encore plus quand l'homme sortit de sa poche un petit boîtier Minox. Il y avait de quoi faire.

Après s'être faufilé entre les lettres géantes, il commença ses prises de vue. A gauche, le chantier. Rasée la gare, rasé le viaduc. Les démolisseurs s'étaient arrêtés à la limite du *Hêtre de la Bastille*, un estaminet d'habitués, au coude rue de Lyon-avenue Daumesnil. L'homme photographia le début du canal. Un métro passait. Il continua, comme s'il voulait obtenir une série d'images faisant panorama. C'est ce que j'aurais fait à sa place. Pour comprendre chez moi, plus tard, l'organisation, le fonctionnement de cet ensemble, de ce choc de quartiers aux traditions contradictoires dont la Colonne de Juillet était l'étonnant point central.

Il photographiait maintenant *La Tour d'Argent* tellement voisine. Nous pouvions en toucher la façade. J'avais le sentiment qu'il me volait, qu'il me dépossédait d'images que moi seul aurais dû prendre.

— Vous permettez ?

C'est moi qu'il mitrailla. “Photos-souvenirs”, tint-il à préciser. Je ne cherchai pas à y faire bonne figure. Il arrêta son jeu.

— La destruction de ce cinéma est un scandale. Vous ne trouvez pas ?

— Sans doute, oui.

Il rangea son Minox, s'anima un peu.

— Vous savez, tout ce qui touche le cinéma me passionne. Tous ces films, ces pellicules qu'on abandonne, ça me rend fou. Un maniaque, voilà ce que je dois être : un maniaque.

L'homme était très content d'avoir trouvé ce mot-là. Il me prit par l'épaule, ôta sa main très vite, craignant de m'indisposer.

— Je vais vous faire une proposition.

J'avais bien vu, n'est-ce pas, ma présence l'avait contrarié. Il s'en était accommodé, courtoisement, chacun étant libre d'avoir accès aux dépouilles.

— Mais ça me frustre, comprenez-vous. C'est comme si vous rafliez l'enchère sous mon nez.

— Vous auriez pu venir plus tôt.

— Je ne suis pas tout le temps à Paris. Je n'ai découvert le massacre qu'hier soir.

Plus fort que lui : il me repassa la main dans le dos.

— Je vous achète le tout. Sans discuter. Quel est votre prix ?

— Le prix de quoi ?

— De ce que vous avez trouvé : les bobines, les bouts de films, tout.

— Aucun prix. Je garde.

J'aurais aussi bien pu lui expliquer que le Bras armé n'était pas non plus à vendre. Je ne le fis pas. Mon refus l'irrita.

— C'est idiot. Ce que vous avez n'a de valeur que pour un…

Maniaque. Il répéta le mot. Je l'étais tout autant que lui, dans un autre genre, c'est tout et c'était non.

Comme je n'allais certainement pas céder, il évalua en une seconde l'opportunité et les chances de succès d'un affrontement physique. Cette tête d'intellectuel intégrait sans réticence l'usage pragmatique de la violence. A tort ou à raison, il jugea que les choses ne se régleraient pas si simplement et choisit de calmer le jeu.

— Comme vous voulez, tant pis. J'étais prêt à monter jusqu'à mille francs.

— Désolé.

— Descendons.

J'aurais voulu rester seul sur le toit. Face à la place. C'était impossible. Une fois dans la salle de projection, il suffisait à l'homme de faire basculer l'échelle et tout deviendrait compliqué. Alors je me dis que je reviendrais ici avant la destruction, quoi qu'il arrive.

En bas, nous nous partageâmes sans conviction quelques piles de photos assez craquelées et souillées. Des titres sans intérêt, des comédiens qui n'avaient pas fait mythe.

Il balança le tout sur son épaule, plia un peu, chargé comme un portefaix.

— Je crois que nous nous sommes tout dit. Au revoir ?

— Pourquoi pas.

L'homme dit que, *che compadre*, nous nous reverrions bien un jour, *hasta luego*. Une gueule de commissaire politique. Ou de flic. Ou de... maniaque. D'où me vint l'impression que cet homme-là était armé, qu'il avait des fiches à jour, peut-être sur le cinéma, peut-être sur quantité d'autres choses ou d'autres gens. Il avait désormais mon visage en magasin.

Ida m'expliqua que depuis deux ou trois jours, le soir, des gens venaient fouiller dans les ruines du cinéma. Qui ? Elle ne savait pas. Pas des gens du quartier, pardi, elle connaissait tout le monde, même si tout changeait, que des entrepôts sentant la colle à bois se transformaient en lofts chic, même si des galeries venant des Halles s'installaient rue de Lappe. Elle rigolait bien de ces nouveaux venus qui croyaient occuper le terrain si facilement. Elle me prit quand même par le bras, soudain un peu cassée.

— Franchement, plus j'y pense... cette idée de construire un opéra ici, c'est une foutue connerie. Tu crois pas ?

— Pas forcément. On ira ensemble à la première, d'accord ? La première générale de presse, je t'invite. Parole.

— C'est que t'es d'accord pour qu'ils cassent tout, alors ?

— Pas tout à fait. C'est aussi notre faute si on leur laisse le terrain libre.

Elle soupira et dit que, pour la première à l'opéra, elle voulait bien. Nous chargeâmes les sacs plastique sur ma bicyclette, avec des sandows et quelques bouts de ficelle qu'elle tira de sa poche.

— Au fond, c'est pas juste, dit-elle.

— Quoi ?

— On fait les mêmes trucs. On ramasse. Mais moi je suis une clodo, et toi : un collectionneur.

Le jour déclinait, ciel de plomb. Le froid gagnait. Où dormait Ida le soir ? Elle me dit comme il se doit que ce n'était pas mon affaire. J'acceptai une rasade de fleuron-blanc sec, elle me piqua quelques gauloises en plus.

Qu'y pouvais-je ? Sur sa moto, l'homme du cinéma ne cherchait même pas à ruser. A une cinquantaine de mètres derrière moi, boulevard Beaumarchais, il me suivait. C'était comique, cette 500 Honda filait le train à une bicyclette. Et inquiétant. Mais le type était peut-être autre chose qu'un innocent “maniaque”. Julio aussi avait été suivi. Longtemps selon lui. Par des hommes qui ne se cachaient pas. J'obliquai, sens unique, vers la rue du Pas-de-la-Mule. La manière que j'eus de faire la nique au feu rouge ne pouvait retarder longtemps mon suiveur, personne n'était dupe. Je montais sur le trottoir, toujours à contresens, sous les arcades, un peu agacé de ne pas pouvoir m'attarder aux vitrines. Il me talonnait toujours, à faible vitesse.

Malgré l'hiver, les promeneurs abondaient. Rendu au niveau de la rue de Béarn (beau bombage à l'effigie de Gainsbourg sur la noble pierre de l'arcade), je tournai vers le square, au pas. Quelle que soit la sortie, il pouvait me rejoindre quand il voulait. J'avais cependant l'impression infiniment rassurante que moi j'étais sur mon terrain et pas lui. D'où venait-il ? Je fis quelques tours et détours près de la statue équestre de Louis XIII. Les arbres étaient décharnés, des gosses jouaient dans les bacs à sable sales de la place royale. L'homme hésitait sur la conduite à tenir. Moi aussi.

Quelques photos auraient pu être faites, de ces gosses antipathiques, de ces amoureux simples, de ces façades ravalées. Je filais vers la rue de Birague. Derrière, j'entendis comme un emballement de moteur.

Il faillit me rejoindre, alors que je me dirigeais vers la rue Saint-Antoine, après avoir croisé le car de police. Les flics pouvaient laisser passer un cycliste, pédalant comme on marche, au mépris du code. L'homme du cinéma était un motard. Sans casque. Ils ne durent pas l'ennuyer longtemps, je suis certain que ses papiers étaient en règle, son infraction était bien bénigne. Elle me donna le temps de prendre du champ. Pas bien loin, du côté de Saint-Paul, il y a un excellent bistrot à vin. Je pris le temps de m'y attarder devant des verres de brouilly et des fromages choisis. Après avoir rangé la Raleigh sous une porte cochère.

Les images glanées au Paramount ne furent pas les premières que je voulus affronter.

Au courrier de Jessica, la photo du mois la représentait une fois de plus, nue. Allongée sur un lit, draps froissés, seulement éclairée par une petite lampe de chevet, elle dormait. J'étais certain qu'elle ne faisait pas semblant, que ce n'était pas une pose. Le visage détendu, l'abandon de la main sur l'oreiller épais, cette voussure très particulière de l'épaule, tout cela tenait à l'intimité de son vrai sommeil.

Vrai ou faux, elle m'avait dit une fois que j'étais le seul homme avec qui elle avait dormi. Depuis la prison. Cette photo ne me fit pas de bien. Elle n'était pas faite pour ça. Je n'eus pas trop le temps de m'abîmer dans la délectation morose. Le téléphone sonna. C'était Marc. Il voulait que je passe chez lui.

— A mon appartement. Le nouveau. Je viens de déménager.

— C'est où ?

— Passage du Cheval-Blanc, cour de Février.

C'était près du journal et ça devenait un endroit chic. Marc avait le sens du rentable pour tous les aspects de sa vie.

Maître Jacob, avocat, ne payait pas de mine : quarantaine molle, costume froissé, cravate à pois. Il avait la réputation de plaider à gauche et habitait rue du Ranelagh. Ses autres activités à la Ligue des droits de l'homme où il devait être quelque chose comme vice-sous-secrétaire ne faisaient pas de lui une personnalité publique de premier plan. Il en souffrait.

— Moi aussi, j'ai reçu une lettre de Julio, dit-il. Comme vous. Comme tous les proches. Des faux. Sans aucun doute possible. Julio a été enlevé.

— Vous avez des preuves ? dit Marc.

C'est lui qui avait organisé la réunion, cour de Février, au milieu des caisses et des cartons de son déménagement. L'idée sans doute qu'il se faisait d'un rendez-vous discret.

— Dans toutes les lettres, expliqua l'avocat, il y a quelques mots surajoutés à la main, comme pour faire plus authentique. J'ai fait analyser cette écriture, par un ami expert.

— Alors ?

Maître Jacob haussa les épaules.

— Rien de probant, ni dans un sens ni dans l'autre.

Une nuit, au Balajo, Julio était tellement ivre qu'il n'arrivait plus à écrire sur son chéquier. J'avais imité sa signature en m'aidant de son passeport. Pour quelques mots n'importe qui devait pouvoir imiter cette écriture-là.

— Son nom ne figure sur les listes d'aucune compagnie aérienne.

— Ça ne prouve rien, dis-je. Il m'a plusieurs fois assuré qu'il disposait de nombreux jeux de pièces d'identité.

— A quel nom ?

— Pas la moindre idée.

— Et pourquoi aurait-il fait ça ?

— La parano, la peur, est-ce que je sais ? Il a pu vouloir déjouer des pistes. Il se sentait traqué.

— Il l'était. Il n'est pas à Buenos Aires.

— Qu'est-ce que vous en savez ?

L'avocat ne cherchait même pas à convaincre, pas nous.

— Avec tous ses départs différés, la peur qu'il avait, une chose était convenue entre nous, très clairement. Si jamais il partait, sur un coup de tête, sitôt arrivé là-bas, il devait m'envoyer un message, une lettre avec un code.

Il n'avait évidemment rien reçu et Julio avait disparu depuis une quinzaine de jours. Il fallait être idiot pour ne pas admettre l'enlèvement. Un avis de recherche avait été lancé. Jacob ne se faisait pas trop d'illusions sur son efficacité.

— Tant que la presse ne prendra pas le relais, la police se cantonnera à la routine. C'est-à-dire qu'elle ne fera rien.

— Et qu'est-ce que je peux faire ? s'énerva Marc. Savez-vous combien de personnes disparaissent en France chaque année ? Près de trois mille ! Parties, volatilisées, aucune trace, plus rien. Pas des enlèvements : des fugues, des coups de folie. N'importe quoi.

— Julio, c'est pas pareil.

— Admettons. Quelles preuves ?

— Il allait témoigner. Là-bas, ce procès, c'est le procès du siècle.

— Des centaines de types y comparaîtront. Julio n'était pas un témoin plus important qu'un autre.

— Si, dit l'avocat. Il avait des preuves terribles contre un homme, un capitaine, qui pour le moment n'est pas inquiété. Contre qui nous venons de demander une extradition.

— Le capitaine Ortiz ? Beau gibier.

Marc avait ses qualités et ses défauts mais il comprenait vite. Une démocratie, même jeune, se juge sur le sort qu'elle réserve aux Ortiz. Une figure exemplaire. Il rêvassa à haute voix.

— Ces mecs-là, ou bien on les liquide très vite pendant l'insurrection, ou bien on les juge en leur laissant toutes les possibilités de défense. Mais on les juge.

— Il n'y a pas eu insurrection. Les militaires ont *abandonné* le pouvoir.

Les Malouines, la crise économique. Marc savait tout ça. Il s'anima un peu, avec un commencement d'agitation sensible. Comme chaque jour quand l'heure du bouclage approche.

— Julio avait donc des documents, des choses comme ça. Où sont-ils ?

— Aucune idée, dit l'avocat. Il m'en a parlé mais ne me les a jamais montrés. Il disait qu'il attendait son heure.

— Pareil pour moi, dis-je.

— Merde, dit Marc. Comment voulez-vous que je lance une campagne de presse avec du vent ?

Maître Jacob alluma une cigarette, ce dont il n'avait pas l'habitude. Il tira quelques bouffées sans avaler la fumée, se trémoussa sur sa caisse et prit un ton solennel.

— Je suis l'avocat de deux familles dont les enfants ont disparu en Argentine pendant la dictature.

Je suis également le conseil de plusieurs réfugiés politiques (il marqua un temps d'arrêt). J'ai la conviction (nouvelle pause, il insista), l'intime conviction que des amis du capitaine Ortiz sont actuellement à Paris. Que ce sont eux qui ont enlevé Julio. Qu'ils manœuvrent pour intimider certains autres témoins qui doivent se rendre dans quelques semaines au procès de la junte. Vous comprenez ?

— Personnellement, je suis tout prêt à vous croire, dit Marc avec un geste las. Mais les preuves ?

— Ceci.

Le tort de maître Jacob fut de tendre l'objet comme on risque un effet de manches. Ce type était à la fois émouvant et déplaisant. Comme s'il flottait dans ses certitudes. Ce qu'il nous montrait était un cercueil. Un petit cercueil d'une vingtaine de centimètres, sculpté dans du balsa.

D'un côté, le nom du destinataire, gravé : Maître Jacob, rue du Ranelagh. De l'autre trois initiales : AAA.

— Vous savez ce que ça veut dire ?

— Alliance anticommuniste argentine, dit Marc. Bon sang, vous me prenez pour qui ? C'est peut-être aussi une blague. Pourquoi pas ? Et puis, des menaces, un type comme vous doit en recevoir pas mal.

— Exact, dit l'avocat sans trop se rengorger.

Marc se leva, fit quelques pas du côté de la verrière. Il était mécontent, sentait le gros coup pas loin, ne voyait pas par quel bout le prendre.

— Julio était ton ami. S'il a fait des confidences à quelqu'un, c'est à toi. Il faut partir de là. Tâche de te rappeler.

Pour lui, j'étais la charnière du scoop possible. Pas de chance. L'avocat avait l'air d'un professionnel des mauvaises causes et moi je ne savais rien. Julio n'était qu'un type du genre à rappliquer chez moi en quatrième vitesse quand on dévastait son appartement. Mon genre à moi était de l'avoir laissé tomber à cause de quelques petites exaspérations d'amoureux compliqué. La nuit tombait sur la cour intérieure. Marc avait choisi un bel appartement, conforme, sans ostentation, à son nouveau standing. Il nous pressa un peu. *Le Soir* l'attendait.

— Il y a encore quelque chose, dit l'avocat.

— Dites.

— J'ai remarqué. Un homme rôde parfois autour de mon cabinet, ou près de chez moi.

Il le décrivit. Taille moyenne, la trentaine, crâne frisotté déplumé, lunettes cerclées de fer, pardessus trop épais. Où avais-je lu que les *porteños* étaient des gens frileux ?

J'étais à peine rentré chez moi, pas même le temps d'un câlin aux bestioles, on sonna. J'allai ouvrir. Un homme se tenait sur le palier. Nous ne nous étions pas vus depuis plusieurs années mais je le connaissais bien. L'inspecteur de police Villon.

Il n'avait pas trop changé. Toujours le même mélange de tweed et de jeans râpés, de chemises

US à cinquante balles et de Westons. Peut-être aussi qu'on fréquentait les mêmes bars et les mêmes caniveaux. Pas les mêmes nuits. Sans doute qu'on ne faisait pas le même boulot.

— Je peux ?

Il entra. Il connaissait le chemin.

Ç'avait été quoi ? Un coup mal monté ? Une bavure ? Une vieille histoire en tout cas. Mais j'en avais été le témoin, et de très près. Presque l'acteur. Cette prise d'otages à Beaubourg qui s'était terminée par un massacre faisait partie des souvenirs que je n'aimais pas trop remuer. Pas trop souvent. Pas sans précaution.

— On fait dans l'officiel, ou bien… ?

— Faites comme vous sentez.

Villon lui-même n'avait pas tiré. Mais c'est lui qui avait monté le coup. Les types en face étaient des dingues, armés, d'accord. Pas une raison pour ne pas leur avoir laissé la moindre chance. Tous morts.

Il entra dans le living encombré, se posa sur le fauteuil thaïlandais. Zinoviev ne protesta pas.

— D'accord avec vous, dit le flic. Nous n'avons pas de bon vieux temps à célébrer. Vous m'offrez quand même à boire ?

Je crus me souvenir qu'il marchait à la bière. J'avais deux ou trois Gueuze en magasin, et plus si affinité. Mais ça, je n'y croyais pas trop. Les chattes observaient, intriguées. Et moi j'observais Villon. A mieux y regarder, le coup de vieux était réel. Des rides pas très réussies. Des cheveux en moins.

Moins blonds, plus blancs. Il buvait lentement, pas pressé de parler. Quand il n'avait pas une arme en main, c'était un flic plutôt contemplatif.

Les photos éparses sur le sol. Les piles de bobines.

— Grand nettoyage ?

— Il faut, parfois.

Il s'attarda longtemps sur un grand portrait de Jessica fixé au mur. Sur l'affiche d'Oscar. Il s'amusa du Bras armé au-dessus de sa tête.

— Ce Bras, je me suis dit : qui a bien pu le piquer ? Croyez-le ou pas, je vous ai soupçonné.

— C'est pour ça que vous êtes ici ?

— D'accord, soupira-t-il. Mettons-nous au boulot. J'enquête sur la disparition de ce Julio. Vous le connaissiez, paraît-il. C'était votre ami ? D'après son avocat, c'est une affaire bizarre. Quel est votre sentiment ?

— Mon témoignage ?

— Si vous voulez. Mais je voudrais votre sentiment, d'abord.

Il se voûta sur son fauteuil, se massa les paupières et décapsula distraitement une nouvelle bière, comme si on s'était vus la veille, comme s'il n'y avait pas eu massacre la dernière fois où nous nous étions vus. Je lui avais cassé la gueule au terme de l'affaire, il m'avait laissé cogner. Un curieux flic.

— Ils l'ont enlevé, dis-je.

— Qui ?

— Les types de la junte. Leurs amis à Paris.

— C'est vraiment votre avis ?

— Oui.

Il but une longue gorgée. Bière fraîche, goût de cerise. Se leva.

— C'est le mien aussi. Comment démontrer ça ?

— Vous avez les moyens de le faire ?

— Aucun. Mais il suffit d'avoir deux grammes de politique dans la tête pour comprendre, non ? Les fameuses preuves qu'il avait contre Ortiz, il vous en a parlé.

— Oui. Mais je ne sais pas de quoi il s'agit.

— Quel con ! C'est comme ça qu'ils se sont toujours fait avoir, les Latinos. L'Honneur et les Couilles. La frime. Mais pour ce qui est de la technique : rien.

Pas de doute, l'inspecteur Villon était resté un flic de gauche.

— Et ça, c'est quoi ?

L'affiche d'Oscar l'intriguait.

— C'est argentin aussi, non ? J'aimerais bien connaître le type qui fait ça. Beau boulot (pause). Un boulot digne. Je peux vous poser une question indiscrète ?

Il était en mission.

— De quelle époque date votre… (il chercha ses mots)… première prise de conscience, disons… politique ?

C'était inattendu, mais c'était une vraie question. De quand ? La fin de la guerre d'Algérie ? Charonne ? Oui, Charonne était une date importante. Ma première manif. Le rendez-vous était devant le cinéma Lux. Mon père me tenait la main.

Il n'allait jamais aux manifs. Celle-là, il m'avait dit qu'il fallait. J'avais dit (bon sang, j'étais un gosse) emmène-moi. Il avait répondu : d'accord. Avec un ton un peu grave. Nous étions loin de la station de métro, quand il y avait eu la charge. Très loin. Il avait quand même fallu se réfugier sous une porte cochère, rue de Montreuil, pour se protéger des flics déchaînés. Je n'avais pas eu peur. Cette absence de peur était même mon souvenir intime le plus précis. Avec ce sentiment d'être démuni, de n'avoir rien en main, et pourquoi pas des armes, puisque les autres en avaient. J'étais petit.

De quand les premiers engagements ? Il y avait eu à la même époque les émeutes sur les boulevards. Un copain d'école qui habitait le quartier m'avait aussi raconté les noyés, les Algériens qu'on retrouvait dans le canal Saint-Martin. (Et depuis des années, j'avais choisi d'habiter près du canal, au-dessus de cet endroit précis qu'on appelle le "bief des Trépassés", mais ce nom remonte à bien plus loin que la révolution algérienne, bien sûr.) Des morts dont les journaux ne parlaient pas, qu'on voulait ignorer.

De quand ? Peut-être du choc causé par l'enlèvement de Mehdi Ben Barka, en plein Paris, en plein jour. Disparu ! C'était le temps de la Tricontinentale, de l'appel du Che.

— Che !

L'interjection magique. Le mot de passe. Che Guevara. Che Bandoneón ? Che Buenos Aires ! Qu'avais-je à faire des confidences ? Ce flic m'emmerdait.

— Moi non plus, dit-il pensif, je ne sais pas exactement quand j'ai commencé à ne pas être très content de tout ce qui m'entourait. Pendant la guerre, ma mère habitait rue des Ecouffes. Vous voyez le quartier ? La voisine qui l'a cachée, en juillet 1942, lui a raconté, brave femme, à quel point elle était surprise de la réaction de la plupart des gens. On arrêtait les Juifs, personne ne voyait rien. Ils disparaissaient, et c'était comme s'ils n'avaient jamais existé. Ou alors, on disait que c'était forcément parce qu'ils avaient fait quelque chose de mal. La vie continuait. Je n'ai pas besoin de vous rappeler que ce sont des flics français qui ont organisé la rafle. Je suis né un peu après, quand ils sont devenus républicains.

Que pouvais-je savoir d'un flic ? Villon était assis, un peu tordu, veste tombant mal, holster calé dans les reins, avec à l'intérieur quelque chose qui ressemblait à un 357 Magnum de service. Il avait vraiment vieilli. Plus que je ne l'avais remarqué de prime abord.

— Si c'est ce que vous voulez dire, inutile de me le rappeler. J'ai eu mon compte de bavures.

Un peu cassé, toujours teigneux. Voilà ce qu'il était. Mais peut-être plus si content d'être flic.

— L'enquête, dit-il, est de pure forme. L'avocat s'agite, la police fait son devoir, normal.

— Bref, on ne retrouvera jamais Julio.

— Moi, je veux savoir où ce type est passé. S'il est à Buenos Aires en train de se ronger les ongles, ou en fugue amoureuse quelque part dans le monde. Mais s'il est à Paris ou pas loin, avec un fer à souder dans le cul, bon Dieu, ce ne sera pas ma faute si on ne le retrouve pas. Et vite. On se comprend ? Les disparus, ça me traumatise.

Je n'avais rien à lui dire, tragiquement rien. Pas plus qu'à l'avocat ou à Marc. Et ça n'avait rien à voir avec cette impression pénible que j'avais d'avoir face à moi un flic ayant l'air de chercher à sauver son âme.

Tant bien que mal, je me passais les photos de films sur la projectionneuse pour diapos. Un vieil appareil dont je me sers rarement, pas fait pour ça.

Ce qui me captivait c'étaient ces images isolées de tout contexte, de toute histoire. Volées. Même pour les plus banales, le choc était fort comme la lecture illicite d'un journal intime, d'un courrier détourné.

Il y avait des crimes, des baisers, des coups, des fuites, des étreintes, avec des bougés chavirants, des gueules connues, comme surprises (je pensais : compromises). Rien à voir avec les photos de plateau, faites pour la publicité, pour l'image de marque. Ici, c'était l'obscène de la prise vive, l'inconscient révélé de la vue cinématographique.

Et je me souvenais de certaines photos, photogrammes, prises à la sauvette au Minox, devant l'écran, en salle obscure.

J'avais ainsi la Bardot du début du *Mépris*, Vogler interrogeant ses polaroïds dans *Alice*, Muni saluant les amis qu'il assassinerait bientôt dans *Scarface*, le visage de de Niro, camé et comprenant tout, dans *Il était une fois en Amérique*, et tant d'autres images. J'avais souvent photographié le cinéma (ou la télévision même) comme j'avais photographié Jessica, la rue, ou Paris.

Avec les bandes glanées dans l'excitation, au Paramount, j'entrais au plus secret d'une fiction incertaine. N'ayant à voir que des bribes coupées de toute narration, les images me renvoyaient à une représentation aléatoire, parallèle, convaincante et dévoyée.

Belmondo se lançant dans une cascade, Eastwood braquant son arme, Bo Derek montrant ses seins, c'était du calme, du repérable. Plus troublante était cette courte séquence où une main de femme anonyme aux ongles carminés brandissait un cran d'arrêt. Contre qui ? On ne voyait pas. Autour, un appartement luxueux. Ou bien cette autre, sur quelques dizaines de centimètres de pellicule : une silhouette qui court dans une rue, la nuit. L'imperméable flotte. Il pleut. Lueur des réverbères sur le pavé bleuté. La silhouette, c'est une femme, rejoint une cabine téléphonique. Classique. Après ? Après, rien.

Ailleurs, sur ces centimètres de pellicule encore deux hommes, on ne voit que leurs jambes, traînent une femme qui se débat. L'appartement est vide de meubles, à l'exception d'une sorte de bureau. L'image est mal cadrée, à l'écran elle devait tressauter, comme pour un effet de reportage.

J'avais ainsi des dizaines et des dizaines de fragments, la plupart inidentifiables pour moi (peut-être à cause du poids des boîtes de fer, j'avais pris peu de bobines complètes), tous porteurs de récits possibles, d'histoires cachées. Il fallait apprivoiser cet embrouillamini. Le téléphone sonna. C'était Rita.

Ruben était mort.

— Un suicide, précisa-t-elle après quelques secondes.

— Comment ?

— Revolver. Balle dans la bouche.

Je l'entendais se retenir de pleurer. Mais elle tenait. Elle avait eu une liaison avec Ruben, plusieurs mois auparavant. Une liaison courte, sans conséquence. Pour elle. Lui m'avait confié plusieurs fois qu'il aimait Rita, toujours. Ce masochisme d'amant transi m'avait intéressé. Le suicide n'en était pas le produit logique.

— D'où venait cette arme ?

— Il l'avait chez lui. Une habitude de là-bas, je suppose.

— On l'a trouvé quand ?

— Tout à l'heure. Une amie qui avait les clés... D'après les flics, ça s'est passé il y a déjà plusieurs jours.

Je n'arrivais pas à penser toutes ces informations. Ruben ? Un habitué des *Trottoirs de Buenos Aires*, parfois du *Balajo*, maintenant de *La Boca*. Taciturne, capable d'emportements. Pas un très bon écrivain, assez toutefois pour être publié à Paris et interdit en Argentine, pendant la dictature. Il avait eu des responsabilités au sein du mouvement *montonero*. Suicidé ?

Je dis à Rita que je passerais probablement la voir, dans la soirée ou dans la nuit.

En partant, je pris l'appareil photo, machinalement. Sans penser à mal.

La plupart des soirs, *La Boca* était une boîte à la mode parmi tant d'autres. D'autres fois, c'était un endroit curieux où se retrouvaient des habitués, au hasard des tables rondes en marbre. Ces soirs-là, plus qu'à *La Boca* on était "chez Rita", la "guapa geisha", comme l'appelaient les Latinos. Elle avait réussi à transformer une parcelle du faubourg parisien en reconstitution habitée des boîtes d'un autre faubourg, l'*arrabal porteño*. On écoutait beaucoup de musique. On y parlait peu, riait rarement. Cela n'avait rien à voir avec l'humeur. Parce que la musique était bonne et que c'était celle du ressentiment, il régnait à *La Boca* un désespoir discrètement convivial.

Pour Ruben, ils savaient tous. Marti le peintre était là, dessinant sur sa nappe, comme d'habitude. Ceux de Mi Noche Triste. Manquait Jessica. Ce n'était pas plus mal. Les mines étaient graves. Moi, j'avais rendez-vous avec Marc. Entre le journal et son nouvel appartement, il avait fait de *La Boca* son quartier général. Il était en retard.

— Suicide ? me dit Marti. Tout est possible. Ruben était un dépressif, c'est vrai. Mais…

— Est-ce qu'il devait aller témoigner, au procès de la junte ?

— Oui. Il a pas mal souffert de la dictature, au début. Je veux dire… physiquement. Il était très mal en point quand ils ont fini par le relâcher.

— Et toi ?

Marti eut presque une grimace de gêne.

— Je suis à Paris depuis très longtemps. Pas vraiment en exil ! Et pas du tout en exil politique.

Sur la nappe, des lignes de toutes les couleurs s'entrecroisaient. Il dessinait tout en parlant. Ça ressemblait à un plan.

— La commission Sabato a fait du bon travail, continua-t-il. Naturellement, tout se jouera au moment du procès. Et, à part les Mères, personne n'a intérêt à ce que la boue dégouline trop bas.

J'insistai :

— Pour Ruben ? Qu'est-ce que tu penses, toi ?

Il tire-bouchonna longuement son épaisse moustache poivre et sel.

— Je ne crois rien. Je sais que nous avons tous peur. De quoi ? Peut-être du passé vaincu là-bas, mais qui pourrait revenir ici.

Ce ne fut pas Marc qui entra mais Villon. Comme il n'avait pas spécialement l'allure d'un flic, il n'attira pas l'attention. Quand il vint me saluer, Marti lui laissa courtoisement la place.

— Je vous chasse ?

— Pensez donc ! dit aimablement le peintre. Je me retire parce que ma conversation allait devenir triste.

— Qui est-ce ? demanda Villon, une fois Marti parti.

— Un grand mec qui me fait de la peine.

— Les gens, là, ce sont tous des amis du suicidé ?

Rita vint s'enquérir de ce que nous souhaitions boire. Ses yeux étaient encore brillants de larmes. Sa robe moulante en lamé noir, haut fendue sur la cuisse résillée, n'était ni une tenue de travail ni une tenue de deuil. Je lui présentai Villon, inspecteur.

— Faites au mieux, dit-elle, très détachée.

— Vous n'auriez pas dû dire si vite qui j'étais, grogna le flic.

Je n'aimais pas trop le style looser dans lequel il semblait s'installer, comme en mon honneur. Il était donc chargé de l'enquête sur la mort de Ruben ?

— Pas moi directement, éluda-t-il. Mais un suicide n'est jamais complètement simple. Et il s'agit d'un Latino, en ce moment, ça me perturbe encore plus.

— On l'a tué ?

— Si l'on admet l'hypothèse que Julio a pu être enlevé, on peut admettre que Ruben a été assassiné.

— Le début d'une liste ?

— Pourquoi pas ? Et même cet Edgardo accidenté… soi-disant. Qu'est-ce qu'ils disent, eux ?

A voir, c'était saisissant. Lumière faible des boules en appliques, corps tassés devant les consommations, grisaille lente et résignée, *La Boca* ressemblait ce soir aux vieilles photos du café Victoria, d'*El Estribo*, ou de n'importe quel rade de Corrientes (l'avenue du tango, tous ceux qui étaient là y étaient allés au moins une fois de leur anecdote sur ce qu'ils savaient de l'âge d'or).

Ce qu'ils disaient ? Pas grand-chose. L'accident d'Edgardo, la disparition de Julio, la mort de Ruben avaient amplifié cette manière de ne parler qu'entre de longues plages de silence qu'affectionnent paraît-il les *porteños.* Silence de la circonspection et du déracinement. Le vieux phono à pavillon que Rita avait posé sur le coin de son zinc en guise de décoration semblait jouer *Cambalache* : "Je le sais, le monde a été et sera toujours une saloperie."

— Et vous ?

Villon fit la grimace, but une gorgée de sa bière.

— Ce n'est pas exactement un revolver qui a servi. Ce qu'on a retrouvé dans sa main est un de ces trucs à grenaille, vous savez. Qui sert à donner l'alarme. Ou à faire peur, je suppose.

— Ça peut tuer ?

— Normalement non. Mais à bout touchant… Si on s'enfile le canon contre le palais et qu'on tire, évidemment, il y a des dégâts.

Il eut un frisson ambigu, rentra sa tête dans les épaules.

— Si j'avais à me flinguer, je crois que je ne me servirais pas de ce genre de jouet. Mais… d'après les collègues, il s'agit bien d'un suicide.

Marc fit son entrée, massif et tendu. A peine assis, il attaqua très vite.

— Il y a eu aujourd'hui un communiqué d'avocats, à Buenos Aires. Ils se plaignent des menaces, des pressions qu'on fait peser sur certains témoins pressentis pour le procès. L'avocat Jacob a eu l'un d'entre eux au téléphone. Ils sont persuadés qu'une équipe a été envoyée en France pour intimider certains exilés.

— Intimider ?

— Intimider, oui ! Et ça ne veut pas forcément dire "liquider".

— Ça peut aussi vouloir dire ça.

— Vous avez des preuves, flic ?

L'agressivité de Marc était surprenante. Sauf si l'on considérait qu'il n'avait pas le plus petit commencement d'élément vérifiable pour monter un gros titre. Marc avait pris goût aux gros titres. Il se tourna vers moi, désignant Villon.

— Ce type est le policier le plus pourri de Paris et tu es bien placé pour le savoir. Il cherche à se refaire une santé avec cette affaire qui vient d'ailleurs. Rien, strictement rien ne prouve qu'un escadron de la mort ou un commando de l'AAA est en train de sévir dans Paris.

Il avait dit la dernière phrase un peu fort et même il avait tapé sur la table. Des regards se tournèrent vers nous. Villon eut un geste apaisant.

— Je vous laisse. J'étais là hors service.

— C'est ce que vous faites dans le service qui me gêne.

Le flic crispa les mâchoires le temps qu'il fallait, se leva. Son départ ne me soulagea pas beaucoup.

Marc m'informa que plusieurs journalistes du *Soir* étaient sur l'affaire. Au cas où il y en aurait une. Et aussi qu'un envoyé spécial en Argentine s'activait un peu.

— Pour le moment, à part les coïncidences et les paranos, il n'y a rien à se mettre sous la dent (geste presque dégoûté vers la salle). Regarde : l'inquiétude est censée régner et voilà l'actualité : quelques-uns des plus beaux spécimens de l'exil argentin sirotent maté ou alcool en écoutant du tango !

Au moment du départ, Rita me prit par le bras, me tira à l'écart du bar. Deux rides assez belles commençaient à se former aux commissures de ses lèvres de poupée sans âge.

— Ruben a été mon amant, tu le sais.

— Je le sais, oui.

— Il m'a aimée plus que je ne l'ai aimé. Tu le sais aussi ?

— Tu me l'as dit.

— Je ne t'ai pas dit qu'il avait plusieurs fois menacé de se tuer si je n'aimais pas que lui.

Non. Ça, Rita ne me l'avait jamais dit. Mais il n'était pas certain que cette information change beaucoup la lecture la plus évidente des choses. Elle me glissa dans la poche une petite bouteille plate. De l'alcool.

— Tu peux en avoir besoin, cette nuit.

Dehors, le froid avait repris ses droits, il était tard, nuit noire. Le passage n'était guère éclairé que par quelques lumignons tristes. Marc m'agrippa. "Regarde."

Les affiches d'Oscar étaient collées depuis peu. Les habituelles flaques de colle sur le pavé l'attestaient. Elles encadraient l'entrée de *La Boca*.

— Elles n'étaient pas là quand je suis entré, dit Marc.

Il avait déjà vu ces affiches et, comme tout le monde, comme tous les Latinos à qui j'en avais parlé, il les trouvait belles et insupportables.

— Venir coller ça en ce moment, cette nuit, ça a un sens, merde !

Je n'avais pas revu Oscar depuis le heurt avec Julio, la nuit de la perquisition. Il continuait donc son travail. Je n'en étais pas étonné. J'étais même persuadé qu'il poursuivait, chaque nuit, cette entreprise à la logique connue de lui seul.

— Si seulement tu acceptais de refaire de la photo, dit Marc, il y aurait une enquête à faire sur ce colleur d'affiches. Je suis sûr qu'elle t'intéresserait.

— Pourquoi ?

Il s'approcha de l'affiche. La colle était fraîche.

— Un dessin remarquable, n'est-ce pas ? Très impressionnant. Très réaliste. C'est une affiche qu'on a beaucoup vue sur les murs de Buenos Aires, à une certaine époque, avant la prise de pouvoir des militaires.

— Et après ?

— Le type qui l'a conçue et qui la collait était un artiste, un type qui faisait assez peu de politique. En tous les cas, il n'avait pas de liens militants avec les groupes extrémistes. On l'a arrêté un jour. Ou plutôt, il a disparu

— On sait ce qu'il est devenu ?

— La réponse doit se trouver dans le rapport Sabato, ou dans un cimetière clandestin, ou au fond du río de La Plata. Mais sais-tu qui était ce type, cet artiste ?

Nos pas résonnaient sur les gros pavés blanchis de gel. Si Marc me faisait un brin de conduite jusqu'au porche de la rue de la Roquette, ce n'était pas uniquement par scrupule courtois. Son goût de la révélation bien amenée ne se manifestait pas que dans son journal.

— Il s'appelait Miguel. C'était le compagnon et, je crois bien, le mari de Jessica. Tu ignorais tout ça ?

— Qui te l'a dit ?

— Jessica elle-même, l'autre jour. Nous sortions des *Trottoirs de Buenos Aires*. Il y avait cette affiche-là, une fois de plus. Quand elle l'a vue d'abord, j'ai cru qu'elle allait piquer une crise de nerfs. Et puis elle m'a expliqué toute cette histoire, sans commentaire, à sa manière, tu la connais.

Je laissai Marc, planté là, devant la terrasse du *Rey*. J'avais à faire sans trop savoir quoi. Pour la première fois depuis de longues semaines, je me sentais en reconquête heureuse de mes méthodes d'inspiration.

Rien qu'un écart, une barrière disjointe. Je me glissai sur le chantier. En même temps que je commettais cette infraction légère, j'eus le sentiment de me sentir chez moi, quelque chose de presque aussi vif que lorsque je m'étais apaisé au pied de la Colonne, à l'abri derrière la grille, avec Oscar.

Le développement des travaux, pour l'essentiel, suivait un plan dont la rigueur m'échappait. Seul m'intéressait le cinéma. La façade était toujours en place, bénéficiant d'une sorte d'inexplicable sursis.

Aux abords de la salle éventrée, l'avancée devenait difficile, voire périlleuse. Plusieurs fois je trébuchai, me retrouvant à quatre pattes, pied ayant failli sur un bloc en mauvais équilibre. Je dus même m'écorcher, me salir.

A l'intérieur, je ne disposais d'aucun éclairage à l'exception de mon briquet, de la lueur vague diffusée par la rue, presque rien. J'étais bien. Je m'installai près de la grille qui fermait le hall, m'assis par terre, au milieu des éclats de verre venus de je ne sais où (les vitres étaient intactes), des menus débris, des rubans de tickets d'entrée. Le temps de plusieurs cigarettes, je vis quelques passants pressés. Pas un ne soupçonnant ma présence.

Un couple d'amoureux s'attarda sous le péristyle. Ils s'embrassèrent longuement comme il convient de faire quand on est en maraude et que l'affaire se précise. Il lui pelota attentivement les fesses, prenant soin de relever la jupe, vraie tendresse. De belles fesses blanches, un peu grosses, qui bougeaient bien. Puis, la fille glissa, s'agenouilla presque. L'homme fut d'abord séduit, se laissa faire, un peu. De rares passants l'inquiétèrent. Il tira la fille pour qu'elle se relève, l'embrassa à nouveau, quasi de force. Elle se dégagea, lui dit quelques mots moqueurs, ou bien méchants, s'éloigna vers la rue de Lyon. Occasion loupée ! Il ne chercha pas à la retenir, queue encore sortie du pantalon, débandée.

A l'étage, un curieux ménage avait été fait. Toujours le désordre mais plus aucun film. Les boîtes rondes qui traînaient, toutes ouvertes, étaient vides de pellicule. Plus une seule image. Je n'étais pas revenu pour ça. Exactement comme je l'espérais, l'échelle de bois menant au toit était toujours en place. Je grimpai.

La nuit était froide, permettait tous les isolements confortables. Dominant la place désertée, vide de tout éclairage spectaculaire, je me calai au pied des lettres démesurées de l'enseigne, frissonnant comme on jouit.

Demain, tout à l'heure, ce serait la casse. Les machines étaient prêtes, les grosses pelleteuses Poclain. Je serais le dernier à être monté là. Veilleur de la dernière nuit.

Ailleurs ils enlevaient, ils tuaient. Ils étaient peut-être à quelques rues à peine, rôdant. Soit. Mais la place de la Bastille restait incomparablement belle. Je ne les imaginais pas maîtres du terrain.

Rita avait eu raison, il fallait boire. Je bus beaucoup, calmement. Les voitures qui passaient ne comptaient pas, ni les vagues badauds, au loin. Paris était vide, désert, théâtre pur. Rien que moi, recroquevillé, comme à l'entracte, rapidement un peu ivre. Plus tard, le jour se leva.

Je m'ébrouai, fis quelques photos, sans émotion particulière (la hâte autour du métro, les éclats des bars lointains). Posés devant moi, un paquet de gauloises, la bouteille plate presque vide de bourbon, trois rouleaux de Tri-X. Ce petit matin me plaisait.

Sur le toit, je refis le parcours de l'homme, l'autre jour. Le panorama, l'exact état des lieux. Et puis l'enseigne. Et puis la façade de *La Tour d'Argent*. Tout enregistrer ! La rue aussi, ses lumières laiteuses, son trouble. Je vacillai. L'idée s'imposa d'elle-même. Il y avait ce portrait de Jessica, dans mon agenda (fait dans un bistrot, *Le Rey*, un jour dur, Guidoni au juke-box). Je laissai tomber la photo, la laissai là. Et puis je redescendis l'échelle vite (échelle branlante, salle de projection étrangement pillée, hall, guichet, salle détruite, au loin derrière la découpe des toits de la rue de Charenton, le ciel rosé). Fin de parenthèse.

Oscar avait collé deux affiches, de part et d'autre de l'entrée du cinéma. Toujours les mêmes. Aucune sur les palissades qui protégeaient le chantier. C'était au cinéma précisément qu'il avait tenu à s'en prendre. Comme à *La Boca* quelques heures avant. Pourquoi ? Le témoignage se transformait en pollution. Que voulait-il ? J'eus presque envie d'arracher les affiches.

A lui le torturé sur les murs. A moi la photo de Jessica sur le toit du cinéma. Qu'était-il pour Jessica ? Les premiers ouvriers arrivèrent sur le chantier, par l'entrée de la rue de Charenton où se trouvaient les cabanons de la direction. Avant, la plupart d'entre eux avaient dû faire la halte au café *La Bretagne*. Sa destruction était programmée, mais ce serait pour plus tard, pour l'été. Je me retrouvai à la rue. Des hommes s'affairèrent autour de la pelleteuse. Le temps passait vite.

Maleo bricolait un camping-gaz dans son arrière-boutique de la rue de la Roquette. Une belle boutique : "Lingerie-Frivolités de Paris". Pleine de merveilles, selon nos cœurs. Le café ne tarderait pas à être prêt. J'en avais besoin.

— Il est rare que tu m'honores si tôt de tes visites, dit le vieux de sa voix grinçante. Qu'est-ce que je vais pouvoir t'offrir avec ça ? Un petit gin ?

Maleo ne buvait pas, ou plus, je n'ai jamais trop su. Mais il avait toujours un vieux fond de gin qui traînait, pour les copains de passage, au cas où. Il n'avait plus tellement de copains. Je détestais le gin. C'était un vieux mec maintenant, encore vert à sa façon, flottant un peu dans sa peau et dans son costume prince-de-galles. Il portait de grosses lunettes qui lui donnaient des yeux de hibou, le dessus de son crâne ressemblait à la peau d'un jeune poulet. Bouche amère et pipe permanente, le plus souvent éteinte, il gérait le fonds de commerce de lingerie pour dames que lui avait laissé sa femme, en mourant, voici quelques années. Peu de clientes mais pas mal d'amateurs. Le café était fadasse, comme d'habitude.

— Paraît que le massacre va continuer, bougonna-t-il. Le cinéma, c'est pour aujourd'hui. (Il montra mon appareil.) Je parie même que c'est à cause de ça que tu es là de si bonne heure.

A côté de lui, sur la table, il y avait un mannequin, visage alangui, buste généreux et hanches minces. Une assez belle pièce d'une série Pierre Imans des années 1945-1950. Autour de son cou, Maleo avait accroché une anachronique petite pancarte publicitaire : "Chantelle aime les seins." En surcharge, il avait écrit avec un gros feutre : "Moi aussi." Son humour.

— Remarque, je m'en fous, du cinoche. Paris, c'est foutu depuis longtemps.

Il avait été coursier, poète, anar, journaliste, écrivain porno, amoureux. Echoué dans ce quartier alors que ses humeurs le portaient plus vers le 13e arrondissement (la construction des tours l'en avait chassé), il avait un peu tenté d'écrire un bouquin sur le quartier, qui aurait pu s'appeler "La méprise de la Bastille" (Maleo adorait ce genre de jeu de mots). Il n'avait pas donné suite. Paris foutu, c'était sa rengaine.

— Faut être franc. Maintenant, cette ville me dégoûte. J'ai plus le cœur à sortir. Je m'y retrouve plus. Et puis, faut bien dire les choses : Paris, c'est Paris la nuit. Or, à l'âge que j'ai, tu vois, j'ai peur. Ne rigole pas. J'ai peur des loubards. Des agressions.

Il avait été le copain de quelques poseurs de bombes, tenu de façon fort polémique une petite chronique des faits divers dans un journal malpensant. Maintenant, il était vieux, en général assez réac, et sympathique.

— Tu lorgnes sur cette beauté, hein ?

Il souriait en essuyant ses larges lunettes. C'était un autre beau mannequin. Celui-là porteur d'une sorte de bustier, une chose noire à dentelle, épatante. Maleo me décrivit longuement les effets de cette parure sur les seins et les reins. J'écoutais distraitement. La boutique était pleine de ces sortes de choses, exhibées ou enfouies au plus profond des tiroirs soigneusement étiquetés. Il y avait de tout. Des corsets, des guêpières, des porte-jarretelles, mille variétés de bas, de soutiens-gorge et de culottes, de quoi ravir les jeunes dindes et les vieux bougres, tous les connaisseurs, du string à la vieille gaine, de l'archaïque panty à la nuisette tous usages, du soutif à balconnet au body affriolant. Une institution. Un musée. Un must. Je venais assez souvent.

Maleo rajusta ses lunettes, resservit une tournée de café, versa du gin à tout hasard.

— Quand même, le coin bouge. C'est drôle.

— L'opéra ? Les bulldozers ?

— Je me moque des bulldozers, je n'ai jamais foutu les pieds à l'opéra. C'est pas de ces conneries que je te parle. Il se passe des choses. Je sens ça, moi.

Depuis tout môme, il arpentait le bitume. Il avait été crieur de journaux, peintre à Montmartre, étudiant çà et là, bouquiniste sur les quais de Seine, professeur de tango, balayeur. Ou flic privé, ou souteneur. Maleo mentait tout le temps.

— Il y a des types qui zonent. Pas des types du coin. Pas des touristes non plus.

— Des flics ?

— On pourrait croire. Je pencherais plutôt pour des malfrats.

Il flatta le cul d'un mannequin, une pièce rare, un Siegel des années cinquante, maquillé par Clovis Trouille (dont c'était par ailleurs le métier) à l'attention spéciale de Maleo. Qui avait aussi fricoté avec le groupe surréaliste, dans les années trente.

— Des types qui déposent des prospectus dans les boîtes aux lettres, ou qui lisent toujours le même journal plusieurs jours de suite dans le même bistrot. Qui ont un accent.

— Quel accent ?

— Ce que je sais ! Les langues vivantes, moi, à part le verlan et le loucherbem !

Il fit un sort au gin. Derrière la vitre, la rue s'animait. Le vieux ne sortirait pas. Il ne sortait presque plus depuis la mort de sa femme. Il recevait dans son antre amis et habitués, vitupérait l'état du monde et l'injustice de son destin. Je fis quelques photos de lui, verre en main au milieu des dentelles, il râla. D'une manière tout à fait inattendue, dans l'objectif, je le vis sourire. C'était rare. Ce n'était pas pour moi. La photo faite, je me retournai. Ida se tenait sur le seuil, dépenaillée et superbe. Ida et Maleo, bon sang : j'aurais pu m'en douter !

On était le mercredi 13 février 1985, huit heures trente à peine. Le quatre-vingt-deuxième anniversaire de Georges Simenon. Les pelleteuses se mirent en marche. Elles ressemblaient banalement à des monstres, mouvements lents, précis, mâchoires impitoyables, sûres de leurs coups. D'abord ce fut le péristyle, comme pour se mettre en appétit. Il s'écroula sous les attaques successives de la pelle crantée, lourde, tendue au bout du bras coudé de la machine. Les blocs de béton s'effondraient, tombaient dans un fracas sourd. Parfois des blocs énormes restaient suspendus, accrochés à la terrasse par leur armature de métal, membre cassé. Une colonne tomba. Un deuxième mouvement du monstre la faucha à la base. Tout allait vite. L'homme qui était aux commandes pratiquait en spécialiste, tueur sans haine ni émotion d'aucune sorte, marchant au contrat. Une équipe d'ouvriers était là pour le seconder, l'entourant à quelques mètres, prête à le guider, à le seconder en cas de besoin. Tous connaissaient leur affaire. Des professionnels. Sur le trottoir une petite foule se formait, ahurie, incrédule. La deuxième colonne tomba, brisée net à mi-hauteur, entraînant dans sa chute les dernières lettres de l'enseigne. Exit le "Paramount Bastille".

Au sol, les lettres de métal tordu se mêlaient, écrasées, à l'amoncellement déjà considérable des ruines. Derrière un homme dit : "Les salauds !" Moi, je baissai l'appareil photographique pour enfin voir la chose à l'œil nu. Il fallait aussi que je recharge.

Le gros de la façade était encore en place mais ce n'était plus le cinéma. Cette avancée en arc de cercle, ces colonnes, c'était cela qui donnait son allure unique au bâtiment. Fini, pour toujours. Aucune tristesse. Pas plus de rage. Rien qu'un point de repère unique, un jalon, disparu, une case abolie dans le jeu de l'oie parisien. La pelleteuse se remit à l'ouvrage.

Un bon tiers de l'enseigne supérieure fut balayé d'un lent coup latéral. L'endroit même où j'avais trouvé refuge cette nuit. Les barres de fer se froissèrent sans aucune résistance. Je pris en très gros plan, au 200 mm, l'attaque des dents de la pelle sur le A final de cinéma. La lettre se plia, enlevée, presque avec indifférence. Le reste suivit, les autres lettres, l'armature métallique. Ce qui restait n'avait plus de nom, ne ressemblait plus à rien. Un fronton ridicule. La surface sur laquelle s'étalaient les titres racoleurs, les portraits de stars, n'était plus qu'un mur de parpaings grossiers. Je remarquai enfin que, plus bas, il ne restait plus trace des affiches d'Oscar.

Avant la destruction, quelqu'un avait éprouvé cette nécessité-là ! Autour de l'entrée recouverte à demi par le fouillis des blocs de béton, plus rien. Pas le moindre lambeau de torture.

La pelleteuse se remit en action. Ses chaînes avancèrent sur le lit de gravats, le bras se tendit, resta un instant suspendu au-dessus du toit puis s'abattit, lourde masse, à l'endroit où j'avais quelques heures plus tôt laissé la photo de Jessica. Je crois bien.

A chaque coup, de la poussière s'élevait, vite dissipée par le vent glacé. Je vis les boîtes de film vides tomber, l'échelle de bois, les meubles de bureau vert sale, ce pan de mur avec encore épinglées toutes les cartes postales, sauf une.

Autour, on se pressait. Presque une centaine de personnes, hypnotisées. Certains photographiaient. De l'Instamatic au matériel de professionnel sophistiqué. Les copains de Mi Noche Triste étaient là. Rita aussi, impassible. Et Lageat du *Balajo*. Et Bizot d'*Actuel*. Et l'un des serveurs de la *Juventus* (ex-*Tambour*, haut lieu de la vieille militance).

On en était aux murs du rez-de-chaussée. L'affaire était jouée. Tellement que la machine s'arrêta. L'homme qui avait tout fait sauta du siège. C'était un petit brun trapu, musclé sous son blouson de toile jaune vif. Il s'essuya le visage, les yeux, alluma une cigarette (regard vers nous, les témoins agglutinés), eut l'élégance de ne pas nous signifier que lui n'y était pour rien (plus tard, je le connus mieux, Roger, un type bien). L'heure de la pause. Dix heures déjà.

J'avais tout dans le boîtier. Tout. Mais presque plus de pellicule. Alors je vis Jessica.

Elle était peut-être là depuis longtemps, peut-être depuis le début. Debout sur le banc public, droite, cape noire et écharpe de laine rouge et brun de gaucho. La seule vraie touche de couleur de toute cette foule massifiée par le gris de l'hiver. Elle inclina la tête, un salut, sourit, puis redevint impassible, regard vers le chantier.

Je fis quelques prises des chicots de murs qui restaient encore. Des photos inutiles. Elles me permirent de me calmer, au moins ça. Je ne voulais pas me retourner trop vite. Les ouvriers s'éloignèrent. Au moins pour ce matin, c'était la fin du massacre. Sur un des pans restants, on distinguait encore une pancarte : "Le Photomaton a été retiré pour cause de vandalisme – Il sera de nouveau mis en service à la fin du mois d'octobre." Vandalisme ! Autour, les badauds se dispersèrent. Je pris le temps d'allumer une gauloise, de tirer longuement sur les premières bouffées.

Elle n'était plus là, partie. Je n'osai penser : disparue. Quelques pas en courant. A l'angle de la palissade, je la vis à nouveau, marchant devant la façade de *La Tour d'Argent*. Elle s'arrêta, entra. J'attendis, voulant prendre le temps de recharger l'appareil. Plus de pellicule. D'après le compteur du boîtier, il ne me restait plus qu'une dizaine de vues.

Jessica ressortit sans prêter la moindre attention au monde qui l'entourait. Ni à moi. Elle alluma un cigarillo. Toujours les mêmes déchets de havane, sa manie (photo). Elle partit vers la rue de la Roquette. Pour entrer dans le passage du Cheval-Blanc ? Non. Elle obliqua à gauche, traversa la rue sans aucun souci des voitures qui la frôlaient, se dirigea vers le boulevard Richard-Lenoir. Photo. Photo d'elle sans plus de raison que celle-là : elle était depuis longtemps la seule femme qu'il m'intéressât de suivre dans la rue et c'était bien car j'aimais les rues. Et ce genre de matinée hallucinée, à joues râpeuses, à chemise sale. A ciel de fer, à froid qui noue le ventre.

Jessica prit de l'avance, je la laissai faire. Elle ne se retournerait pas. Elle ne se retournerait jamais. Où allait-elle ? Un rendez-vous ? Avec son amant. De temps en temps, elle rajustait l'écharpe enroulée autour de ses épaules, geste désinvolte. Photo.

Elle dépassait la pharmacie quand je vis l'homme. Celui du cinéma. Il était presque à ma hauteur, de l'autre côté de la chaussée, sur le terre-plein du boulevard. Là où le flic Quinet avait cru reconnaître Pierre Goldman. J'en fus stupéfait mais pas longtemps. Je hâtai un peu le pas, sur quelques mètres, traversai à demi la rue, me retournai et photographiai l'homme. Il s'arrêta net, surpris. Photo comme on gifle. Il hésita sur la conduite à tenir. C'était bien le même homme, aucun doute n'était possible. Il m'évalua. Pas plus qu'au cinéma, il ne souhaitait l'affrontement physique. Je n'étais pas certain de le vouloir moi-même ; et quels comptes pouvais-je bien lui demander de rendre ? Il tourna les talons et repartit vivement en direction de la place. De l'autre côté, Jessica avait disparu, pas d'autre mot décidément. Ce n'était pas très important. Quelques heures de sommeil et j'avais devant moi, pour la première fois depuis novembre, une longue, longue journée de travail dans le labo photo, enfin.

COUR DE MARS

Il me manque ta voix
Toi à mes côtés
Errant dans la ville.

E. CANTÓN, J. CORTÁZAR,
Cafard

D'abord, ce fut Radek, inévitablement. Il me marcha sur le ventre, puis sur les couilles, puis il alla se réfugier vers le bout du lit, là où la couverture était toute froissée, il se nicha. Ensuite vint Kamenev. Son système à elle consistait à tourner, virer en ronronnant autour de l'oreiller, sans négliger des petits câlins offensifs avec sa truffe. Ses allées et venues impliquaient forcément que sa queue me balaie le nez, en toute innocence. La tactique de Zinoviev était différente. Elle occupait le lit, comme ses deux camarades, mais restait immobile, assise sur son derrière, très digne, se contentant seulement de miauler à fendre l'âme dès que je me risquais à ouvrir les yeux. L'heure, c'est l'heure. En général, je résistais le temps d'une cigarette, quelquefois deux (Kamenev déteste la fumée de gauloise mais aime assez quand, de temps en temps, je passe aux Craven). Comme tous les matins, je cédai, me levai et me dirigeai vers la cuisine. Pendant quelques minutes, les miaulements ne firent que redoubler. C'est que j'étais lent et que mes gestes étaient maladroits, que je ne savais plus où j'avais bien pu laisser l'ouvre-boîte, qu'elles m'énervaient avec leur impatience, même si c'était le contrat depuis toujours entre elles et moi : bonne bouffe et bol d'eau fraîche, tous les matins, à huit heures pile. Je répartis démocratiquement les parts dans les trois écuelles marquées à leurs noms. Le reste, qui leur appartient, ne fut que boulimie débridée. Je me préparai un café.

Le living prenait une mauvaise allure qui pour le moment ne me déplaisait pas. On m'avait parfois reproché d'en faire un musée. Il ressemblait maintenant à un franc bric-à-brac. Il n'y avait pas que les boîtes de photos toujours ouvertes (et les piles, toujours éparpillées) de mon classement en panne. D'autres images s'étaient jointes au lot. Celles trouvées au cinéma, les bribes de films que j'étais loin d'avoir encore exploitées. Celles, surtout, de Jessica. Comme elle prenait soin de me faire savoir ses activités mondaines avec Baxter (simples invitations officielles, sans un mot), j'avais d'elle un nombre de photos considérable, prises dans la seconde partie de février. Mais surtout, il y avait les objets, les choses cueillies. Ou recueillies.

Le Bras était toujours en place, encombrant, vrai monument. D'autres reliques l'avaient rejoint.

Après la destruction du Paramount-Bastille, je m'étais rendu sur le chantier. Pas seul, avec Marc. Parce qu'il était passé chez moi peu de temps avant, qu'il avait une voiture et moi pas (une vieille DS pourrie qui était un de ses snobismes). Il m'avait aidé à récupérer quelques-unes des lettres de l'enseigne détruite. Le B et le A de "Bastille". Le P de "Paramount". Elles étaient toutes un peu tordues, la peinture s'écaillait, mais j'avais jugé impossible de les abandonner au milieu des gravats. Les autres lettres, la plupart en mauvais état, étaient de toute façon inaccessibles.

Pour prix de sa collaboration, Marc m'avait imposé un discours sur l'embarras dans lequel le mettait l'action possible d'un commando de tueurs argentins à Paris. Il ne voulait en aucun cas négliger l'affaire. Y avait-il affaire ? J'avais dû bougonner et il m'avait aidé à transporter les lettres chez moi.

Il y avait aussi les bricoles, pancartes, affiches, récupérées dans le cinéma. Des objets sauvés dans les appartements désertés parce que condamnés de la rue de Charenton : un Teppaz des années soixante, une collection impressionnante de poupées Barbie trouvée dans une seule chambre de bonne (murs tapissés de photos de Mylène Demongeot, Dany Saval, Elke Sommer, Pascale Petit – je raflai), des choses comme ça. Qui prenaient de la place, chez moi.

Je bus mon café, à petites gorgées. A côté, et surtout en haut, au studio, les choses avaient peu à peu repris tournure. Je m'étais remis à travailler, un peu. Des commandes, des portraits, de la routine reconquise sans trop de mal, quelques pubs. Peu de reportages. Sauf pour Marc et son *Soir*, à l'occasion. De la chronique mondaine. Grâce à Jessica.

Le living était à l'image de ma déroute relative. En matière d'ordre, rien ne pressait. Les chattes arrivèrent repues. Radek fit sa toilette à portée de patte du dernier courrier de Jessica, envoyé en tout début de mois. Une simple photo, comme c'était désormais la règle. La représentant nue, en train de se coiffer dans une salle de bains. Chez qui ? Ce qu'il y avait de remarquable dans la photo tenait au poids des seins mis en évidence par le mouvement des bras relevés, par le flou délicat de l'épaule aussi (mauvaise mise au point, erreur dans l'évaluation de la profondeur de champ, jeu de miroirs raté). Encore une photo émue d'amant. L'horreur était d'imaginer qu'un jour Jessica cesserait de m'envoyer des photos de cette nature-là.

Zinoviev se lécha une dernière fois, puis se roula en boule sur son fauteuil. Kamenev se retira vers ma chambre, dans les replis de mon dessus-de-lit. Dehors, c'était encore l'hiver mais moins cru. Toutes grandes douleurs bien repérées, je me réinstallai dans une vie paisible. Un constat sans gaieté.

J'étais dans le labo quand on sonna. D'abord, je ne répondis pas. Sur la plaque de l'agrandisseur, il y avait Rita, en négatif. Une photo dont j'étais sûr et à laquelle conviendrait un papier à gradation très douce, pour ne pas tomber dans le piège des excès de maquillage que Rita affectionnait. Elle était prise en défaut, ici, pour pas grand-chose. Rien qu'un peu de rimmel glissant sur une paupière (ce soir-là elle venait de pleurer une fois de plus à *Mi Noche Triste*, la chanson, pas le groupe de petits peintres). Le reste d'un geste maladroit. On sonnait toujours, avec insistance. Je pris le temps de tirer la photo. Un essai.

Dans les bacs, le visage apparut. Ebauche conforme à ce que je pouvais attendre. Une bonne heure de travail et Rita aurait là ce que je voulais voir d'elle quand j'étais ivre de tango et d'alcool et que je la regardais en l'aimant d'amitié. La sonnette s'était tue. Je quittai le labo et allai ouvrir, exaspéré. Oscar était assis sur les marches de l'escalier.

Il leva les yeux, sourit d'une manière d'emblée inhabituelle. “Je peux ?” Je m'effaçai pour lui laisser le passage. Il entra.

Ses affaires devaient aller mieux. Le complet gris fer venait tout droit d'un fripier, mais il était à peu près propre. Oscar portait même cravate en cuir et chapeau feutre, canaille. L'ensemble pouvait passer pour une manière audacieuse d'être à la mode. Plus de seau de colle. Le sac était toujours là, contenant les affiches roulées.

— Tu as soif ? Faim ? Un café ?

— Café. Etonné de me revoir ?

— Un peu, oui.

Léger mensonge. Je n'avais jamais douté qu'il réapparaîtrait un jour. Il n'y avait pas urgence, voilà tout. Que voulait-il ? Il fit mine de ne pas hésiter.

— J'ai réfléchi à pas mal de trucs. A propos de mes affiches, par exemple.

Je le dirigeai vers le living. Réveillée, Zinoviev déserta immédiatement le fauteuil d'osier. Oscar s'assit sur le canapé. Je lui servis le café. En annexe, si cela le tentait, il ne tenait qu'à lui de partager harengs, chablis, reste de pastrami. J'étalai la crème fraîche sur les blinis, disposé à écouter ce qu'il avait à me dire.

— Je crois que je m'y prends mal, dit-il. D'abord, j'ai voulu faire un truc solitaire, tu comprends. Pas de l'art. Une sorte de dénonciation. Insidieuse. Anonyme.

— Ton affiche ?

— Exactement. Aucune publicité. Elle dérange. On l'arrache très vite. Moi, j'insiste, je colle et recolle. Je suppose que ça intrigue. Est-ce que ça suffit ?

Le café terminé, il accepta le chablis, grimaça devant les poissons. Chez lui, on aimait plutôt la viande. Je le laissai dire. Il avait rarement tant parlé.

— Alors, je me suis dit que peut-être il fallait faire des concessions, voir des gens, se faire un peu connaître. Tu es bien photographe, non ?

— Et j'ai beaucoup d'amis argentins. Pas seulement peintres.

— J'y ai pensé, aussi.

Plus rien du nuiteux illuminé. Un type tendu Avec une idée précise, un objectif en tête. Qui tournait autour du pot et qui se demandait bien ce que moi-même je pensais de son baratin. Il ne venait pas se restaurer et dormir comme autrefois. Il venait négocier. Il me plut d'avancer à découvert. A ma manière.

— Le dessin de l'affiche que tu colles n'est pas de toi. Pourquoi ?

— Pas de moi ? Exact. C'est un type de Buenos Aires qui a fait le dessin. Un disparu, si tu veux savoir.

Il tint à marquer un temps de silence, à me faire comprendre que la suite était difficile à dire. Se remettant à parler, il ne lésina pas.

— Un artiste, un vrai. Miguel, il s'appelait. Son affiche était partout. Pourtant, il collait seul. On les arrachait.

— Qui les arrachait ?

— Les bandes à Perón, ceux de l'AAA, les boutiquiers, les braves gens qui ne voulaient pas savoir. Fatalement, il en restait quelques-unes. Une fois...

Chablis, encore.

— Une fois, j'ai eu un peu honte, je sortais d'une fête avec des amis, je suis tombé sur l'une de ces affiches. Elle n'était pas là depuis longtemps, j'ai pu la décoller facilement. Je l'ai gardée. Peu de temps après, les affiches disparurent complètement des murs de Buenos Aires. Plus rien. Le coup d'Etat, tu comprends ? Les murs redevinrent propres.

Il racontait, voix blanche.

— Le moindre graffiti, si tu étais pris, c'était l'arrestation, la torture. Ne serait-ce que quelques mots gravés avec un clou, sur un mur. Le silence. A quoi bon d'ailleurs écrire sur les murs puisque personne ne voyait rien, puisque personne ne voulait rien entendre.

Et puis :

— J'ai gardé cette affiche. Je me suis dit qu'il faudrait rendre justice à celui qui l'avait conçue et qui avait disparu.

— A Paris ?

— Je vis à Paris, maintenant. Je t'ai déjà dit pourquoi. Et je pense à ce procès qui va venir.

— Tu seras témoin ?

— Non (il se crispa). Pendant toute cette période, la dictature, j'ai été un Argentin comme les autres. Je n'ai rien fait de spécial.

— Tu connaissais Miguel ? Et Jessica ?

Au moment même où je prononçai son nom, je savais que j'avais tort d'évoquer Jessica. Il grimaça.

— Beaucoup de gens connaissaient Miguel, un grand artiste. Jessica, c'était une autre histoire. Trelew. Il y avait un refus, une haine, tu ne peux pas savoir, de tous ces... terroristes.

— Des terroristes ?

— Les Montoneros, les gens de l'ERP, l'*Ejército Revolucionario del Pueblo*, qui attaquaient les banques, qui organisaient des attentats, qui attaquaient les prisons. Tous ces soi-disant révolutionnaires.

— Et toi, qu'est-ce que tu pensais ?

— Je t'ai dit. J'étais comme les autres Argentins, comme les autres *porteños*. Je voulais la paix.

— Pourquoi l'affiche ?

— Pourquoi ? Plus tard, je me suis dit que c'était comme une dette. Peu de chose mais qu'à ma mesure j'allais rendre hommage aux victimes.

Peut-être parce que c'était bancal, ça me convenait pour le moment. Que pouvais-je faire pour lui ?

— Rien, sans doute rien. Je me dis qu'il serait mieux de connaître un peu les Argentins de Paris. Ou qu'on fasse état dans la presse de cette affiche. Celle de Miguel.

Jessica, qu'en penserait-elle ? Je pouvais toujours faire passer un article illustré dans *Le Soir*. Marc me l'avait déjà proposé. Le problème était ailleurs.

— Rencontrer des Argentins, ce n'est pas très difficile. Tu n'avais pas l'air très content de voir Julio.

— Qui ?

— Celui que tu as croisé ici, un matin. La dernière fois.

A défaut d'autre chose, Oscar prit une mine butée :

— Il ne m'a pas paru sympathique. Il a dit qu'il me connaissait. Ce n'est pas vrai.

— Il a disparu. Je ne l'ai pas revu depuis cette fois-là.

— Ah ?

— Et j'ai un autre ami qui s'est suicidé. Du moins c'est ce qu'on dit. Et un autre encore qui est mort, après un accident ou un attentat.

— Pourquoi tu me le dis ?

— Pour que tu saches que tu n'es pas le seul à être tourmenté. Pourquoi as-tu collé à *La Boca* ?

— Je le fais partout où il y a des Argentins.

— Et au cinéma ?

Il grimaça encore, se tassa. Il mentait sur deux ou trois points vraisemblablement essentiels, je ne savais pas lesquels et pour l'heure ce n'était pas très important. Seul son désarroi m'intéressait. Il était notre unique point commun.

— Je n'ai pas aimé qu'on détruise ce ciné (il hésita). Paris, c'est un peu devenu ma ville. Peut-être pas pour longtemps, mais quand même. J'ai voulu y être. Tu penses que c'était imprudent ?

— Je ne sais pas.

"Imprudent" ? Il ne me serait pas venu à l'idée d'employer ce terme. De toute façon, Oscar ne pouvait espérer s'en tirer comme ça. Je fouillai un peu, parmi les clichés éparpillés sur le parquet.

— Et cet homme-là, tu le connais ?

Il regarda l'homme du cinéma, tel que je l'avais photographié boulevard Richard-Lenoir.

— Non, finit-il par dire. Je ne crois pas.

J'avais la conviction qu'il mentait.

— Je pense que tu connaissais Julio.

— C'est ton affaire, dit-il. J'ai les miennes.

— Je vais faire publier des photos de toi, de ton affiche.

— Fais ce que tu crois bien.

Les critères du bien m'étaient parfois confus. J'avais en revanche une certaine curiosité face aux explosifs à mèche lente.

Villon fut surpris de mon coup de téléphone mais il s'abstint de tout commentaire. Une heure après, nous nous retrouvions à *La Tour d'Argent*. Mes états d'âme sur la disparition prochaine de la brasserie n'étaient pas à l'ordre du jour.

La photo de l'homme du cinéma ne disait rien au flic. Je lui expliquai dans quelles circonstances je l'avais prise, il ne demanda guère plus de détails.

— Je peux la garder ?

Il pouvait, c'était même ma seule raison de prendre une bière avec lui. Au moins pour aujourd'hui.

Le Soir prospérait, la courbe des ventes grimpait régulièrement. Les trop étroits locaux du temps de la genèse gauchiste avaient été abandonnés depuis une bonne année. Le journal s'était installé dans les trois vastes étages d'une entreprise d'ébénisterie en faillite, au début de la rue de Charonne, cour du Panier-Fleuri, ce qui ne s'invente pas.

Marc me reçut dans son bureau. Derrière lui, une vieille une du journal, montée en poster, portait en titre "A gauche, toute". Sur sa gauche, au-dessus d'une pile de dictionnaires, d'*Encyclopædia Universalis*, de manuels des difficultés de la langue française, quelques œuvres d'Hergé et la collection complète, absolument complète, des *Cahiers du cinéma*, toutes périodes confondues, celle aussi, beaucoup moins abondante, des *Cahiers marxistes-léninistes*. Au mur en vis-à-vis étaient épinglées quelques photos. Marc avec Alain Delon, Marc buvant un verre avec Lauren Bacall, Marc serrant la main de Serge July, etc. Il me pria de fermer la porte, servit le Jack Daniel's et les gobelets de plastique. Sans avoir rien de précis à faire, je me sentais pressé. Ou mal à l'aise. Je sortis la photo, la même que j'avais donnée à Villon, et expliquai le cours des choses. Marc me fit le coup du gars qui avale de travers.

— Ça fait deux belles informations, quand on y pense, s'esclaffa-t-il. D'abord tu te remets à la photo, ce qui est plutôt une bonne nouvelle. Ensuite, et c'est inquiétant, voilà que tu donnes la priorité aux flics. Et à ce flic-là !

— Tu connais ?

— Non. Mais s'il y a un moyen de mettre un nom et une bio sur cette gueule, je te jure que je serai aussi efficace que ton ripou de flicard.

Je ne savais pas jusqu'à quel point Villon était pourri, au-delà de ce que j'avais moi-même pu constater. Mais il semblait effectivement en disgrâce. Les enquêtes sur les personnes disparues, ça ne ressemblait pas exactement à une promotion.

— Jessica ? Tu l'as prévenue. Non ? Si ce que tu dis est vrai, tu es complètement dingue. *Loco*, comme disent tes amis latinos. Tes petits jeux, tes petites souffrances sophistiquées, merde !

Il broda un moment sur ce thème sans parvenir à se rendre vraiment intéressant. Le type du cinéma n'était pas nécessairement un tueur. Tout juste un type bizarre, zonant dans un quartier qui compte pas mal de frappés notoires. Julio pouvait être n'importe où, et pas forcément en mauvaise posture. Ruben était assez braque pour s'être réellement flingué. N'importe qui pouvait avoir envie de suivre Jessica dans la rue, hélas, ou tant mieux. *Locos ?* Oscar l'était aussi, et Jessica elle-même, et tous les autres du Passage. Et au bout du compte, c'était bien.

— Tu n'es tout simplement pas capable de lui téléphoner pour lui dire que sa vie est peut-être menacée.

Il avait raison mais pas complètement. Il ne connaissait pas Jessica, pas assez bien. Lui annoncer que sa vie était menacée n'était pas une nouvelle. Elle le savait depuis vingt ans, sans esprit romanesque aucun. C'est pour cela qu'elle vivait fort.

Un type frappa, entra presque aussitôt sans que Marc ait eu le temps de dire un mot. Il tenait à la main deux papiers, deux dépêches AFP.

— Tu veux toujours avoir des infos sur la communauté latino de Paris ? Ça bouge.

— Raconte.

Le type lut les dépêches. La première faisait état de l'explosion de l'appartement d'un violoniste argentin, dans le quartier du Marais.

— Qui ?

— Parella. Osvaldo Parella. Un virtuose. Cinq ans de taule pendant la dictature. Libéré à la suite d'une campagne d'Amnesty. Il n'était pas chez lui, coup de chance. Peut-être que c'est le gaz. Ou bien un attentat.

— L'autre dépêche ?

— On a repêché le cadavre d'un homme, flottant dans le canal Saint-Martin. Très amoché, décapité en plus.

— Quel rapport avec les Latinos ?

Le type toussota.

— D'après notre informateur habituel de la morgue… je veux dire : de l'Institut médico-légal, on pense que ce cadavre pourrait être celui de ce Julio-je-ne-sais-plus-comment qui a disparu il y a quelque temps. Une histoire de tatouage. On devrait le savoir vite.

Marc ne me quittait pas des yeux. Il y avait une sorte de protection dans ce regard-là, de douceur qui n'était pas dans ses façons habituelles. Restait une question à poser. Elle me revenait.

— Le cadavre ? On l'a retrouvé dans quel coin ?

Le grouillot relut sa dépêche.

— A l'écluse de la Douane. Je crois que c'est tout près de l'endroit où le canal devient souterrain, près de la rue du Faubourg-du-Temple.

Au square Frédérick-Lemaître. Le bief des Trépassés. En dessous de chez moi.

Je roulais vers la place, comme toujours. Il y avait tout ce temps d'absence d'images qu'il fallait rattraper. Plus un jour sans aller au chantier, désormais ! Il me fallait tenir les minutes de la destruction. Sans arrière-pensée dénonciatrice. Comme on tient un journal intime.

C'est en longeant les Quinze-Vingts rue Moreau, une rue calme, souvent déserte. Une voiture me doubla, se déporta vers la droite assez brutalement, me heurta. Je tombai, après avoir rebondi sur une autre voiture en stationnement. D'abord il y eut la vision de la roue de la bicyclette, sous mon nez, tournant bêtement, puis le crissement des pneus de la voiture. Mon genou me semblait péniblement indolore. Je pensai que peut-être ce n'était pas très grave, je pensai que l'urgence était ailleurs. En se penchant sur moi, allongé au sol, l'homme fut surpris de se trouver avec une lame pointée vers lui. Réflexe, souvenir d'Edgardo.

— Ne me touchez pas !

C'était un cinquantenaire paisible et désolé. Affolé maintenant. Qu'est-ce qui me prenait de le menacer ? Il bafouillait qu'il était en tort, il l'admettait. Cette voiture qui l'avait doublé un peu vite lui avait fait donner un coup de volant malencontreux, stupide même (trente ans qu'il conduisait et pas un accident !). Mais pourquoi ce couteau ? (Je le rangeai.) Avais-je mal ?

Ses plaintes étaient pénibles. Ce vieux type ne semblait pas comprendre que, dans la ville où il vivait et avançait à sa façon, les accidents étaient parfois des attentats, les promenades parfois lourdes de risques. La Raleigh n'était qu'éraflée et mon genou, quitte à boiter un peu, ne m'empêchait pas de marcher. Je proposai au vieux d'aller prendre un verre. Le rade le plus proche impliquait que l'on passât sous l'une des arcades du viaduc, puisqu'en cet endroit les démolisseurs l'avaient laissé intact. Sous la voûte, assez abîmées mais très lisibles, restaient quelques affiches annonçant un récital de Susana Rinaldi.

Cette fois, il ne restait plus rien. Les bulls étaient passés, avaient fait place nette. On ne pouvait deviner l'emplacement du cinéma qu'en s'aidant du tracé du trottoir, toujours intact. A la place de la salle, c'était maintenant un vaste cratère à la fonction indéterminée. Plus loin, vers l'ouverture de la rue de Charenton, un autre cratère était occupé par des équipes d'un genre un peu particulier. Elles menaient des fouilles dans les fondations de la Cour des Juifs. Une sorte de ghetto, autrefois, où l'on fabriquait et négociait de la fripe, entre pauvres.

— *La Tour d'Argent ?*

— Pas pour tout de suite, dit Roger. En mai. Ou en juin. Avant, il faudra détruire ça.

Le mur mitoyen au cinéma. Très ravagé. Avec ses publicités peintes pour Nicolas.

— Derrière il y a une cour d'immeuble très étroite, tout en longueur. Dégueulasse.

— Et ensuite ?

— Les maisons de la rue de Charenton. On s'y attaquera dès qu'on en aura fini avec le restaurant.

Roger travaillait sur la pelleteuse. Il cassait. Sans état d'âme. Mais il aimait bien discuter avec les gens du coin. ("Normal, quand on est sur un chantier aussi long, c'est toujours plus ou moins les mêmes têtes qui nous regardent faire.") Lui, il était natif de Saint-Brieuc, une ville qui avait aussi beaucoup changé depuis quelque vingt ans, pas de la même manière, bien sûr. Son premier chantier à Paris, ç'avait été les Halles, pas moins.

— Des types qui gueulaient, nous insultaient. Ça n'a jamais été jusque-là mais bon, on avait même envoyé des flics pour nous protéger, au cas où. Ici, les gens regardent, mais ils s'en foutent un peu. (Il rit.) Peut-être parce que c'est un chantier de gauche !

Je tournai la clé, poussai la porte. L'anormal fut tout de suite le silence et que les chattes ne soient pas là. Elles viennent toujours. Je les entends miauler dès le premier étage. Rien.

— Je suis là, dit Jessica.

Dans le living, assise sur le fauteuil d'osier, Zinoviev sur ses genoux, Kamenev et Radek pas loin. Zinoviev avait toujours été sa préférée.

Elle n'avait enlevé ni sa cape noire ni son écharpe gaucho. Elle s'était coiffée de cette manière stricte, lourds bandeaux, chignon massif, qui renvoyait à de très vieilles photos. Ses traits étaient tirés, épuisés, cernes bistres et joues creusées. Belle. Tout se brouillait.

J'eus envie de la chasser. De l'étreindre. De la gifler, de l'injurier. J'eus envie d'elle. Elle sourit, dit qu'elle aussi elle avait envie, souvent. Pas aujourd'hui.

Mes clés, les siennes, étaient posées sur la table basse, à côté du jeu d'échecs. Je les lui avais confiées depuis toujours, sachant qu'elle ne s'en servirait pas. Nous avions le sens des territoires, des bunkers. Le pacte était néanmoins intangible, rupture ou pas. Jessica pouvait s'installer chez moi quand bon lui semblait.

Agitée, nerveuse, elle ôta sa cape, laissa glisser l'écharpe.

— Je voudrais deux choses, dit-elle. Un peu d'alcool parce que je tremble. Et te parler.

Elle tremblait vraiment, comme à chaque fois que nous nous retrouvions après une rupture un peu longue. Elle sourit encore, but plusieurs gorgées de bourbon. Ce qui ne la calma pas.

— Je viens de l'Institut médico-légal.

— Julio ?

— Tu es au courant ? Ils m'ont convoquée. Pour l'identification. J'ai vu le corps.

Le "corps" ! Elle déglutit péniblement. Le silence s'installa. Visage livide. Elle se cassa, pliée soudain en deux, poussa une sorte de cri rauque et court, fut saisie de spasmes. Elle se leva, vite, courut vers la salle de bains.

Elle vomit longtemps, douloureusement, ses ongles enfoncés dans ma paume, de grosses gouttes ruisselaient sur ses tempes. J'imaginai : le corps nu, décapité, la peau blanche, tuméfiée, la lumière clinique, les carreaux blancs, les voix polies, les blouses, le froid. Jessica se redressa, yeux clos, tous muscles tendus. Elle se força à respirer, d'abord doucement, par petits coups, c'était une souffrance ; puis plus largement. Cela dura quelques minutes et là encore, elle était belle. Quand elle eut repris la maîtrise d'elle-même, seuls ses ongles restaient enfoncés au creux de ma main.

Elle se rinça, le visage soudain nu frappé par le néon, mèches collées au front. Un pli était né depuis novembre, entre pommette et menton, une belle ride arrogante. Elle dit :

— C'est notre problème : je ne suis totalement certaine que tu es mon mec que dans les moments violents.

De retour au living, elle but d'un trait son reste de Jack Daniel's, alluma un cigarillo, raconta.

— Ce n'est même pas un corps humain que j'ai vu. Un buste sans tête, gonflé d'eau, marqué de cicatrices affreuses, des membres mutilés, écrasés. Ils l'ont castré.

— C'était lui ?

— Je ne sais pas, dit-elle très bas. Je ne peux même pas affirmer ça. Je crois que oui.

— Le tatouage ?

— Il y a ça, oui. Julio avait un chat, un chat noir tatoué sur l'épaule. Ce cadavre aussi. Qu'est-ce que ça prouve ? Des tas de types de par le monde doivent avoir un tatouage identique, non ?

Jessica se mit à trembler. Mais d'une manière différente, presque insolente, yeux perdus dans l'insondable horreur.

— L'homme que j'ai vu, dit-elle calmement, a été torturé. Sauvagement. Comme ils ont fait là-bas, pendant des années. Ce cadavre ressemble à ceux qu'on trouvait dans les décharges publiques ou dans les terrains vagues, le matin. Ou encore à ceux qui étaient rejetés par la mer.

— Que disent les médecins ?

— Ils sont troublés. Ils disent que peut-être le corps a été mutilé par l'hélice d'une péniche. Ils n'y croient pas vraiment. L'hélice d'une péniche n'écrase pas soigneusement toutes les phalanges d'une main, elle ne force pas un anus, elle ne laisse pas des traces de brûlures sur une poitrine, elle ne coupe pas un sexe. Et puis…

— Et puis ?

— Le chat tatoué sur l'épaule. Ils se sont acharnés dessus au rasoir. C'est une signature. Tu te souviens ? La "chasse aux chats". Les premiers "escadrons de la mort", l'AAA de San Miguel de Tucumán.

— C'est quand ils ont commencé leurs sales coups, les chasseurs, que Julio s'est fait faire ce tatouage. Par défi.

— Il avait vraiment beaucoup de preuves contre eux ?

Elle haussa les épaules, inspira une nouvelle fois, profondément. Elle ne savait pas.

— Il m'a souvent parlé de documents qu'il avait réussi à faire sortir d'Argentine, sans précision. Nous parlions peu de ces choses-là. Je déteste reparler de cette époque.

— Pourtant, tu vas aller témoigner ?

Elle défit d'un geste l'épingle de son chignon, les mèches sombres tombèrent, masse lourde, sauvage. Elle s'ébroua. Oui, elle irait. C'était la moindre des choses, malgré tout. Et peu lui importait que cela fût pénible ou non.

— J'irai parce que je veux être en règle avec ma biographie. J'irai le temps qu'il faudra pour le procès, pas une heure de plus. J'irai parce que je ne peux pas les tuer.

— Tu détestes à ce point Buenos Aires ?

— J'ai choisi d'aimer Paris.

— Tu connais cet homme ?

Je lui tendis la photo de l'homme du cinéma, lui expliquant dans quelles circonstances je l'avais obtenue.

— Non, mais qu'est-ce que ça prouve ? La première chose qu'ils faisaient, quand ils nous arrêtaient, c'était de nous mettre une cagoule sur la tête pour que nous ne puissions jamais les reconnaître. La *capucha*, on disait.

Elle eut à nouveau un frisson, referma ses bras sur la poitrine. L'envie d'elle.

— C'est quand j'ai vu quelques visages que j'ai pensé qu'ils s'en moquaient parce que, de toute façon, ils allaient me tuer. Pas tous des gueules de brutes, non. Cet homme avec ses lunettes cerclées. Ortiz lui ressemble un peu.

— Tu connais le capitaine Ortiz ? C'est lui qui t'a... ?

— La plupart du temps on ne voyait rien, trancha-t-elle. Mais ce n'est pas lui.

Je n'avais jamais pensé que ce fût lui.

— Ils ont beaucoup à craindre de toi ?

— Tu connais ma vie. Depuis Trelew, oui, j'ai pas mal de choses à dire contre eux.

— Tu prends des précautions ?

— Aucune, s'emporta-t-elle instantanément. Je ne sais pas s'ils me cherchent. Je ne sais même pas s'ils sont vraiment à Paris (la colère montait, surprenante). Tout ce qui arrive peut avoir des tas d'autres raisons. Même ce cadavre !

Elle avait vécu des années dans la peur, dans l'angoisse des filatures, de l'arrestation, de la torture. Chaque heure, chaque minute, chaque seconde, cette angoisse-là.

— Contrôler chaque itinéraire, chaque pas, tu imagines ça, toi, Victor le flâneur ? Et ça (geste rageur sur les images qui traînaient, les bouquins, les objets) ! Ne garder aucune photo, brûler immédiatement la moindre lettre, surtout si c'est une lettre d'amitié ou d'amour pour ne compromettre personne en cas d'arrestation. Vivre sans trace en sachant qu'on peut disparaître à chaque instant et qu'il n'y aura pas un seul témoin.

Elle avait été filée, arrêtée, torturée, violée.

— Ils ne m'auront plus, plus jamais, plus personne, siffla-t-elle. Je ne serai plus jamais prudente, ni contre eux ni avec toi. J'avancerai exactement comme j'ai envie, sans me soucier de rien.

J'ouvris la fenêtre, celle du canal. C'était juste en bas qu'on avait trouvé le corps. Je n'avais rien vu. Depuis que je refaisais des photos, j'avais parfois cette impression étrange de voir de moins en moins de choses ; ou peut-être pas celles qu'il fallait.

— C'est pour toi aussi que je dis ça, Victor. Pas de prudence avec toi.

Bien sûr. Elle continuerait notre guerre.

Jessica poussa doucement Zinoviev qui avait repris place sur ses genoux. La chatte ne protesta pas.

— Montre encore cette photo.

Elle se leva.

— Si cet homme me suivait et que tu l'as chassé en le prenant en photo… ils travaillent toujours à plusieurs.

— Donc, un autre a continué à te suivre.

— Peut-être, mais à sa place, c'est à toi que je me serais intéressé.

Elle enroula son écharpe, me serra fugitivement le bras.

— Je pars. Deux choses encore, dit-elle. Tu vas encore souffrir. Je ne peux pas faire autrement.

— Et puis ?

— Quand je tremblais, tout à l'heure, ce n'était pas à cause de… des événements. C'était aussi à cause de toi.

On savait. Elle aurait même pu se dispenser de trop préciser. Elle garderait les clés. Restait à lui demander qui était Miguel.

— L'homme que j'aimais, avant toi. Un peintre. Un salaud colle une affiche de lui dans tout Paris, depuis pas mal de temps. Je voudrais bien savoir pourquoi (pause). Je te jure que je finirai un jour par savoir pourquoi.

Je n'avais jamais complètement pensé qu'Oscar pouvait être un salaud. C'était une hypothèse intéressante.

Le vendredi 22 mars (cet anniversaire-là n'intéressait absolument plus personne), un mandat d'arrêt international fut lancé contre le capitaine Ortiz.

La veille, ç'avait été un autre anniversaire. Neuf ans auparavant, les militaires avaient pris le pouvoir en Argentine. Sous la houlette de Videla et de ses pairs, le terrorisme d'Etat devint la règle. A Buenos Aires, il y eut une manifestation à l'appel des Mères, préparée de longue date. L'idée était de "donner la main aux disparus".

— Une idée formidable, me dit Marti, abandonnant pour un instant son nouveau plan de ville idéale. Elles ont demandé aux gens, à tout le monde, de dessiner une main sur un morceau de papier, de la leur envoyer. Et toutes ces mains ont été accrochées à des fils tendus au-dessus de la place de Mai, entre présidence et Congrès. Plus de sept cent mille mains ! Un véritable toit !

Il rit.

— J'ai envoyé la mienne, évidemment. Et la tienne aussi, figure-toi.

— La mienne ?

Un jour, au coin d'une nappe, il m'avait fait poser la main à plat, en avait tracé le contour avec un feutre. J'avais pris ça pour un jeu.

La manifestation avait été un succès. Trente mille personnes, mais tournant le dos à la Casa Rosada de la présidence.

— Les Mères n'ont plus confiance. "Alfonsín, tu n'as que deux possibilités : ou bien tu t'unis au peuple, ou avec les assassins." C'était leur principal mot d'ordre. Il y avait surtout des jeunes à cette manifestation. Les plus vieux sont plus prudents, je suppose.

— Que va-t-il se passer ?

— Ce que je sais ! *¿ Quién sabe ?*

Marti dessina une place de Mai avec une caserne tout près et vite une autre chose ronde pas loin qu'il appela Vel' d'hiv'.

— On parle d'une amnistie, pour toutes ces histoires de guérilla urbaine qui durent depuis si longtemps. Elle mettrait à l'abri les militaires et les militants. Sauf les chefs. Eux devront payer. Mais qui sont les vrais chefs ?

Entre les gros bâtiments, Marti dessinait une foule de petites maisons proliférantes, suggérait des souterrains, des caches ; un entrelacs urbain impénétrable.

— Des hommes qui ont été arrêtés, torturés, se retrouvent à nouveau en prison. Pour la symétrie, tu vois. L'armée a peur des procès, ça la rend nerveuse, menaçante. Pour l'apaiser, on laisse courir l'idée que le terrorisme des torturés valait bien celui des tortionnaires.

Il froissa la nappe.

— Je te montrerai un journal de là-bas. J'y ai lu qu'on recherchait pour les traduire devant les tribunaux des gens qui ont été arrêtés depuis sept ou huit ans et qu'on ne reverra plus jamais. Des dirigeants *montoneros*, ou bien des chefs de l'ERP. Personne n'est dupe. Mais ça permet de rester très gentil avec les petits gradés qui, un jour, les ont balancés d'un hélicoptère, en pleine mer.

— Comme Ortiz ?

— Ortiz ? Oui. Amnistie ? Mon cul !

Marti ne vit pas d'objection à ce que je récupère le bout de nappe, et ce nouveau plan imaginaire.

Image après image, ils étaient deux hommes et ils traînaient une femme. Aucun visage visible. Je ne disposais que de quelques mètres de pellicule.

La femme gesticulait. A l'écran cela devait donner quelque chose d'un peu vaincu sinon de déjà soumis. Elle n'était pas de taille. Tout juste pouvait-elle serrer les jambes pour éviter que sa jupe ne remonte trop haut sur les cuisses. A la fin de la séquence, les autres l'entraînaient derrière une porte et on devinait que dans cet espace caché, le temps changerait, deviendrait celui des coups, du viol. De la torture.

Une autre pellicule montrait ça. Très peu d'images. Un homme nu attaché sur une chaise banale. Des projecteurs pleins feux sur lui mais, c'était remarquable, avec l'impression d'une absence de mise en scène. De la routine, plutôt. L'homme avait les yeux bandés.

C'est à partir de cet homme-là, terrassé par les coups, que l'évidence fit son chemin. Je cherchai parmi les rouleaux de pellicule emmêlés. Au fond, au cinéma j'avais tout pris de ce qui me tombait sous la main, sans sélection vraie, uniquement à l'attrait d'une ou deux vues.

Il y avait de tout. Un baiser Delon-Deneuve. Dark Vader un instant menacé par La Force. Roger Moore repoussant un plat d'huîtres aphrodisiaques peu avant une mission difficile. Une belle inconnue léchant remarquablement une bite anonyme. Pascale Ogier s'affrontant au karaté avec Stévenin, au pont du Nord. Christopher Lee montrant ses dents. Barbara Steele ressuscitant. Le sein de Seyrig dans *India Song*.

Il y avait des types riant, plaçant les pinces de la gégène sur les couilles d'un autre type qui silencieusement hurlait sous les secousses. Il y avait le viol d'une femme au corps gras, attachée sur une table, écartelée. Ils se succédaient sur elle, pantalon baissé, y allaient à coups de fesses agitées. Séquences courtes. La caméra servait à la manière d'un appareil photo. Il y avait (champ-contrechamp) ce dialogue muet entre un homme attaché par le poignet à un radiateur, visage déformé par les coups reçus et un autre qui l'interrogeait. Il y avait cet adolescent, nu toujours, forcément immobile sur son siège de dentiste, attaché et encagoulé, avec les autres qui tournaient autour de lui, se demandant sans doute quel allait être le prochain tourment qu'ils allaient lui infliger. On voyait les visages, nettement. Ils riaient.

L'homme qui interrogeait n'était pas celui du cinéma, celui du boulevard Richard-Lenoir. Il lui ressemblait.

Personne chez Jessica. Au téléphone, c'était un répondeur. Le message, sa voix, disait qu'elle avait déménagé. Qu'il fallait la chercher dans Paris. Que ce n'était pas si difficile.

Cette fois, sur le dessin de la nappe, les murs et les miradors de la caserne entouraient toute la ville. Musée jouxtant le stade de football. *La Boca* était un peu triste. Le Sexteto Major jouait la *Peregrinación.*

— Ils faisaient ça, paraît-il, dit Marti. Au moins à l'Ecole d'application mécanique de la marine. Le pacte du sang. L'amiral torturait avec le sergent-chef. Tous mêlés, tous complices, communiant dans la merde. Des films, des photos ? Oui, ils ont pu en prendre. Pour se tenir les uns les autres, pour que personne ne puisse faire défection. Pourquoi me poses-tu cette question ?

Le chantier bougeait peu, en apparence. J'y passais chaque jour, incrédule. Les machines nivelaient, foraient, tassaient. On coulait du béton, dessinait des tranchées. Sur les palissades, s'affichaient le "Prêt pour demain" du RPR, des affiches de films : *La Déchirure* et *La Petite Fille au tambour.*

Je fréquentais beaucoup *La Tour d'Argent*, en solitaire. Mettant presque un point d'honneur à y acheter mes gauloises quotidiennes, à installer mes habitudes célibataires dans cette fausse ambiance club. J'y volais des menus, des cendriers, des dessous de bocks, des tasses à café.

Roger, du chantier, était parti en vacances, chez lui en Bretagne. Je prenais beaucoup de photos, dans une sorte d'affolement volontaire, sans véritable motif. D'une manière générale, je crois qu'on me suivait.

Pour Villon, le cadavre mutilé de la morgue ne pouvait être que celui de Julio. Aucun des médecins attachés à l'IML n'avait pu en apporter la preuve. Le flic ne cherchait nullement à cacher sa disgrâce, son isolement. Il en tirait même, après quelques verres, un orgueil encore à la recherche d'un style.

— Julio, Ruben, affaires en voie de classement, si pas d'éléments nouveaux.

— Le cadavre, pourtant...

— Sa propre sœur est incapable de le reconnaître formellement, alors... Quant à votre type, sur la photo, il est inconnu des services. Du moins, de ceux auxquels j'ai encore accès.

Sur la place, le rade préféré de Villon, c'était Bofinger, chacun ses goûts. Il prenait peu à peu l'habitude de m'y inviter, sans autre motif apparent que d'y bâfrer un plateau de fruits de mer, d'y boire plus que de raison. Nous nous parlions peu, n'ayant presque rien à nous dire. Je le trouvais reposant. Ce soir-là, nous marchions aux belons, grises et fermes.

— La première fois que je suis venu ici, c'était il y a une vingtaine d'années, bien avant qu'ils refassent toute la baraque, ce restaurant était pour moi une certaine idée du chic. Presque comme *Lipp*. Ne riez pas. (Il rit : *Lipp*, était-ce bien chic ?) J'y ai dîné avec un flirt. A deux tables de nous, il y avait Aragon. Aragon en personne ! A cette époque, je l'admirais encore un peu. Il était seul, mangeait des profiteroles en lisant un manuscrit. Depuis, je viens manger ici régulièrement, plusieurs fois par semaine, et, voyez-vous, jamais les chefs de rang n'ont fait mine de me reconnaître. Vous savez pourquoi ?

A vrai dire, je l'écoutais distraitement. Sa veste de tweed à chevrons, gris et bleu, était déformée et râpée aux coudes plus qu'il convenait.

— Un soir, en sortant d'ici, il y eut une tentative de vol au sac à main, assez minable. Un type en moto. Je l'ai neutralisé sans même sortir le Manurhin, je vous assure. Tous les loufiats étaient dehors. La femme n'a pas voulu porter plainte. Son mec se sentait gêné. Je suis rentré, histoire de prendre un café. Depuis, on me fait la gueule. Une crapule stalinienne qui bouffe des profiteroles, c'est bon pour l'image de marque. Un flic qui fait son boulot, ça fait sale. Cette histoire remonte bien à dix ans. Je suis du genre à m'incruster.

Ses gestes étaient parfois fébriles, le verbe s'emportait entre deux longues plages de silence. Nous reprîmes deux cafés serrés et encore quelques verres de chablis.

— S'il s'agit vraiment d'un escadron de la mort, on ne pourra rien prouver, à moins d'une bêtise énorme. Ces types-là ont l'expérience. Ils savent ce que c'est qu'une ville et comment on y tue.

Marc passa, accompagné d'un ministre dont le nom sur le moment m'échappa. Il se montra peu soucieux de s'installer à notre table, laquelle, il est vrai, ne bénéficiait d'aucun prestige particulier. Il me glissa seulement qu'il fallait qu'on se voie, vite, qu'il avait peut-être du nouveau. Marc avait toujours du nouveau à vendre, c'était son métier.

Dehors il faisait frais mais l'hiver s'effilochait. J'en ressentais presque du regret. J'aimais Paris aussi, muré dans sa carapace de froid et de grisaille, avec ses nuits qui frappaient tôt, mélange de léthargo gelé et d'urgence à profiter du jour.

Ce soir, la place de la Bastille paraissait plus immense encore, contours rendus indistincts par l'écran de lumière des hauts lampadaires.

— On marche un peu ?

Traversant le boulevard, nous nous dirigeâmes tout naturellement vers le chantier. Villon eut le tact de ne pas me proposer d'aller prendre un dernier verre à *La Boca*.

Il n'était qu'un flic suspect. Je ne voulais pas lui parler de films. De ce que je croyais y avoir vu. Je n'étais sûr de rien et les rares fois où je l'étais, cette certitude m'embarrassait.

La rue de Charenton condamnée était déserte, noire. Plusieurs fenêtres de l'immeuble (le numéro huit marquait tout l'îlot, de l'hôtel à l'agence de voyages) étaient déjà obstruées de parpaings. Une vieille affiche manuscrite appelait les riverains à se regrouper et à lutter contre l'opération opéra. Villon s'abstint de me demander ce que je pensais de tout ce chambardement.

Nous étions au niveau de ce passage découvert qui mène à la Cour des Juifs, saccagée. La voiture roulait vite. La rue de Charenton est étroite. Les pleins phares nous éblouirent. Droit sur nous. A toute vitesse. Villon m'agrippa. Je trébuchai, tombai. Choc sourd, Villon fut projeté contre le grillage. Alors je le vis distinctement rouler plusieurs fois sur lui-même tout en sortant son arme. La voiture n'était pas loin, vingt ou trente mètres, il était en position, allongé au milieu de la chaussée, arme tendue, doigt sur la détente.

Il ne tira pas.

La voiture disparut. J'aidai le flic à se relever. Il grimaçait.

— Je crois que j'ai le bras cassé. Vous êtes content ? Ce soir il n'y a pas eu de bavure.

On avait forcé ma boîte aux lettres. Ce n'était pas la première fois, et celles de mes voisins aussi étaient forcées. Sur la bande du répondeur, il y avait beaucoup d'appels anonymes, plus que ce qu'autorise la moyenne normale des correspondants inhibés ou pas sûrs d'avoir quelque chose à dire. Je n'avais pas vu Oscar depuis plusieurs jours et il me déplaisait qu'il continue ses collages, systématiquement, en bas de chez moi, dans tout le quartier avoisinant. Je n'avais pas non plus aimé ce cadavre de chat raidi, trouvé un jour dans le square Frédérick-Lemaître, un chat noir. Des représentants sonnaient à ma porte, des postiers méconnus, des Témoins de Jéhovah ou des Enfants de Marie que j'insultais sans avoir à me forcer. De nouveaux clients devenaient assidus au zinc de *La Capitale* et surveillaient de manière déplaisante le décompte de mes parties au flipper. Entre autres.

Je comprenais ce qu'avait dit Jessica. Aucune prudence ! Je me moquais d'être suivi ou non. J'étais chez moi.

Avant d'aller au *Soir*, je téléphonai à Villon. Son bras cassé le bloquerait plusieurs semaines. Ensuite il y aurait une nécessaire rééducation, cette articulation du coude, c'était tellement compliqué. C'était le bras droit, pas de chance. Il rit.

— Erreur sur toute la ligne. J'étais un gaucher contrarié. Je vais redevenir moi-même.

L'homme du cinéma était vraisemblablement le frère du capitaine Ortiz. Il n'avait jamais appartenu à l'armée argentine. Ses classes, il les avait faites dans les rangs "justicialistes". Au début très à gauche, puis très rapidement à l'extrême droite. Il avait fait partie des commandos ultras qui avaient tiré dans la foule, lors du retour de Juan Perón. Plus tard, du temps d'Isabelita, veuve abusive, il avait pris de l'autorité dans l'AAA.

— D'après notre correspondant à Buenos Aires, dit Marc, c'est un cinéphile éclairé. Il a également écrit un bouquin sur Borges.

— Que dit d'autre ton correspondant ?

— Que c'est un tueur. Mais il n'a aucune preuve.

— Quels liens avec son frère ?

— Rien de vérifiable.

— Son frère ?

— Aux arrêts, à La Plata. Notre correspondant pense que ça ne durera pas. Il va être relâché.

— Malgré le mandat d'arrêt international ?

— Tout le monde s'en fout. A part les Mères qui sont vraiment des Folles, tout le monde se satisfait d'un procès moyennement spectaculaire. Alfonsín n'a pas les moyens de mettre l'armée en procès. Ni tous ses complices. Et tout le monde était complice. Même les civils.

— Et pour ce type, qu'est-ce que tu vas faire ?

— Qu'on le repère, toi ou un autre, et on ne le lâche plus. Mais il faudrait qu'il se remanifeste.

— Il rôde de l'autre côté de mon canal, pratiquement tous les jours.

— Vrai ? Et qu'est-ce que tu fais de ça, jusqu'à présent ?

— Je m'y habitue.

Pour le reste, Marc était d'accord avec le principe d'un reportage photo sur les bombeurs, colleurs et graffiteurs fous de la nuit.

"OK pour un reportage photo, dit Poupée brisée, mais à une condition : après, tu feras de moi la photo que je te demanderai, sans discuter. Ça marche ?" Je n'avais aucune raison de refuser ce deal.

Poupée brisée se prénommait en réalité Martine. C'était une grande fille maigre, lycéenne en terminale au lycée Charlemagne. Ses très gros seins mis à part, elle ressemblait vaguement à Françoise Hardy (jeune).

Elle bombait au pochoir dans le périmètre Archives – Francs-Bourgeois – Beaumarchais – Rivoli – Saint-Antoine. Des portraits de stars hollywoodiennes, féminines exclusivement : Mae West, Thelma Todd, Jean Harlow, Lana Turner, etc. Je l'avais croisée, une nuit qu'elle s'adonnait à son œuvre (période Hedy Lamarr) tandis que je zonais à bicyclette dans le Marais. Faute de matériel adéquat, le résultat photographique de notre rencontre n'avait pas été probant. On s'était promis de renouveler l'expérience, le reportage pour *Le Soir* en donnait l'opportunité.

— Qui d'autre à part moi ?

— Mi Noche Triste.

— Des bons, ceux-là, approuva-t-elle.

— Le type qui colle le torturé.

Elle grimaça.

— Ah non, pas lui ! Bon Dieu, je ne sais pas qui c'est ce mec, mais il doit être complètement taré ! Destroy ! Son affiche me prend la tête.

— C'est pour ça qu'elle est bien.

— Je savais pas que tu gnangnantais du côté d'Amnesty ! Tu préfères pas plutôt que je te présente Blek le Rat ? Ou Marie Rouffet ?

Je ne discutai pas.

— Il y aura des photos d'eux aussi, c'est prévu.

— C'est toi le patron, conclut-elle. Mais ça me gonfle vraiment d'avoir mes poupées à côté de ce cadavre.

Nous nous étions donné rendez-vous à l'angle Vieille-du-Temple Blancs-Manteaux. La star élue de la nuit était Jayne Mansfield ("Bien vulgaire, bien conne, vachement belle, non ?").

Pour travailler, Martine avait changé son look. Abandonnés le Perfecto et le vieux jean. A la place et portée hardiment, une robe bleu des mers du Sud ou pas loin, légèrement pailletée, serrée à la taille et surtout vertigineusement décolletée. Je pariai que le bustier coquin qui gonflait la poitrine venait tout droit de chez Maleo et je gagnai.

— Et t'as vu les bas ? dit-elle en rougissant.

Nylon à couture, impeccablement rectilignes.

— J'ai pensé que la tenue devait être absolument adaptée à la chose peinte. On y va ?

Elle enfila de longs gants rouges qui lui montèrent jusqu'aux coudes. Ce n'étaient pas ceux de Gilda. De simples gants de ménage, en caoutchouc.

Pochoir et bombes de couleurs tenaient dans un grand sac Prisu.

Le début de son parcours passait par la rue des Guillemites, ce qui n'était pas pour me déplaire. Martine procédait par gestes précis, rodés. D'abord elle appliquait le contreplaqué découpé sur le mur, le maintenait à bout de bras, bombait à l'aérosol. Pas trop près, pour éviter les bavures et avoir un beau tracé bien net.

Visage épanoui, paupières lourdement fardées, sourire Colgate, Jayne Mansfield se penchait légèrement en avant, décolleté béant jusqu'à la pointe des seins. Image bien connue, parfaitement emblématique. Poupée brisée était, selon l'habitude, la seule signature.

— Marilyn, d'accord, j'adore, tu verras. Mais Jayne, c'était tellement plus sexuel. Directement. Tu ne trouves pas ?

Ils avaient détruit depuis longtemps le passage des Singes. A la place on avait creusé un parking de sept étages et, au-dessus, s'achevait la construction d'un immeuble pas spécialement laid. Quelques éléments rappelaient l'architecture du XVIIIe. Dans un an ou deux, avec de la patine et de la crasse urbaine, cela se fondrait dans l'ensemble des immeubles voisins et il n'y aurait plus rien à dire. Tout juste de vieilles photos à regarder. La destruction du passage n'était pas un scandale, une bêtise tout au plus. Je photographiai plusieurs fois Poupée brisée bombant sa star sur le mur trop blanc de cet immeuble neuf sans vie. C'était une manière de le baptiser, de lui donner sa chance.

Nous croisâmes un chat noir que je ne connaissais pas. Il hésita, vint se frotter un peu à mes mollets, passa son chemin.

— On ne traîne pas, dit l'artiste.

A l'angle Sainte-Croix-de-la-Bretonnerie Vieille-du-Temple, Poupée brisée eut un succès considérable. Plusieurs types, cheveux courts, moustache soigneusement taillée, muscles saillants sous les cuirs ou le T-shirt, exigèrent d'être photographiés en compagnie de cette pulpeuse fille tout droit sortie d'un calendrier de camionneur des années cinquante. Ils aimaient bien les camionneurs.

La bonne photo fut faite au pied de l'escalier du temple protestant de la rue Saint-Antoine. A cause de la forte ombre portée de Martine sur le mur, et du pied d'un passant indigné, pris dans le champ au moment du déclic.

Poupée brisée s'étala encore rue du Petit-Musc, impasse Guéménée, rue des Tournelles, un peu sur le boulevard, aussi.

Il fallait que je rejoigne ceux de Mi Noche Triste.

— Et la photo ? protesta-t-elle. Tu me dois une photo, c'est le contrat. J'habite à deux pas.

Car c'était chez elle que cela devait se faire. Elle occupait une chambre, passage Damoye. Une chambre sympathique, aux murs tendus de tissus rose bonbon (cette exacte nuance-là !) avec partout des photos de vedettes américaines (années quarante-cinquante), des miroirs à cadre doré et un lit, immense et rond, recouvert de satin rouge. Je n'étais pas surpris, ayant renoncé depuis longtemps à m'interroger sur les rêves des jeunes filles, artistes ou pas.

Poupée brisée se débarrassa de ses sacs plastique, ôta ses gants sans se risquer au moindre effet et me pria de m'asseoir avant de décrocher une photo du mur. C'était Marilyn (1953) nue. La photo du fameux calendrier.

— Je veux que tu me photographies, dans cette pose, exactement.

Elle entreprit de se déshabiller. Restait à lui expliquer que je n'avais pas de temps à perdre.

Nous nous engouffrâmes dans la 4L camionnette.

Les Mi Noche Triste travaillaient sur une tout autre échelle que Poupée brisée. Leur genre à eux n'était pas la vignette dans un coin du mur. Ils faisaient dans la fresque sauvage, exubérante et colorée, sur tout un pan de rue.

Sans que j'y sois pour rien, ils choisirent comme premier support la palissade du chantier, très exactement au niveau de l'armurerie Guyot. Ce bout de rue, très passant et très sombre, attirait l'intervention.

Eux aussi avaient l'habitude de travailler très vite avec des gestes précis. En quelques secondes, les pots de peinture furent déchargés sur le trottoir dans un ordre qui organisait une palette rigoureuse où chacun des trois peintres pouvait se repérer, sans temps mort.

Wesson Smith campa rapidement un décor, quelques coups de brosse, sur le plastique ondulé de la palissade. Une rue, des fenêtres, l'esquisse d'une entrée de bar. Dragon Lady était déjà au travail. Tout aussi vite, elle inventait une femme, sans doute une prostituée, maquillage lourd et robe fendue, regard perdu hors cadre, vers la vraie rue. Jill de Ray traça d'abord un lampadaire, sa lumière rouge, et bientôt, en dessous, un couple étroitement serré, chaloupant dans une passe tanguiste. Le ciel se fit bleu et pourpre, orageux. Ils s'affairaient, sautillaient, sans que jamais leurs larges coups de pinceau se heurtent ou se contredisent.

— Vous savez à l'avance ce que vous allez peindre ?

— Le motif ? Jamais.

— Tout ce qu'on sait, chacun pour soi, c'est que ce sera un bout de ville. Que cette ville sera Buenos Aires.

— Pour le moment, c'est notre truc. Mettre des bouts de Buenos Aires dans Paris.

— Wesson, demandai-je tout en flashant, tu avais quel âge quand tu as quitté l'Argentine ?

— Quinze ans.

— Et toi Dragon ?

— Même pas dix ans.

Son père, Marti, n'était pas exactement un exilé politique.

Jill de Ray aussi avait quitté le pays gamin. Ils n'avaient pratiqué qu'en enfants la ville qu'ils peignaient à grands traits violents et expressifs. Des putes, des passants aux allures louches, des bars qui n'étaient sans doute que des bordels, des lampadaires qui n'étaient là que pour éclairer le lieu du crime.

Dragon Lady plaça un couteau dans la main du *compadre* qu'elle venait de dessiner. A quelques mètres de là, il y avait, pris dans la façade en demi-cercle voûtée du viaduc, *Au hêtre de la Bastille*. Plus loin, des échafaudages... Je photographiai.

— Les personnages de nos fresques doivent être grandeur nature, expliqua Wesson. Pour que les gens aient l'impression qu'ils sont des familiers.

— Qu'ils sont comme eux, renchérit Jill. Le décor que nous dessinons n'est pas plus en toc que ta ville, qu'on casse tout le temps.

N'était-ce pas devenu un peu leur ville à eux ? Ils dirent qu'ils n'étaient de nulle part, sans être tout à fait convaincants. Ils étaient très jeunes. Très talentueux et paumés. La surface de la fresque était presque entièrement recouverte de tout un tourment de couleurs urbaines quand les motos freinèrent. Elles grimpèrent sur le trottoir, renversant les pots de peinture.

Ils n'étaient que trois, cuir et casque, sachant ce qu'ils voulaient, déterminés à l'obtenir. Les matraques nous surprirent. Ils cognèrent, en techniciens. En nervis. Ce fut la débandade.

Plus tard, quand nous revînmes sur les lieux, la fresque était balafrée de larges jets de peinture, noire, bleue, rouge, dégoulinants. Je pris quelques photos. L'œil tuméfié de Dragon Lady enflait de manière spectaculaire. Jill de Ray avait une lèvre éclatée.

— Quelquefois des types nous agressent, dit Wesson en se massant les reins. Jamais aussi brutalement.

— C'étaient pas des loubards.

— Des fachos, oui !

Nous pataugions dans les flaques de peinture. Dans la débâcle, j'avais réussi à sauver mon matériel photo.

Oscar était au rendez-vous, au bar du *Balajo*. Il ne voulait plus coller. Pas cette nuit. Il avait de mauvais pressentiments. Ce que je lui racontai de l'agression dont nous venions d'être victimes ne le surprit pas.

— J'ai appris à sentir ce genre de nuit-là, quand ils rôdent. Qu'ils sont en chasse.

— On est à Paris.

— Paris, Buenos Aires, bah ! Il y en a dans toutes les villes. Ce sont toujours les mêmes et ils nous retrouvent toujours.

J'étais rompu mais je négligeai les taxis en maraude. C'était la place de la Bastille et, une fois de plus, elle était telle que je ne l'avais jamais vue.

Marc posa sa tasse de café, s'installa devant la visionneuse et commença à brasser les rouleaux de pellicule. J'étais mal réveillé, lui affectait d'être en pleine forme.

Il s'attardait à chaque image avec une sorte d'excitation lente.

— De la cogne, du cul, dit-il, ta sélection n'est pas mauvaise. Mais qu'est-ce que tu veux démontrer ?

Je lui tendis une bande, celle de la fille qui se fait embarquer par deux hommes. Il la plaça dans le projecteur, visionna. Je le regardai faire, mâchonnant mes blinis aux harengs.

— Sauf erreur, il s'agit d'une séquence d'*Urgence.* Un film totalement nul.

— Et ça ?

La séquence où des mains se crispaient sur une grille. Il me semblait que c'était celle d'une prison. Une de ces prisons clandestines dans lesquelles des milliers de prisonniers étaient passés avant d'être liquidés. Une intuition comme ça, question d'éclairage, peut-être. Marc tordit le nez.

— On peut toujours se tromper, lâcha-t-il. Je crois avoir vu ça dans un film, *Les Rues de l'enfer*, je crois bien. Une horreur.

Marc était imbattable en matière d'horreur cinématographique. Il identifia ainsi toute une série de scènes troublantes selon moi, comme étant détachées de *Brigade des mœurs*, *Tirage très spécial*, *Salò*, *La Belle Captive*, etc. Il se redressa.

— Isolé du contexte, il y a matière à confusion. La moisson est belle mais… rien que du cinéma.

Dehors, Oscar avait une nouvelle fois collé. Tous les immeubles bordant le canal étaient recouverts. Je me détournai, exaspéré.

— Et cette scène-là ? Tu es vraiment sûr de toi ?

La fille, visage caché par une cagoule, était attachée sur une chaise, la poitrine marquée de striures sanglantes. Les seins n'étaient pas beaux, le ventre non plus. Un corps nu sous les coups. Sans mise en scène. Je ne pouvais y voir que de la torture.

— Peut-être, dit Marc. Et alors ? Il y a sur le marché des tas de films sadomasos qui fonctionnent là-dessus. La torture à l'état pur. Des histoires de bordels nazis dans les camps. Il y a des tas de types que ça excite. Plus c'est réaliste et plus ça plaît. Ça te choque ?

Il y avait aussi des films où l'on tuait vraiment, sous l'œil de la caméra. A ce qu'on disait. Je tendis à Marc une autre bande.

La femme se débattait d'image en image. Attachée sur une chaise, son corsage était déchiré. Une longue séquence où le corps se tendait, cherchant à parer les coups, où la tête allait de droite, de gauche. Les hommes qui l'entouraient n'étaient que des ombres découpées par une lumière crue. Ils frappaient. Il y avait quelques images vierges. Comme un arrêt de caméra. Ensuite, la femme était nue, toujours assise sur sa chaise, liée. Des pinces mordaient le bout de ses seins, son sexe. Elle avait les cuisses terriblement écartées, forcées par des liens aux chevilles. On voyait bien qu'elle hurlait sous le tissu noir. Marc regarda longtemps, plusieurs longues minutes, revenant sur les images passées. La lumière de la visionneuse, la chaleur, donnaient à son visage une fièvre presque inquiétante. Il respirait mal.

Sur l'écran, quand il s'agissait de resserrer un lien que les soubresauts de douleur de la femme distendaient, quand il fallait vérifier le bon ajustement d'une pince, d'un fil, quand ils giflaient ou cognaient, le visage des tortionnaires apparaissait. Souvent très fugitif, parfois très net. Ne serait-ce que le temps d'une image, floue, la vingt-quatrième d'une longue seconde.

Un visage était identifiable. Marc éteignit la visionneuse.

— Le capitaine Ortiz ! admit-il. Je ne jure pas que c'est lui, mais d'accord, on peut s'y tromper. Et je ne vois pas de quelle série B ou de quel film pour maniaques, cette saloperie pourrait être tirée.

Je lui montrai d'autres bandes. Plus ou moins brièvement y apparaissait le même homme. Jamais très nettement. A chaque fois, il torturait et souvent il riait. Marc déglutit péniblement.

— Il faudrait faire des photos, des agrandissements de ces images où on le voit. On pourrait comparer avec les photos qu'on a de lui. Celles qu'on pourrait trouver. Il y en a peu.

L'enveloppe était prête. Je la lui tendis et il l'ouvrit. Toutes les photos d'Ortiz ou de son sosie, telles qu'elles étaient dans les morceaux de film, étaient là. Je n'y avais guère passé que deux ou trois nuits. Il y eut dans le regard de Marc une lueur presque effrayée. Sa main saisit l'enveloppe. Le silence. Puis :

— Il y a une ressemblance… tu as noté ?

Marc était un professionnel. Il avançait prudemment.

— Son frère serait en France pour liquider les témoins gênants, au premier rang desquels Julio qui, peu importe comment, a réussi à sortir des films accablants pour Ortiz et certains tortionnaires.

— Films qu'il a cachés au milieu du fatras de la salle de projection de son cinéma.

— Au milieu des bandes-annonces, des plans volés dans les films. Une bonne cachette.

— D'abord, ils ont fouillé chez lui. Ils n'ont rien trouvé. Ils l'ont enlevé. Ils l'ont fait parler. Un homme s'est rendu au cinéma. Je l'ai gêné sans le vouloir. Je lui ai subtilisé des documents sous le nez. Il n'a pas trop su que faire. Lui et les autres ne savent toujours pas. Ils me tournent autour.

— Ça se tient. Et ils auraient liquidé Julio…

Marc ne parvenait pas trop à arpenter la pièce de long en large comme il aurait aimé, trop de photos, de piles de livres, d'objets récupérés dans les rues. Ça l'agaçait.

— Ils surveillent, ils craignent, dit-il. Mais le procès n'est pas pour tout de suite, ils ont encore un peu de marge (il pensait à voix haute). Dans le même temps, ils intimident des témoins. Normal. Que vas-tu faire ?

— Je vais faire des doubles de toutes ces images. Une série pour toi, une autre pour les flics. J'informerai également l'avocat.

— Ça te prendra combien de temps ?

— Une journée. Pas tellement plus.

— Tu te rends compte que s'ils ont la certitude que c'est toi qui détiens ces documents, ils ont toutes les raisons de te flinguer ?

Ils ne s'étaient pas contentés de raser tous les bâtiments. Ils avaient anéanti la moindre ruine, jusqu'aux fondations, labouré, creusé le sol boueux sur des mètres et des mètres de profondeur.

D'énormes machines étaient rangées aux abords de la palissade séparant le chantier de la rue, près de *La Tour d'Argent*. Cela ressemblait à un dispositif d'avant bataille. Sans me tourmenter, sans me faire vraiment mal, ces destructions étaient une affaire personnelle.

Je pris un blanc sec puis un autre, à la brasserie. D'abord par habitude puis par envie de boire plus. Pour cela *La Tour d'Argent* n'était pas l'endroit qui convenait, pas ce soir. De l'autre côté de la vitre, dans le sombre des silhouettes pressées du trottoir et des éclats de phares, j'aperçus Ida. Ou une femme qui lui ressemblait. C'est uniquement pour vérifier cette impression que je sortis, la rattrapai.

C'était bien elle. Visage fatigué, mèches folles. Elle eut peur puis sourit, un peu surprise, confuse. Je la pris par le bras, la fis entrer. Assise, elle ne refusa pas le café, puis le cognac.

— Non. Pas de cognac, rectifia-t-elle au moment de la commande. Une poire Williams !

Le garçon tourna les talons. “J’adore la poire. Il y a des années que je n’en ai pas bu.” Ida puait un peu, crasse et vinasse, mais elle était superbe, enroulée dans sa vieille fourrure pelée. Il me plut quelques secondes de la soupçonner nue ou presque dessous. Elle but.

— Quand je t’ai aperçue dans la rue, j’avais envie d’aller à *La Boca*. Tu m’accompagnes ?

— C’est quoi, *La Boca* ?

— Une sorte de boîte, dans le passage, à côté. On y écoute du tango, on y boit.

— Un truc pour snobs ? Avant, dans le temps, j’allais au *Balajo*.

— On peut aller au *Balajo*. Mais à *La Boca*, il y a des amis. C’est pas un endroit chic. Du moins pas comme tu penses.

— Non, non (elle lapa sa dernière goutte). D’ailleurs, je dois passer chez Maleo. J’y allais.

— C’est ton ami ?

Elle fronça les sourcils en me voyant sourire. Très beaux yeux clairs, surchargés de rimmel pourri.

— Mon ami ? Tu veux dire mon amant ? Eh bien non. C’est rien qu’un ami. Un vrai.

— Je t’accompagne, alors ?

Elle hésita.

— Pourquoi pas ? Il t’aime bien.

Nous nous levâmes. On nous regardait un peu, pas trop, avec une vague curiosité. Au bureau de tabac, face à l’entrée, j’achetai quelques paquets de gauloises. Et du gris pour la pipe.

Il y avait encore de la lumière au fond de la boutique de Maleo. Il y en avait tous les soirs jusque très tard car il se plaisait à rester le plus longtemps possible au milieu de ses chers mannequins et fanfreluches. Il ouvrit, grogna.

— Vous faites la rue ensemble, maintenant ? Je ne sais pas lequel de vous deux nuit le plus à la réputation de l'autre.

Dans l'arrière-boutique, sur la table de camping, il avait préparé une bouteille de gin et deux verres. Il en sortit un troisième en faisant beaucoup d'efforts pour me faire croire que c'était à contrecœur. Je posai les paquets de gris sur l'étagère, il fit semblant de ne pas les voir. Et puis je restai interdit devant la merveille. Un buste de femme, posé dans un coin. Maleo ricana.

Ça t'épate, hein ? dit-il en bourrant sa pipe. Moulage en cire, début des années vingt, fabrication “Rosa”, une des meilleures.

Il me fit admirer les cheveux soigneusement implantés.

— Remarque, son maquillage est plus récent. Les filles se faisaient ce genre de tête du temps où j'avais vingt ans, en 32-33.

— Tu as trouvé ça où ?

Maleo ricana derechef.

— Le cadeau d'un fidèle client. Qui vient de passer l'arme à gauche. Tu ne peux pas savoir le nombre de petites culottes qu'il a pu m'acheter ! Toujours en satin, toujours noires, toujours fendues là où il faut. Cet honnête homme a tenu à me coucher sur son testament, figure-toi. D'après le notaire, la veuve a fait la gueule.

— A cause du mannequin ?

— Quand elle a compris que ce n'était pas spécialement à son intention que le défunt fréquentait assidûment ma boutique.

La cire du Rosa n'avait pratiquement pas bruni, les yeux de verre soutenaient le regard avec effronterie. Maleo avait déjà affublé le buste d'un petit haut en satin coquin. Le gin était dégueulasse.

— Et moi ? dit Ida. Qu'est-ce que je deviens ?

— Tu sens mauvais, dit Maleo. Va te laver.

— Et pour quoi d'autre tu crois que je viens te visiter ? rétorqua Ida vexée.

En annexe à l'arrière-boutique, il y avait un minuscule recoin chiotte-lavabo-douche, dissimulé par une vieille tenture aux couleurs et motifs indistincts. Ida s'y engouffra toujours vêtue de son manteau de fourrure. Ses bains à elle.

— Et toi, qu'est-ce qui t'amène ?

— J'allais voir mes amis, à *La Boca*. Si tu arrives à convaincre Ida de venir, allons y prendre un verre tous les trois. Ça me ferait plaisir.

Maleo se resservit du gin. Derrière le rideau, on entendit un bruit de douche. Il hésita.

— Je suis trop vieux. J'aime pas sortir. Mais pour Ida, c'est une bonne idée. Ça lui ferait même du bien de voir autre chose que des cloches ou qu'un vieux con comme moi. (Il se retourna.) T'entends, Ida ?

— Quoi ? dit la voix sous la douche.

— Victor va te sortir, ce soir.

— Arrêtez de vous foutre de ma gueule !

Maleo rebourra sa pipe, se pencha vers moi, voix basse.

— Tu l'invites vraiment ?

— Elle et toi.

— Pas moi. Elle seulement.

— C'est moi qui l'ai invitée. Elle m'a dit qu'elle ne pouvait pas, qu'elle allait chez toi.

Ida apparut, ses cheveux ruisselaient. Elle avait enfilé un peignoir en éponge blanche, immaculée. Elle rit. Un peu à mon intention.

— C'est mon bonheur, ça. Maleo est formidable, il me prépare tout : le savon, les serviettes toutes douces, l'eau de toilette, la robe de chambre. En échange…

Elle sentait bon.

— Tu vas te faire belle et aller à *La Boca*, dit Maleo.

— Pas question !

— Et pourquoi donc ?

Elle but son gin un peu précipitamment.

— J'ai rien à me mettre. Devant ses copains, ce serait la honte.

— Ce que tu peux être conne, dit Maleo en soupirant.

Il se leva, lent et décidé, sachant depuis pas mal de minutes ce qu'il avait décidé de faire. Il partit fouiner dans sa boutique.

Ida s'ébroua, encore un peu boudeuse.

— C'est sa manie. A chaque fois, il veut que j'essaye ses frusques (elle cligna de l'œil). Remarque, faut dire la franche : j'y trouve mon compte.

Une douche contre une séance de pose, c'était donc ça leur deal. Une lueur enfantine et parfaitement sympathique traversa le regard d'Ida. Elle se frotta les cheveux. Maleo réapparut, les bras encombrés de petites choses légères et soyeuses. "Mets ça."

Ida ne chercha en aucune manière à discuter. Le rituel de ces deux-là était bien au point. Elle fit son choix au milieu des lingeries et s'en retourna dans la minuscule salle de douche. Peut-être parce que j'étais là.

Le vieux se rassit, bourra une pipe. Il ne cherchait pas mon approbation. Les choses devaient se dérouler à sa façon, voilà tout. Derrière lui, à peine dans la pénombre, le mannequin Rosa avait des mines d'ange tutélaire.

Ida tira le rideau, s'avança dans la lumière jaunâtre de la lampe à suspension. Elle avait opté pour un bustier noir. Il lui faisait une taille incroyablement fine et surtout montait haut les seins dont les larges pointes brunes émergeaient à la lisière de la dentelle. Ses jambes étaient gainées de résille retenue par des jarretelles. Ainsi parée, Ida était étonnante de sensualité tranquille et lourde.

Maleo se leva, s'avança vers elle à pas lents.

— C'est bien, dit-il. Très bien.

Il la déplaça légèrement pour que la lumière tombe mieux sur elle, la fit pivoter. La manière dont il l'examinait était celle de l'artiste qui évalue son œuvre, la tendresse en plus. Il régla l'attache d'une bretelle, s'agenouilla pour rectifier l'alignement d'une couture, prit du recul, se releva. Ça allait, c'était beau. Pas encore comme il convenait. Du bout des doigts, il tenta de mettre un peu d'ordre dans la chevelure, sans y parvenir. Il se racla la gorge.

— Il y a tout ce qu'il faut pour la coiffure, ici. Pour le maquillage aussi. Ce qui va pour mes mannequins doit bien aller pour toi.

Ida n'avait pas bougé. Sur la table, il poussa vers elle une autre paire de bas.

— Ceux-là iront mieux. Tango ou pas, ils te donneront l'air moins pute. Je vais aussi te trouver une robe.

Tandis qu'il fouinait dans son magasin, Ida changea de bas. Penchée comme elle était, j'observai longuement le sillon profond entre ses seins. La même émotion qu'autrefois, au cinéma, quand elle était ouvreuse et moi gamin.

Ida enfila la robe que lui tendit Maleo. Noire, indécente, parfaite. Ainsi vêtue, elle était comme une femme du monde se rendant au bordel. Du coup, ce fut moi qui craignis de ne pas être dans la note.

Maleo s'affaira longtemps auprès d'elle, sécha ses cheveux, la coiffa. Il prenait tout son temps, silencieux. Puis il sortit d'un tiroir une mallette, toute pleine de produits de maquillage. Poudres et fards, il travailla le visage d'Ida avec des gestes d'artiste précautionneux et précis.

Elle se redressa enfin, prête. Pas une seule fois, Ida n'avait eu le souci de se regarder dans un miroir, d'évaluer sa métamorphose autrement qu'en surveillant le regard de Maleo ou (je n'étais pas certain de ça) le mien.

— Qu'en dis-tu ?

Il n'y avait rien à dire. Juste admirer. Ou faire des photos. Je n'en avais pas très envie. Maleo insista. Il était dans son droit. Je pris ce couple-là, étonnant, plusieurs fois pour ne pas risquer d'erreur. Pygmalion et sa créature. Car j'étais ému.

— J'espère que ta boîte ferme tard, dit le vieux en nous poussant vers la porte.

— Tu es sûr que tu ne veux pas venir ?

— Ne dis pas de conneries.

Il avait repris sa voix grinçante, celle dont il usait quand, contre toute évidence, il tenait à affirmer son mépris à l'encontre du genre humain en général et de ses bons copains en particulier.

— Sais-tu depuis quand je ne sors plus ?

Il m'avait tout dit déjà sur son dégoût des rénovations, les destructions, les quartiers qu'il ne reconnaissait plus, ses petites douleurs de marcheur et même ses peurs de vieil homme, parfois, tard le soir.

— Tu n'y es pas. Pas du tout. On ne peut pas prendre du plaisir à sortir dans Paris quand on ne bande plus. Voilà l'explication.

Il ouvrit la porte. La rue de la Roquette était vide. Le froid s'engouffra. Maleo retint Ida par le bras.

— Amuse-toi, petite. Tu n'auras qu'à revenir passer prendre tes affaires. Elles seront propres.

Ida l'embrassa, sur les joues.

— Tu n'auras pas trop de mal ce soir. Je n'avais rien d'autre sur moi que ma fourrure. Rien.

Quelques dizaines de mètres seulement séparaient la boutique de Maleo du passage du Cheval-Blanc. Le temps pour Ida de me dire deux ou trois choses. L'agression tout à l'heure, à la tombée de la nuit, quand deux types l'avaient surprise dans le hangar désaffecté du viaduc, avenue Daumesnil. C'est là qu'elle s'était installée, depuis quelques semaines. Un endroit vide, à cause des expropriations. Ils l'avaient violée. Ça, elle ne trouvait rien à y redire, une fois posé que c'était dégueulasse. La guerre entre pauvres, elle connaissait, c'était la loi, une fois les amarres lâchées. ("Va pas me plaindre, hein, j'ai peut-être pas choisi d'être clocharde, j'ai sûrement choisi d'être une victime.") Mais ils lui avaient aussi tout volé, ses fringues, ses boîtes de conserve, son butin pour les puces d'Aligre.

— Ils ont même bousillé mon caddie ! C'est pas croyable.

Elle me disait cela mâchoire tendue, front dégagé. La nuit lui allait bien.

— Maleo, il n'y avait que chez lui que je pouvais aller.

Elle rit.

— C'est toujours pareil. Pour lui, je crois que je suis un de ses mannequins. Après le bain, il me fait toujours mettre des trucs pas possibles, avec des trous et des fentes là où je pense. Des trucs pour vieux cochons. Peut-être bien que tu dois aimer ça aussi. Mais lui il est tellement gentil.

— Et moi ?

— Toi ?... toi, tu me promènes en ville.

Au centre du dessin, les lignes s'entrecroisent en perpendiculaires rigoureuses. Marti avait noté quelques repères : Martín García et Beaumarchais, pyramide de Mai et obélisque de la Concorde, Palacio del Congreso et prison de la Bastille. Autour, plus loin aux marges de la nappe en papier, les voies se dispersaient, se perdaient dans des pampas douteuses, ou autres banlieues sans limites nettes. L'ongle carminé d'Ida (doigt osseux, belles veines bleutées sous la peau sèche) suivit le cours du fleuve. Seine ou río de La Plata.

Marti éclata de son grand rire sonore, un peu forcé. Celui que je lui avais entendu une fois ou deux quand on lui proposait un prix un peu trop bas pour ses toiles, que cela le rendait furieux et d'autant plus qu'il avait de la sympathie pour l'acheteur prétendant. Ida était fascinée par cette topographie impossible.

— *Arrabal*, ce mot écrit ici, ça veut dire quoi ?

— En français, répondit Marti, on pourrait traduire ça par faubourg.

— Comme Faubourg-Saint-Antoine ?

— Pas tout à fait. A l'époque de vos révolutions peut-être, mais plus maintenant.

Il griffonnait tout en parlant.

— Ou alors, ça dépend des heures. *Arrabal*, c'est un mot qui revient souvent dans les paroles de tango. Il évoque une zone incertaine de la ville, un quartier, une rue. L'état d'esprit de ceux qui y déambulent.

Un carrefour Avenida La Plata-y-Rivadavia s'inventa sous son crayon, entre Saint-Paul et Châtelet.

— J'habite là, dit Ida.

— Où ?

— Là.

Sur le plan, c'était la gare Constitución. Ça pouvait être aussi la gare de Lyon, ou le viaduc. Marti dit que c'était très bien et durant quelques secondes, il pressa le poignet d'Ida. Je les laissai.

La salle n'était qu'un repaire d'ombres plus ou moins identifiables. Un endroit snob ? *La Boca* le devenait peut-être. L'orchestre jouait. Bandonéon, violon, piano. Des jeunes musiciens que je ne connaissais pas. Avec des compositions nouvelles. Auxquelles j'étais peu attentif.

— Fatigué ?

— Ça doit être ça.

Rita me tendit un verre. Je n'avais plus très envie de boire. Un état passager. Elle portait cette nuit-là une veste rouge à épaulettes démesurément larges, une jupe noire.

— Ta nouvelle amie est très belle. Fais attention, elle plaît à Marti. En parlant d'amis, tu as vu qui est là ?

Villon était attablé dans le coin sombre, près de l'escalier, en dessous des portraits d'Anibal Troilo et d'Homero Manzi. Bras en écharpe et yeux dans le vague, le flic se tassait en mesure, à chaque souffle un peu prenant du bandonéon.

— Tu aimes l'orchestre ? Je te les présenterai tout à l'heure, si tu veux.

Rien ne pressait. Ida dessinait sur la nappe de Marti, sans savoir qu'il accordait rarement le privilège de cette intrusion. Quelques couples dansaient prudemment. Je m'approchai de la table du flic. Il n'allait pas bien du tout. Etait-ce bien original ?

— Belle soirée, non ? J'aime cet endroit. Asseyez-vous ! Alcool ? Allez-y, c'est ma bouteille.

— Qu'est-ce que vous foutez ici ?

Villon haussa les épaules, me demanda mon assistance pour jouer du sel et du citron vert comme il convient, but son verre de tequila presque cul sec. Ce n'était pas le premier.

— J'écoute la musique, je regarde. Je pense à vous et à vos amis. Aux photos que vous m'avez envoyées.

Ida et Marti s'avancèrent sur cette partie de la salle qui passait pour la piste de danse. Pas un très grand espace. Chacun sait qu'il suffit d'un mètre carré pour danser le tango. L'orchestre jouait *Sud.*

— *Sud.* Un de mes tangos préférés, savez-vous ? (Il se balançait en chantonnant.) "Les rues et les lunes des faubourgs / et mon amour à ta fenêtre / tout est mort, je le sais." Beau, non ?

Il était érudit et sinistre.

— Vous parliez de mes photos ?

— Très remarquables. Faites à partir d'un film, j'imagine ? J'aimerais le visionner. Vous avez raison.

Le type que l'on voit, le tortionnaire, ressemble beaucoup au capitaine Ortiz. (Il sourit.) Aux rares photos qu'on a de lui.

— Où en est votre enquête ?

Il sourit encore, posa précautionneusement son bras plâtré sur la table, se resservit à boire.

— Point mort. A vrai dire, vos copains, disparus ou pas, n'intéressent pas grand monde. D'où qu'elles viennent, vos photos ne sont pas des preuves. Alors, je viens écouter du tango. Objection ?

Ida et Marti étaient seuls à danser. Elle liée à lui, s'adaptant à chaque pas, anticipant chaque passe. Ils étaient dans cette complicité des reins, obscène, que je n'avais jamais vue que chez des très grands danseurs professionnels.

— Pas de tequila ? Vraiment ?

Il replongea dans son verre. C'était un flic jouant à être au bout du rouleau, avec des poches sous les yeux et une absence totale de séduction.

Il hoqueta. Il était ivre, très. Un jeu, ça aussi.

— Je me fous complètement de ce qui peut vous arriver, à vous ou à vos Latinos de merde. Ce qui m'intéresse, c'est de prendre en flagrant délit les mecs qui cherchent à vous avoir. Et qui vous auront si vous continuez à jouer au con. (Il se tut un instant.) Ecoutez ça !

L'orchestre jouait un vieux truc enveloppant, de Diescepolo, je crois. Ida et Marti glissaient comme si leur numéro avait été rodé depuis toujours. Quelle heure était-il ?

— Vous êtes armé ? Non ? Vous devriez. Tenez.

Il s'agita. Sa main valide glissa sous la table. Il y eut un contact dur, un objet lourd sur ma cuisse.

— Prenez.

La main se retira. Restait le flingue, son poids, en équilibre sur mon genou. Je pris l'objet, un beau calibre à ce que je pouvais en juger, le posai sur la table.

— Villon, vous êtes complètement soûl !

— Exact. Mais c'est pour votre bien.

Rita avait observé toute la scène, impassible.

— Vous frimez, Victor, dit-il, mais vous pétez de trouille.

— Pas une raison pour accepter un flingue. Qu'il vienne d'un flic ou…

— D'un voyou. OK. Laissons tomber… Ecoutons la musique.

Le pianiste n'était pas tout à fait à la hauteur mais le bandonéoniste était bon. Très physique, très au corps à corps avec son instrument. La mélodie s'enroulait, s'étirait à la limite de la perte de souffle, puis se crispait, violente, prenait comme un piège. On croyait pouvoir prendre du champ, on était repris au col, mais de manière imprévisible, presque traîtresse. C'était une mélodie déglinguée, béante. La bande-son parfaite de ce qui m'arrivait depuis quand ? Novembre ? Janvier ?

Marti baisa la main d'Ida, tourna les talons. Contrarié. Il ne restait plus grand monde à *La Boca*.

— Pourquoi ne rentres-tu pas avec lui ?

— Parce que je ne sais pas où aller.

C'était imparable. Le reste allait de soi. Si elle voulait, Ida pouvait venir dormir chez moi.

— C'est un peu loin de la Bastille, dit-elle, mais d'accord. Un dernier verre ?

— Bien sûr.

Rita vint nous l'offrir. Elle s'assit à notre table. Ida lui plaisait bien.

— Beaucoup. Je remercie Victor de nous avoir présentées. Venez aussi souvent que vous voudrez. *La Boca*, c'est chez vous. Vous reviendrez ?

— Oui. Oui, peut-être. Je me plais bien, ici. Mais… (Sa tête se renversa en arrière, elle partit d'un grand éclat de rire heureux de grande dame.) Rien. Je reviendrai.

Le maquillage s'était un peu défait. Restaient quelques rides admirables, le fripé bouleversant de la chair, l'éclat du regard.

— Il y a, dit Ida, une question que je voudrais vous poser.

— Oui ?

Elle posa celle qu'il ne fallait pas. Une Japonaise animant une boîte à tango, pourquoi ? Rita remplit les verres, impassible et ravie.

— C'est que, même si peu de gens l'admettent, le tango est né au Japon.

Avec toute sa fougue dont sa voix retenue de guapa geisha était capable, Rita expliqua une fois de plus son credo.

— Le mot "tango" est japonais. Une de nos villes s'appelait ainsi, autrefois. Et c'est le nom donné à l'une des cinq fêtes populaires de notre pays. Elle est célébrée le cinquième jour du cinquième mois de l'année et c'est la fête symbolique des enfants.

Cela ne prouvait rien mais Rita avait depuis longtemps travaillé ses transitions. Elle s'anima.

— Suivez-moi bien : où est apparu le tango, la première fois ? A Cuba. Une île où les Japonais ont été très nombreux à partir de la moitié du XVIIIe siècle. Le lien est évident. Ensuite, c'est vrai, le tango est parti vers l'Espagne, exporté par voiliers pourrait-on dire. Là-bas, il a été naturalisé. Il n'était pas indigène. Vous voyez ?

— Je comprends, dit Ida. Vous devez avoir raison. Le tango est japonais.

Nous prîmes congé. Un mauvais vent s'engouffrait dans le passage. Il était une fois de plus trop tard. Ida avançait dans l'aube, enfantine et fatale. Peut-être ne vit-elle pas Maleo, tapi dans son recoin d'escalier, qui guettait. Il me fit signe de me taire et eut un vrai sourire. Cendrillon était belle bien au-delà de minuit, sans que le temps qui passe menace trop. Il était content.

La fatigue m'interdit de trop prêter attention au reste : le bourdonnement sourd des machines du chantier ; la nouvelle affiche collée aux abords du canal. Même fauteuil et même posture à peu de chose près. Il s'agissait cette fois d'une femme. Le très mince bandeau qui cachait ses yeux ne suffisait pas à rendre son visage anonyme. C'était l'image de Jessica torturée qu'Oscar tenait maintenant à exhiber sur les murs de Paris.

COUR D'AVRIL

Comment la nuit a-t-elle pu devenir
d'un coup la mort,
Devenir hurlement,
Devenir sueur et gémissement ?

E. CANTÓN, J. CORTÁZAR,
Minuit ici

Il m'en coûta de convoquer maître Jacob. Peut-être à cause de son look de défenseur des Droits de l'homme vaincu d'avance. Peut-être à cause de son goût désastreux pour les cravates à pois. Cela se fit à *La Tour d'Argent*, dans un coin discret, table retenue à l'avance. A peine l'avocat s'était-il assis que je lui étalais le jeu de photos. Des agrandissements tirés des films. Des visages. Non pas ceux des tortionnaires. Des victimes. Souvent ils étaient masqués, au moins partiellement. Pas toujours. J'avais fini par isoler quelques vues. Dans certains cas, les traits des torturés étaient parfaitement distincts.

Il passait d'une vue à l'autre, soufflait, me jetant parfois un coup d'œil furtif. Le serveur se présenta.

Je lui signalai que, chablis mis à part, nos commandes pouvaient attendre.

— Incroyable, dit Jacob. Où avez-vous trouvé ça ?

Je lui expliquai sommairement.

— Vraiment extraordinaire !

Il se replongea encore dans ces tirages au grain épais, aux contrastes durs que j'avais mis toute une nuit à préparer à son intention. Une nuit plutôt éprouvante à la chaleur de l'agrandisseur. Une vingtaine de photos et sur chacune c'était la souffrance pure, sans fin, en très, très gros plan.

— … bien sûr, lâcha-t-il, il faudrait vérifier. Il faudra le faire très attentivement, mais…

— Oui ?

Il inspira profondément. Pas forcément pour faire un effet de séance.

— Dès maintenant, je suis personnellement certain qu'il y a là, sur vos photos, quelques-unes des personnes disparues dont je suis chargé d'assurer la défense.

Il m'expliqua qu'il avait bien en mémoire les quelques photos que leurs proches lui avaient fournies. Pas très bonnes le plus souvent, assez anciennes surtout. N'empêche… Pour lui, il n'y avait pas de doute.

— Avez-vous des indications sur l'origine, les dates de ces prises de vue ?

— Non, répondis-je. Aucune. Mais tenez.

Je poussai devant lui un autre cliché. Un seul. Le fruit d'une longue recherche au milieu d'un fatras de films pas encore complètement exploré. A l'arrière-plan, il y avait un supplicié maintenu sur une chaise de dentiste, une variante horrible de l'affiche d'Oscar. Ici, pas de cagoule. On voyait nettement le visage tuméfié d'un jeune homme. Au premier plan, un autre visage, le haut d'un buste (chemise militaire, col ouvert). Malgré le contre-jour et le léger flou, les traits se distinguaient sans mal.

— Le capitaine Ortiz, dit l'avocat. Aucun doute possible.

J'en étais bien d'accord. Et derrière ? Jacob prononça à voix très basse un nom que je ne compris pas.

— La mère de ce jeune homme était hier encore dans mon cabinet. Elle m'a assuré une fois de plus que son fils n'était parti là-bas que pour des raisons humanitaires. Cette photo est…

— Quand commence exactement le procès de la junte ?

— Ce mois-ci. Le 22 avril. Neuf militaires de haut rang inculpés des pires crimes.

— Neuf, c'est peu, pour toutes ces horreurs.

— Je pense comme vous. (Il se racla la gorge.) Peut-être y a-t-il là-bas des difficultés que nous évaluons mal. On ne peut pas faire le procès de toute la hiérarchie. Mais cet Ortiz… Puis-je garder ces photos ?

— Elles sont pour vous.

— Pour moi seulement ?

— *Le Soir* en aura également un jeu complet.

— Naturellement, dit-il après une courte hésitation. Nos moyens sont assez faibles mais il ne faut pas que ces gens-là connaissent la paix. Maintenant, nous avons des preuves.

Ce n'était pas tout à fait exact. Même maintenant, maître Jacob ne m'était pas sympathique. Trop bien, trop conforme à son style. Son honnêteté n'était pas en cause. Rien que son style.

A tort ou à raison, le serveur nous apporta en ce moment d'émotion un assez joli plateau de fruits de mer. Autour de nous, c'était l'ambiance ouatée d'une brasserie parisienne de deuxième catégorie qui n'en avait plus pour très longtemps à vivre. Au-delà, la place, les voitures, la ville.

— Et Ortiz, où est-il maintenant ? La demande d'extradition ?

— Oh ! Elle s'est évidemment heurtée à une fin de non-recevoir.

Maître Jacob extirpa de sa coquille la chair d'un bulot, l'enduisit de mayonnaise, la porta à sa bouche avec gourmandise, la mastiqua longuement. De l'énergie de cet homme-là dépendaient bien des choses mais qu'avais-je à lui reprocher ? Après tout, je ne détestais pas les huîtres. Où était le capitaine, maintenant ?

— Affecté dans une nouvelle garnison. L'affaire a fait quelque bruit en Argentine. Il y a des divisions, au sein même du gouvernement. Vos photos vont permettre de relancer l'offensive.

Il suça longuement, jusqu'à la dernière fibre, une pince de crabe.

— Je sais que vous ne m'aimez pas beaucoup, dit-il. Mais vous verrez. Je ne lâcherai pas prise.

Après avoir répété plusieurs fois que c'était du bon, de l'excellent travail, Marc tapota le petit tas de clichés, devant lui.

— Je te promets qu'on va faire un beau dossier de tout ça, publié en bonne place. Dans quelques jours.

— Dans quelques jours ? Pourquoi pas tout de suite ?

— Parce qu'avant, il y a une information à vérifier.

— Laquelle ?

Il se tassa dans son fauteuil directorial, se massa les ailes du nez, yeux clos.

— D'après notre correspondant à Buenos Aires, il y a du nouveau du côté d'Ortiz. Il semblerait bien qu'il ait disparu lui aussi. Personne ne l'a vu arriver dans la garnison où il est censé être affecté.

Cette nuit-là et plusieurs autres nuits, je cherchai Oscar. A vélo, je sillonnai le Marais jusqu'à la lisière des Halles, revenant vers République, poussant vers Bastille, quelquefois jusqu'à la gare de Lyon. Il restait introuvable même si, de loin en loin, je retrouvais parfois les traces de son passage. La colle humide sur les affiches de Jessica torturée m'assurait que je le loupais de peu. Il se cachait. Jouait un sale jeu.

Jessica aussi était introuvable. En début de mois, j'avais reçu d'elle son inévitable courrier, une photo toujours. Elle la représentait nue, debout devant un mur, bras ballants. Cela aurait presque pu passer pour une photo anthropométrique. Quelques mots manuscrits : "J'ai quarante ans."

Je m'y connaissais, en anniversaires. Faute troublante, j'avais oublié le sien, qui tombait pourtant très exactement en même temps que celui de Hans Christian Andersen (1805), le 2 avril.

— Quarante ans, dit Ida rêveuse. Je suis tellement plus vieille ! Mais quelle bonne idée. J'aimerais avoir une photo de moi comme ça, toute nue, pour chacun de mes jours anniversaires.

Elle avait pris ses quartiers quai de Jemmapes. La place ne manquait pas. Par goût, elle dormait dans la partie encore non aménagée du studio, au-dessus de l'appartement. Une pièce vide avec quelques caisses, des cartons remplis d'un fatras en exil de living, et un vieux divan confortable, refuge habituel des petites fugues de l'une ou l'autre chatte. Aucun problème, Ida et les chattes s'entendaient bien, câlins, petites bouffes et blagues privées. Cette cohabitation paisible entre le triumvirat et une femme quelle qu'elle soit était une grande première.

Presque tous les soirs, Ida allait à *La Boca*. Parfois, elle rentrait tard pour avoir trop bavardé avec Rita. Parfois elle ne revenait qu'à l'aube, un peu honteuse d'avoir découché chez Marti. Elle rentrait toujours.

Marti l'aimait. Il le lui avait dit. Il me l'avait dit aussi. Elle ne savait pas trop quoi faire de cet amour-là, et puis d'ailleurs, qu'est-ce que c'est l'amour, tu le sais, toi, Victor ? Elle était paumée, je ne valais guère mieux. Je la photographiais beaucoup et elle se laissait faire. Tous les deux ou trois jours, j'avais droit au coup de téléphone de Maleo. Sans trop y croire mais sans avoir l'impression de mentir, je lui assurais que tout allait pour le mieux.

Il ne fallait surtout pas que je regarde trop la photo envoyée par Jessica. La laisser en permanence sur la table de ma chambre, avec les autres précédentes, suffisait bien.

Oscar me surprit, un soir que je photographiais obsessionnellement la cour du passage Damoye, à la recherche d'un angle de prise de vue précis : celui que le vieil Eugène Atget avait cru bon de choisir, soixante-dix ans auparavant. Sa série du “Paris pittoresque”. Une maniaquerie qui ne regardait que moi. En réalité, remettre mes pas dans ceux du Vieux est aussi une méthode.

— Il faut que je te parle !

Ton fébrile, connu, ennuyeux. Pour la première fois depuis que je le connaissais, Oscar portait une veste noire sans la moindre tache.

— C'est urgent, dit-il.

— Ton urgence attendra.

J'avais le document sous les yeux. La photo d'Atget. Une plaque d'égout du passage pouvait servir de point de repère. Elle était toujours là, il suffisait de reculer de quelques mètres. J'installai le trépied, tâtonnai un peu, œil dans le viseur, le calai. Emu presque aux larmes d'être à l'endroit où l'ancêtre avait un matin posé son matériel, au pavé près. Les choses n'avaient pas trop changé, vers cette sortie rue Daval. Bien sûr, plus de roues de charrettes empilées sur le côté gauche. Mais la cahute du pinardier était exactement la même, l'immeuble au fond aussi. Oscar m'agrippa au moment où j'allais déclencher. Ce qu'il ne fallait pas faire.

Au fond, j'avais envie de lui casser la gueule depuis cette nuit de novembre où il m'avait empoigné à travers les barreaux de la Colonne de Juillet. Cela se fit sans chichis, très techniquement avec, sans honte aucune, la conviction qu'il n'avait pas l'intention de trop résister. La seule douleur vint d'un coup qu'il dévia. Mon poing heurta son flanc à l'exact endroit où était accrochée une arme. Qu'il ait ce genre de truc sur lui me mit un peu en colère. C'était ridicule.

La rixe n'eut pas de témoin. Le dimanche, la cour Damoye est un endroit calme de Paris. Oscar resta quelques secondes au sol, sonné, puis il se redressa sur un coude. Des doigts, il évalua les dégâts, pas grand-chose. Il savait prendre les coups. Le holster pendait sur sa poitrine. Ce qu'il y avait à l'intérieur ressemblait à du gros.

— On peut parler, maintenant ?

Je l'aidai à se relever. Il grimaça. Un bluff comme un autre. J'avais encore des photos à faire. Oscar me laissa opérer tout en tamponnant le sang qui lui coulait du nez.

— Pourquoi tu fais ça, dit-il. Ces vieilles baraques ?

Je pris plusieurs clichés. La question n'était pas idiote.

— Pourquoi ? Pour les mêmes raisons qui font que tu colles tes affiches. Par sens des dettes à payer, rubis sur l'ongle, quelles qu'elles soient.

J'avais soif. Je crus le provoquer un peu en lui disant de m'accompagner à *La Boca*. A ma relative surprise, il déclara que c'était une bonne idée. Etait-ce bien le cas ?

Rue Daval, rue de la Roquette, nous nous engageâmes passage du Cheval-Blanc. Personne n'avait repris le studio de Julio.

— Pourquoi t'es-tu enfui, le premier jour ?

— Quand tu voulais m'emmener chez ton ami ? Je ne sais pas. Je ne m'entends pas toujours très bien avec mes compatriotes.

Des relents de tango parvenaient jusqu'à nous, la nuit tombait. Précédant nos pas, un chat s'enfuit, suivi de plusieurs autres. Le type qui chantait avait la voix brisée de Goyeneche. C'était même sûrement lui. Un disque.

Avant d'entrer, je pris Oscar par le bras.

— Qu'est-ce que tu voulais me dire de si urgent ?

— Maintenant, ça peut attendre. Je te le dirai tout à l'heure.

— Attends ! Moi, j'ai une question à te poser. Ce n'est pas toi qui as dessiné l'affiche que tu colles actuellement, celle de la femme. Où l'as-tu trouvée ?

Il se dégagea. Sèchement. D'une manière qui signifiait une chose très précise. La manière dont il s'était laissé cogner tout à l'heure était de pure complaisance. Ça n'apprenait rien à personne. Il jugeait juste utile de me le rappeler. Pour l'avenir.

— Je l'ai détachée du mur. Comme l'autre. J'ai mis longtemps à savoir la reproduire, c'est tout.

— Tu sais qui est cette femme ?

Faut-il préciser qu'il me regarda avec intérêt, droit dans les yeux ?

— Une femme parmi toutes celles, des milliers, qui ont disparu entre 1976 et 1982, chez nous. Une femme sans visage.

Tellement sans visage qu'on leur bandait les yeux, qu'on les encagoulait. Anonyme finalement dans la masse de ceux qu'ils avaient raflés, avec un corps précis et des cris depuis longtemps éteints que rien ne distinguait plus dans la grande horreur collective. Seulement ça ? Rien que ça ?

Il dit :

— L'horreur collective ? Peut-être rien que ça, oui. Entrons.

A *La Boca*, il y avait foule. Celle des mauvais soirs. Le tout-venant du nouveau gratin du quartier. C'était Marti qui régalait, table ouverte. En l'honneur de sa prochaine exposition. Ses "nappes", et quelques toiles qu'il allait exposer, dans une galerie, rue de Lappe. La première exposition de cette galerie-là, d'ailleurs. Le quartier changeait vite. L'idée d'exposer ses plans de ville sur des nappes me plaisait bien. Il y avait trop de monde, on se bousculait. Ida nous dégagea deux places. Son tailleur fuchsia avait beau dater des années cinquante, il lui allait à ravir. A ravir, exactement. Puis, elle s'éloigna, vers le bourdonnement qui entourait Marti. L'orchestre jouait *Melancólico*. Un air vraiment flippant. Je pris un *empanada* brûlant dans l'assiette que nous avait laissée Ida. Oscar m'imita.

— C'est bon, dit-il. Très bon.

C'était une des choses étonnantes. Qui avait glissé la recette des *empanadas* à Rita, la guapa geisha ? Et elle, comment l'avait-elle transmise à Ida, la radasse du faubourg ? Mais c'était un fait. A l'arrivée, tel que nous le savourions, le mélange de hachis de viande, d'œufs, d'oignons, d'olive et de raisin, enrobé dans la pâte dorée et moelleuse, était dans la lignée de la plus caractéristique des gourmandises *porteñas*. Fidèle et dissemblable.

— Cette fille, c'est qui ?

— Ida ? Mon amie.

— Et les autres ?

De loin, je lui présentai Marti, les Mi Noche Triste, des Latinos du coin.

— Ils habitent tous par là. C'est le quartier général.

Je dus boire trop et trop vite quelques verres. Peu importait. Personne ne faisait trop attention à nous. Et l'orchestre était vraiment bien.

— Que voulais-tu me dire ?

— Tes amis sont en danger.
— Lesquels ?
— Tous ceux-là (geste large). Peut-être d'autres.
— Explique.
— Ne sois pas idiot, *compadre*. Je crois savoir qu'il vient d'arriver dans Paris des hommes qui ne veulent pas que ceux-là aillent parler ailleurs.
— A Buenos Aires ?
Marti s'installa d'autorité devant nous, grosse masse de viande et de vie. Expliquant longuement à quel point il était désolé de ne pas nous avoir mieux reçus, moi et mon ami (il écouta à peine le nom d'Oscar quand je fis les présentations, ne le regarda même pas). Il me montra une nappe, qu'il venait de dessiner.
— Buenos Aires ou Paris, qu'importe. Regarde, il y a tout, sur ce dessin. L'observatoire, l'usine, le couvent, le bordel, le cinéma, le théâtre. Et puis la plage, la librairie, la grande avenue pour faire les manifestations, un canal pour te faire plaisir, des portes cochères, des quais pour faire l'amour, les caves pour être torturés, les souterrains pour fuir… Mieux que la *Cité idéale* d'Urbino, tu ne trouves pas ?
Lui aussi, il avait bu. La *Cité idéale* ? Je ne me souvenais plus très exactement de ce qui était peint sur le panneau de bois (2 m x 0,60 m), tel qu'il est présenté, en parfait état de conservation, dans l'une des meilleures salles de la Galerie nationale des Marches, appelée parfois palais ducal d'Urbino, non, vraiment. Je ne me souvenais plus très bien. Peu

importait. J'avais réellement sous les yeux une cité idéale. Dessinée sur une nappe, au crayon feutre. Paris et Buenos Aires. Avec un peu de pont Charles, de galerie Vittorio-Emmanuele, de *barrios* de Barcelone. Il avait tout entremêlé, le salaud. Le métro et les catacombes, les highways et les Grands Boulevards, Pantin et Whitechapel, Soho et Moabit.

Ce dessin était vraiment très bien. L'un des meilleurs de la série des villes imaginaires. Marti m'affirma qu'il venait de le faire là, sur-le-champ. Qu'il lui plaisait bien à lui aussi, qu'il allait le sélectionner pour son exposition.

— A toi. Dessine là-dessus quelque chose à ta manière.

Il me tendit une poignée de crayons.

Ajouter quoi ?

Maladroitement, je sais très mal dessiner quand je m'en donne la peine, je traçai quelques barricades. De-ci, de-là. Marti partit d'un grand rire sonore (il riait beaucoup plus depuis qu'il avait rencontré Ida), prit Oscar à témoin. “Des barricades, voyez-vous ça ! C'est bien ton genre.”

Dans un coin, j'ajoutai aussi un minuscule bonhomme perché sur une bicyclette, grimpant sur une portée musicale.

Marti se leva et s'en alla faire admirer son chef-d'œuvre à d'autres tables. L'orchestre jouait *Melodia de arrabal.* Oscar était étonnamment tranquille. Pourquoi cela me surprenait-il tant ? Je lui demandai :

— Qui sont ces hommes qui viennent d'arriver à Paris ? Des hommes de la junte ?

— On peut dire ça.

— Il y en avait déjà, avant ? Le frère d'Ortiz, par exemple ?

Il eut l'air surpris.

— Peut-être bien.

— Et parmi les nouveaux arrivants, il y a Ortiz lui-même, non ?

— Peut-être. Qui sait ?

— Toi, comment sais-tu ?

Il lapa une petite gorgée de tequila, la savoura longuement sans y prendre plaisir. Son regard flottait du côté des danseurs (enlacés, ventres noués).

— Ne me demande pas ça. Je te dis ce que je peux. C'est déjà difficile.

Marti entraîna Ida sur la piste de danse. Leur numéro était devenu l'un des musts de *La Boca.* Rita se débattait avec les jeunes de Mi Noche Triste qui tenaient absolument à repeindre l'un de ses murs avec l'une de ces belles fresques dont ils avaient le secret. Marc était installé au bar, tout près du phonographe à pavillon, entouré de quelques-uns des principaux rédacteurs du *Soir*, tous bavards, lui silencieux. Villon fit son entrée.

Il avait toujours son bras plâtré et sans doute avait-il perdu deux ou trois kilos depuis notre dernière rencontre. Des cheveux aussi. Le physique de ce flic se ravageait à vue d'œil. Il m'adressa un petit signe de la main mais ne fit pas le détour par notre table comme par crainte de déranger. Contournant quelques groupes, il finit par trouver une chaise libre dans un coin.

— Tu connais tout le monde ici, dit Oscar.

— Pas tout le monde, mais presque.

— Tu aimes ces gens ?

— Disons qu'on s'aide les uns les autres, chacun à sa manière.

Marti et Ida dansaient toujours. J'imaginais un peu à les voir comment ils pouvaient faire l'amour. Ce devait être rude. Eh bien. Je me disais cela parce que c'était le tango et que, somme toute, je n'avais pas baisé depuis pas mal de temps.

— Des gens curieux, dit Oscar. Je suis certain qu'ils n'ont aucune envie de rentrer au pays.

Quelques Latinos que je ne connaissais pas s'installèrent à une table près de nous. Ils étaient bruyants et à peine assis se dandinaient sur leurs chaises au rythme du bandonéon. L'une de leurs femmes était assez belle, de type andin, coiffée avec de lourds bandeaux, et des sourcils épais sur ses paupières soigneusement maquillées. Cela n'avait aucune importance.

— Ils se contentent du tango. Ou bien, comme ton Marti, ils rêvent d'un Buenos Aires qui n'est plus qu'un petit dessin.

Un Buenos Aires qui absorberait toutes les autres villes. Pourquoi pas ? Je le savais bien depuis que je les fréquentais, tous. Leur ville n'existait pas. Ils en venaient. Ils y avaient souffert. Ils y retourneraient peut-être, pour certains d'entre eux, pour témoigner de leurs souffrances. Mais la ville n'existait pas. Rien qu'une pure illusion. *Cosa mentale*, comme auraient pu dire les immigrants italiens qui habitaient ses rues. Coincée entre Pampa et océan.

Enorme, proliférante, sans limite véritable. Impalpable objet de discours nostalgiques sans fin, de tango.

— L'exil, le vrai, dit Oscar, c'est Buenos Aires. Les parents de ceux qui l'habitent viennent de tous les coins d'Europe. En fuyant ce qu'ils avaient à fuir, tes amis retrouvent leurs racines.

— Et toi ? Tu as fui quoi ?

— Moi ? Je suis né dans la montagne. J'ai eu la bêtise de croire qu'à la ville les choses seraient plus belles. Pas plus faciles, tu m'entends bien. Plus belles.

Ce n'était pas une réponse à ma question mais peu importait. Je buvais trop, méthodiquement. Et lui, il parlait.

— Ortiz est un type un peu comme ça, je crois. Né dans la Pampa (une pause). La Pampa, ce n'est rien. C'est immense et ce n'est rien. Même plus une vraie richesse. Je ne sais pas comment il est devenu militaire. Peut-être comme moi. Pour ne pas rester un… (hésitation)… une sorte de rien du tout… (il hésita encore, lui aussi avait peut-être déjà trop bu)… un rien du tout, c'est ça.

— Il est à Paris ?

— Oui, oui. Sans doute.

Il y eut une rumeur et puis Jessica. Une entrée remarquée. Elle me salua d'un mouvement de menton, s'installa au bar, suivie de quelques types et de son homme, le directeur de la galerie. Quelle galerie ? Marti délaissa Ida et vint les accueillir, elle et Baxter. Tout s'emboîtait.

— C'est la femme que tu aimes, n'est-ce pas ? demanda Oscar. Celle dont tu as plein de photographies, chez toi ?

— Cette femme-là, oui.

Il porta à la bouche son verre de tequila et puis il se ravisa. Il observait Jessica, ses gestes, ses poses. Toute cette cour qu'elle traînait toujours autour d'elle.

— C'est vrai qu'elle est belle, dit-il. Très remarquablement belle. Tu dois souffrir.

Il m'importait peu de discuter de ma jalousie avec Oscar. Qu'importe si je savais que c'était une ligne de fuite. La femme qui me faisait le plus souffrir, voilà tout. Mais qui n'y était à sa manière pour rien. Son goût des raisons de vivre n'était pas du même ordre que le mien.

Perdu dans sa pénombre, Villon observait tout et je me dis qu'au milieu de tout ce fatras humain, il était peut-être le seul à être plus fatigué que moi. Sans exclure l'idée qu'il n'avait au fond que quelques verres d'avance. Marc dansait, assez mal, avec l'une de ses collaboratrices, sous l'œil respectueux de ses collaborateurs. Oscar rajusta sa veste, enfin conscient que, depuis plusieurs minutes, son holster était par trop visible. L'orchestre entama *Cafetín de Buenos Aires* et Rita remonta sur l'estrade pour chanter. Une soirée curieuse.

Marti présenta Ida au directeur de galerie. Celui-ci se laissa aller d'un baisemain. Jessica but, solitaire, un verre de champagne cul sec.

— Personne ne fait attention à personne, crut pouvoir noter Oscar.

Il avait tort.

— D'accord, dis-je. Mais toi, comment as-tu connu Ortiz ?

— Tout le monde connaît Ortiz. Tout le monde sait ce qu'il a fait. Lui et d'autres. Mais personne n'a fait attention.

Je n'aimais pas le vilain tour de propos d'ivrognes que prenait notre discussion. L'orchestre entama *La Mariposa*, ce qui n'était pas une mauvaise idée. Au bar, Jessica prit Baxter par le bras et l'entraîna vers la piste de danse. Un espace minuscule au milieu des tables où s'agglutinaient, enlacés, quelques-uns des invités de *La Boca*. D'emblée, cela fut brutal. Elle était vêtue, Jessica, d'une très simple robe noire, courte et moulante. Ses jambes étaient gainées de résille, c'était bien la moindre des choses. Lui, son homme pour au moins ce tango, portait une sorte de complet gris à rayures, cintré, mi-chic mi-marlou.

Dès les premières mesures, il fut clair qu'il ne pourrait pas guider Jessica comme elle l'entendait. Non qu'il fît de vraies fautes. En fait, il dansait plutôt bien. Il avait même dû apprendre, être un bon élève. Un peu de vide se fit autour d'eux, de leur couple. Pour voir.

Car après quelques passes – des passes ! –, leur étreinte prit l'allure d'un combat, comme il se doit. D'abord, elle laissa faire, soumise aux figures qu'il proposait, se laissant conduire, lui laissant toutes ses chances. Puis elle exigea plus. Quoi ? Du risque. Ou bien de la tenue. C'est-à-dire, ici, de l'indécence. Les pas glissaient. Elle se plaqua contre lui, se donnant avec défi. Il ne savait quoi faire ni de cette exigence ni de ce don. Robe haut retroussée, elle se cabra.

Il tenta de la reprendre et elle consentit à le suivre avec un mauvais sourire, le laissant vite s'empêtrer dans ses pas inutilement compliqués. Elle se dégagea, arrogante. Cela se fit d'un simple écart, d'un mouvement de reins, presque rien, au moment même où le bandonéoniste se cassait sur son instrument. Il y eut ainsi une pause interminable. Rejeté, bafoué, l'homme ne sut plus que faire.

Jessica l'ignorait, désormais. Elle dansa quelques secondes ainsi, les yeux clos, murée dans le grand silence du tango, évoluant, tendue et nerveuse, seule comme jamais. Le bandonéon reprit souffle, l'accompagna, attentif, inquiet.

Un instant, je crus qu'elle allait continuer. Qu'elle allait jeter ses chaussures, se défaire de sa robe sous laquelle elle était évidemment nue et danser comme cela, exhibée et farouche comme elle m'avait dit une nuit qu'elle aimerait faire, nue et obscène pour le tango. "Obscène jusqu'au bout, avec mon sexe et mon cul violés, avec les traces de brûlures de cigarettes sur mon ventre, avec ma peau fatiguée, usée. Faire ça pour moi, pour exorciser."

Jessica s'immobilisa, vacilla. J'eus peur. Elle resta ainsi, figée, paumes plaquées sur ses cuisses. Longue prostration. Puis elle se redressa. C'était fini. Un brouhaha se réinstalla, étrangement soulagé, succédant à l'angoisse confuse qui avait entouré l'exhibition.

A nouveau désinvolte, Jessica adressa un petit salut en direction de l'orchestre, passa devant Baxter sans lui adresser le moindre regard et se dirigea vers le bar. L'amant congédié ne savait trop quelle attitude prendre mais il n'y avait plus guère que moi pour prêter attention à son désarroi.

— Je m'en vais, dit Oscar. Ça suffit pour cette nuit. Je le retins par le bras.

— Tu connais cette femme. C'est elle qui est dessinée sur ton affiche. Ne me dis pas que tu ne le sais pas.

— Comment pourrais-je le savoir ?

Il mentait. Son système disjonctait. Il se dégagea.

— C'était la compagne d'un homme qui s'appelait Miguel. Un artiste, un opposant au régime. L'auteur de tes affiches. Il a été arrêté. Il a disparu. Elle a failli disparaître aussi.

— Et alors ?

— Je me demande ce que tu as exactement à payer. C'est tout.

Il tourna les talons. A quelques mètres de là, Villon n'avait rien perdu de cette courte scène. Que pouvait-il y comprendre ? Il se leva et sortit sur les pas d'Oscar. J'étais épuisé, incapable de penser. Le tango avait à nouveau envahi *La Boca* et c'était comme l'accablement d'un désespoir sans objet. Jessica s'installa à ma table, remplit deux coupes de champagne. Nous trinquâmes.

— Tu m'as fait peur, dis-je.

Elle haussa les épaules.

— Avoue surtout que tu n'es pas mécontent que j'aie plaqué mon mec.

— C'est vraiment fait ?

— Je pouvais le signifier plus clairement ? Viré !

— Pourquoi ?

— L'ennui.

— Pourquoi ce soir ?

— Parce que tu es là.

Maquillage un peu défait, mèches folles, elle était assez ressemblante à cette photo que j'avais prise d'elle le soir de notre première rencontre, au *Balajo*. Elle remplit de nouveau les coupes.

— Qui était le type avec toi ?

— L'homme qui colle les affiches de Miguel dans tout Paris.

Elle ne parut pas le moins du monde surprise.

— Tu le connais bien ? Pourquoi ne m'as-tu pas parlé de lui plus tôt ?

— Peut-être parce que nous ne nous sommes pas tellement vus ces derniers mois.

Je lui expliquai ce que je savais d'Oscar. Je lui demandai si l'affiche la représentant, elle, avait été collée sur les murs de Buenos Aires.

— Jamais, dit Jessica. Quand j'ai quitté Miguel, il n'avait pas achevé de la dessiner. Ils l'ont arrêté moins de dix jours après notre séparation.

— Je ne savais même pas que vous vous étiez séparés.

C'était cela le paradoxe. J'en savais sûrement plus que toute autre personne sur les folies de Jessica, sur les cauchemars qui la hantaient aux mauvaises heures de la nuit. Tout de ses terreurs, de ses vomissements, des crises de tremblements qui l'agitaient parfois, aux moments les plus imprévisibles. Mais j'ignorais presque tout de la réalité de son histoire, là-bas, durant toutes ces années. Je m'étais toujours abstenu de questionner trop précisément ceux qui l'avaient connue de près. A commencer par Julio. Cette affiche ?

— Ton type n'a pas pu la décoller dans la rue. Il n'a pu la prendre que dans l'atelier de Miguel. Lui ou l'un de ses comparses.

Elle but encore. Elle buvait trop. J'en étais à peu près au même point. Je devinai donc sans mal ce qu'elle avait encore à me dire.

— J'ai déjà vu l'homme qui était avec toi à la prison militaire. C'est l'un des leurs.

Inévitablement, malgré la cagoule presque en permanence, elle avait pu entr'apercevoir parfois des visages. Celui d'Ortiz, de certains de ses hommes. De cet homme-là.

— Il a changé, dit-elle le regard fixe. Il a rasé sa moustache, laissé pousser ses cheveux, il a beaucoup vieilli. Mais c'est le même homme. C'est lui qui a arrêté Miguel. Ça ne peut être que lui.

Ce qu'elle disait faisait plus que confirmer un soupçon. Elle actualisait une certitude diffuse depuis longtemps, embarrassante. Oscar n'avait jamais vraiment caché son jeu. Il avait donné tous les éléments pour être percé à jour. La seule question était : pourquoi ?

— Ortiz est à Paris.

— Je sais, dit-elle.

— Qui te l'a dit ?

— Personne. On ne peut oublier le visage d'un homme qui a fait ce qu'il m'a fait. Je suppose que plus tard, même des années plus tard, on perçoit la proximité de sa présence. Je la sens. C'est quelque chose d'animal, non ? Ortiz est à Paris. Tout près.

Jessica ajouta que c'était à cause de cela, aussi, qu'elle s'était débarrassée de son amant, ce soir. Pour se dégager de toute entrave, même légère.

— Pour être libre.

— Et moi ?

— Toi, tu es mon allié.

Je lui parlai des photos que j'avais trouvées dans les films de Julio, de la petite offensive qui pouvait se mettre en place à partir de là. Elle rit. Et puis très vite son visage se fit dur, très dur.

— Ne serait-ce qu'en mémoire de Julio, faites ce que vous pouvez, toi, l'avocat et les gens du *Soir*. Allez-y. Moi, j'ai contre Ortiz des preuves encore plus accablantes. Il est le seul à le savoir. C'est pour cela qu'il a pris le risque, le risque incroyable de venir en personne à Paris.

— Quelles preuves ?

Elle hésita, but un peu.

— Des choses terribles. Tu sauras plus tard, bien assez tôt. Je ne crois pas que j'aie envie de témoigner.

— Quoi alors ? Que vas-tu faire ?

— Vivre. Et tuer Ortiz, si je peux. Je crois que je pourrai. Je me moque qu'il soit condamné, lui et d'autres, pour être libéré au prochain coup d'Etat, ou même à la prochaine amnistie que les civils concéderont pour apaiser les militaires. Je veux qu'il meure.

Rupture de ton. Jessica eut un geste de la main, léger. Tout cela était-il bien important ? Elle dit : "Je suis ivre, c'est bon." L'orchestre jouait encore, une milonga fatalement nostalgique. *La Boca* se vidait. Près du bar, aidée par Rita, Poupée brisée accrochait au milieu d'autres portraits-souvenirs la photo que j'avais faite d'elle, posée à la manière de Marilyn. Jessica se leva, m'embrassa sur le front puis sur les lèvres, ses lèvres étaient bonnes, s'éloigna. Vautrée sur une chaise, Ida somnolait, souveraine. Marti s'était remis au travail sur une nappe, rêvant une nouvelle ville à la pointe de ses crayons-feutres et de ses pastels. Une étrange pâleur bleutée nimbait la grande salle. Je n'étais plus si certain d'aimer tant le tango. Dehors, c'était peut-être déjà l'aube. J'avais besoin d'aller sur le chantier, tout proche. Seul.

Un léger vertige me prit tandis que je traversais la place, indifférent aux voitures. Quelques-unes me frôlèrent, m'évitant en catastrophe. Une sorte de griserie. J'en étais là. Je titubai. Mais aucun de ces conducteurs n'était Ortiz, son frère ou l'un quelconque de leurs acolytes. Je survécus donc et rentrai chez moi à pied, par strict respect de mes conformismes. Dans ma boîte aux lettres, il y avait quelques invitations à des expositions de peinture sans aucun intérêt, la dernière livraison de *Rolling Stone* et un magnétophone Sony.

Il contenait une cassette. Restait à l'écouter.

"Je m'appelle Oscar. J'ai trente-deux ans, je suis argentin, ancien soldat, exilé à Paris, je crois que je vais bientôt mourir et je pense que le mieux est de m'adresser à toi, Victor, pour dire ce que j'ai à dire. Nous nous sommes rencontrés par hasard mais je crois que je peux te faire confiance. De toute façon, je n'ai pas le choix. Je n'ai personne d'autre à qui je pourrais confier ce que j'ai à dire. Tu feras de cette bande exactement ce que tu voudras. Les journaux, les flics, à toi de voir, pour moi, ça n'a plus tellement d'importance, essaie d'être le plus efficace possible, fais au mieux... Voilà. Je ne sais pas si tu as compris qui j'étais vraiment, dans le passé. Oui, je pense que tu as deviné, au moins l'essentiel. Il faut quand même que je te raconte. J'ai fait la guerre, presque toute la sale guerre, avec Ortiz. Lui capitaine, moi sergent. Il m'a pris très tôt sous sa protection. Je ne sais pas pourquoi. Dès le début, lorsque se sont formés les fameux escadrons de la mort, l'AAA, il a tenu à ce que je fasse partie de son équipe. L'époque de la chasse aux chats. A Córdoba et puis ailleurs. J'étais un très bon chasseur de chats, je les détestais, et la chasse, nous avons su la mener. Avec tous les moyens qu'il fallait. Je pensais qu'il fallait le faire. Les terroristes tenaient la rue, c'est ce que je voyais. Ceux de l'ERP, les Montoneros, tous les autres. Ils enlevaient des gens, d'honnêtes citoyens, ils parlaient de guerre du peuple mais en réalité ils menaient la guerre contre le peuple. C'étaient des fils de riches, moi j'étais pauvre. Je venais de la montagne. C'est grâce à l'armée que… Bon ! J'ai été contre eux dès le début, c'est ce que je veux dire. Parmi les tout premiers qui ont voulu mettre de l'ordre en s'en donnant les moyens. Après la mort de Perón, c'était l'anarchie, le bordel, un bordel dont personne ne peut avoir idée. Nous les connaissions tous, les meneurs, les chefs, depuis le temps. Leurs maisons, leurs habitudes, leurs relations. Ils se croyaient très forts. Même quand nous arrivions chez eux, la nuit, ou au petit matin, ils nous tenaient tête. Même après dans les caves, même une matraque dans le cul enfoncée jusqu'à la garde, entre deux hurlements, ils continuaient à nous insulter. Même avant de crever… Oui. J'ai tué. J'aurais peut-être dû commencer par dire ça. J'ai tué beaucoup. J'ai torturé aussi. Je regrette. Mais c'était vraiment la guerre, une guerre est toujours sale, non ? Nous avons été trop loin. Au début, très longtemps et tant pis si c'est incompréhensible, si c'est horrible, au début, j'étais persuadé que tous les moyens étaient bons, étaient justes contre ces salauds. Et même maintenant, je cherche à dire la vérité, je crois qu'il y avait pas mal de vrais salauds parmi eux, de vrais bandits qui ne nous laissaient pas le choix des méthodes. Mais il faut que je dise comment j'en suis venu à... c'est pour expliquer ça que je dicte cette bande, non ? C'est difficile à expliquer mais je vais essayer. Je crois que c'est le rire d'Ortiz. Oui, c'est ça. Peut-être qu'il le faisait depuis toujours et que je n'ai pas fait attention. Un jour, je me suis rendu compte de ça : Ortiz riait pendant les interrogatoires. Bien sûr, quand je dis interrogatoire, ça veut dire la torture, la *picana*, la planche, les coups, tout le reste... Ce rire, c'était quelque chose de fou. Je veux me faire bien comprendre, être honnête, comme j'ai déjà dit, maintenant il faut que je le sois. Nous rigolions tous un peu, au commencement des interrogatoires. Surtout avec les filles. Elles crevaient de trouille, à poil, avec la cagoule sur la tête. On pouvait faire avec elles ce qu'on voulait et on ne s'en privait pas. Elles pouvaient bien hurler ou nous insulter. Mais ça, c'était le début. Après, c'était autre chose, les blessures, les brûlures, tout ça, l'odeur de la merde, des plaies qui pourrissent. Ortiz riait. C'était à ce moment-là qu'il riait le plus fort. Nous, quelquefois, on était ivres. Lui jamais. Toujours très maître de lui. Sauf ce rire. Ça n'allait pas avec tout ce sang, avec cette puanteur. Le rire d'Ortiz, c'était autre chose que la guerre. Et puis, il y a eu l'affiche. Le type qui faisait ça, Miguel, était connu depuis toujours. Un jour nous sommes descendus chez lui. Pour dire la vérité, c'était surtout à la femme de ce type qu'Ortiz et les chefs en voulaient. Miguel n'était qu'un peintre, un intellectuel, gênant mais pas dangereux. Sa femme, Jessica, c'était autre chose, une vraie subversive, de longue date. Elle était passée par Trelew, elle avait dirigé des commandos armés. Donc, on a débarqué chez eux un matin avec les camionnettes, les Falcon, le grand jeu. Ils habitaient dans le quartier de Corrientes, un assez beau coin de Buenos Aires. Il faut que je dise que, pour moi, le gars de la montagne, c'était toujours un plaisir d'opérer dans ces quartiers-là. Le type nous a ouvert. Je ne crois pas qu'il était vraiment surpris, on peut même dire qu'il avait l'air de nous attendre. J'ai été un peu déçu car l'appartement n'était pas très riche. Un appartement d'artiste, si on veut, un peu comme chez toi, Victor, avec des bouquins, des drôles d'objets partout, des tableaux. La fille n'était pas là. Le type nous a expliqué que nos renseignements n'étaient pas à jour, que lui et sa femme étaient séparés depuis quelque temps déjà. Ah ! j'oubliais, il y avait des chats et des plantes vertes dans cette maison. Je m'en souviens maintenant parce que Ortiz a fait une plaisanterie là-dessus : un révolutionnaire qui s'occupe de chats et de plantes vertes est un type fini. Il a sorti son pistolet et tué l'un des chats, un siamois. L'autre a réussi à s'enfuir. Ortiz dit qu'on l'aurait un jour ou l'autre, qu'on les aurait tous, et il a ri. On a empoigné le type, mais avant de l'embarquer on a foutu en l'air tous les bouquins. C'est connu, les fachos, ça s'en prend toujours aux livres, ça pisse dessus. C'est ce qu'on a fait. On a renversé dessus les pots de peinture qu'on avait trouvés dans l'atelier, à l'étage au-dessus. Dans l'atelier aussi, on a tout cassé. Je faisais partie des gars qui se sont occupés de ça. C'est là que j'ai trouvé l'affiche. Les affiches plutôt. Il y avait celle qui était collée depuis pas mal de temps sur les murs de la ville, et puis une autre qui n'était encore qu'un dessin, pas tout à fait fini mais presque. Une femme. J'ai piqué le dessin et quelques affiches. Personne n'a fait attention. Il faut dire que dans ces cas-là, pendant les descentes, chacun avait l'habitude de se servir avec la bénédiction des chefs. Les lois de la guerre, non ? Pourquoi j'ai choisi de prendre ça plutôt qu'autre chose ? Je ne sais pas. Ces images me faisaient de l'effet. Le type ? Il a eu droit au traitement habituel. Ce n'était pas un prisonnier important. Un emmerdeur. Rien qu'un artiste. Il n'avait presque rien à nous dire. Pour être franc, je crois que, même sur les activités de sa femme, il ne savait pas grand-chose. Il a craqué assez vite. Craqué ? Je veux dire : il est mort. Après deux ou trois jours d'interrogatoire. Problème de cœur. Le toubib n'a pas vu venir le coup. On a peut-être été trop fort, trop vite, parce qu'on savait que ce type n'avait rien à nous apprendre. On sent très vite ces choses-là, avec l'habitude. Il faut que je revienne sur cette affiche… On avait beau être en guerre, je me suis dit que quand même, on ne tue pas un homme parce qu'il colle des affiches et j'étais bien certain que ce type n'avait jamais rien fait de pire. Mais je crois que je raconte mal les choses. L'affiche, je l'ai tout de suite épinglée dans ma chambre, à moi. Ça peut paraître bizarre, mais c'est ce que j'ai fait. J'ai vite compris que l'homme qui était dessiné, c'était lui, ce même type que nous étions en train d'interroger et qui allait mourir. Et évidemment, sur l'autre dessin, pas tout à fait fini, c'était sa femme. Une drôle d'idée qu'il avait eue là. Et moi, à chaque fois que je quittais la caserne, je retrouvais ces images-là. Elles devenaient presque plus terribles que ce que je voyais tous les jours. Ça aussi, c'est difficile à expliquer. La souffrance, les cris, la mort, je m'y étais habitué. Mais ces affiches, elles sont devenues mon cauchemar. J'avais peur de les retrouver, mais je ne parvenais pas à les enlever de mon mur. Elles me donnaient des cauchemars. Je jure que c'est à cause d'elles et du rire d'Ortiz que j'ai commencé à comprendre que nous étions tous devenus fous. La femme ?... Oui. Je dois aussi parler de la femme. Surtout que maintenant je sais qui elle est, ce qu'elle est pour toi, Victor. Elle a été arrêtée, quelques semaines après son mari. Je n'y étais pas. Un de nos hommes a été tué pendant l'opération, par elle. Ça veut dire qu'après on lui a réservé un traitement spécial. Ortiz nous a prévenus qu'avec elle il faudrait prendre tout notre temps. Je ne veux pas dire les détails. C'est à elle de le faire, si elle veut. Ce qui est vrai, c'est qu'au bout de quelques jours, c'est Ortiz lui-même qui s'est occupé d'elle, pratiquement seul. Ça se passait comme ça, dans certains cas, pour des prisonniers vraiment importants. Je suis content de voir que cette femme a survécu, qu'elle est vivante. Je sais aussi qu'elle m'a reconnu et qu'elle me tuera si elle le peut. Quoi d'autre ?... On m'a changé d'affectation en 1978, et j'ai été soulagé de ne plus avoir à faire ce sale travail. J'ai été muté de garnison en garnison. J'ai eu de plus en plus de cauchemars. J'ai pris peu à peu du plaisir à ces cauchemars. Je me suis mis à comprendre qu'ils étaient justes, que c'était ma punition. Je regardais toujours les affiches, elles ne me quittaient pas. Il y a eu les Malouines, la défaite, j'ai été fait prisonnier, j'ai été relâché, j'ai déserté. Peu importent les détails. A Paris, je me suis dit qu'il fallait que je paye, au moins un peu, pour toutes ces horreurs commises, parce que dans ma tête, tout continue encore. Ah, oui... Là-bas, ce mois-ci, nos chefs vont passer en jugement. Ils vont rendre compte de tous ces ordres qu'ils nous ont demandé d'exécuter, de tous ces morts. C'est juste. Mais il y a des tas de choses que nous avons faites sans ordre. Moi, Ortiz, les autres. Nous avons fait cela, moi au moins, parce que... Je ne me constituerai pas prisonnier. Je ne retournerai pas à Buenos Aires. Je n'ai pas ce courage-là. Je ne veux pas aller en prison, je ne veux pas être battu. J'ai peur, oui, j'avoue que j'ai peur. Et j'ai plus peur encore depuis qu'Ortiz et sa bande sont à Paris. Je ne sais pas comment ils ont fait, mais ils sont là. Et ils m'ont trouvé... Alors, je veux dire ceci. Ils pensent que je peux avoir des renseignements sur tous ces gens qui vont aller témoigner. Des noms, des adresses. J'ai dit tout ce que je savais, tout ce que tu m'as dit, Victor, ce soir, à *La Boca*. Ortiz, c'est surtout à cette femme que tu aimes, Jessica, qu'il en veut. Il faut la protéger. Je leur ai dit tout ce que je savais parce que sans ça ils allaient me tuer. Je sais comment ils tuent. Je crève de peur. Pour finir, je veux dire ceci. Nous ne nous reverrons sans doute plus. Mais si tu me revois, méfie-toi de moi. Adios."

Nous étions trois, isolés dans le bureau directorial du *Soir*. Un flic décavé, un journaliste atrabilaire et moi. Tout en écoutant la confession enregistrée d'Oscar, Villon et Marc n'avaient cessé de compulser le jeu de photos que j'avais apporté. Le même que j'avais déjà confié à maître Jacob. La panne tout à fait opportune du distributeur de café de Marc nous avait servi d'alibi pour passer directement au bourbon malgré l'heure matinale. Nous étions mal rasés, et plus très jeunes. Peut-être parce que nous avions de très anciens liens, nous ne nous aimions pas.

La bande finie, il y eut un assez long temps de silence. Marc le premier le rompit.

— Pas le plus petit élément concret, dit-il en feignant plus ou moins de rager. Cet Oscar peut parfaitement être un mythomane absolu : pas de lieu précis, pas de date, rien. Des états d'âme.

— Et les photos ?

— Un type en premier plan qui ressemble vaguement à Ortiz ? Et alors ? C'est la gueule la plus banale du monde. Et tes bouts de films peuvent être tirés de n'importe quelle série B. C'est d'ailleurs là que tu les as trouvés.

Je voulus interrompre le numéro de directeur de journal survolté qu'il était en train d'amorcer. De fait, Marc commençait à arpenter de long en large le petit espace de son bureau, ce qui me gênait pour étendre mes jambes.

— Donc, pour toi, c'est du bluff.

— Bien sûr que non ! Je suis persuadé que tout ça désigne le vrai. Seulement voilà, si un militaire en exercice est un salaud par définition, il n'est pas forcément un assassin. Ni un tortionnaire. Un journal se fait avec des preuves, pas avec des convictions.

— Il y a le témoignage de Jessica.

— Jessica ? (Marc s'arrêta un instant de tourner et virer...) Pardonne-moi, mais... cela risque d'être un peu insuffisant.

— Et les morts ? Edgardo, Julio, Ruben ?

— Accident, disparition, suicide, dit Villon. Affaires classées. Je n'y peux rien.

Le flic était tassé dans le vieux fauteuil en cuir usé qui occupait le bureau de Marc depuis l'origine du journal, de nouveau local en nouveau local. Un truc récupéré chez Emmaüs. Il ajouta :

— Juridiquement, ces documents ne valent pas un clou. Quai des Orfèvres, je suis le seul à penser qu'il y a un escadron de la mort qui sévit actuellement dans Paris.

Il s'ébroua.

— J'ai tenté de suivre cet Oscar, cette nuit, quand il est sorti de *La Boca.* Il m'intriguait. Il m'a semé en moins de deux. Un vrai professionnel.

La cassette, il l'avait enregistrée après. Après avoir vu Ortiz ou ses hommes. Elle n'était pas qu'une confession. Un testament, aussi. J'avais déjà passé plusieurs coups de téléphone, pour prévenir les amis latinos. Je n'avais eu au bout du fil que des voix ensommeillées. Ortiz à Paris ? Peut-être. On y croyait ou pas. Quoi faire ? Chacun m'avait assuré qu'il ferait attention, ce qui ne voulait strictement rien dire. Je n'avais pas le numéro de téléphone de Jessica. Personne n'avait pu me l'indiquer. Chez Baxter, il n'y avait tout simplement personne.

— On peut lancer un avis de recherche contre Oscar, dit Villon. Ça ne donnera rien.

— Il y a des gens à protéger. C'est votre boulot.

— Il faudrait une demande de l'ambassade argentine. Il faudrait des effectifs. Il faudrait être convaincu d'un réel danger.

— Jessica ?

Villon se gratta la joue. La barbe crissa sous l'ongle.

— Elle n'est même pas réfugiée politique, officiellement. A part les gens de la Mondaine, chez nous, je crois qu'elle n'intéresse personne.

— Donc, on laisse faire ?

Marc ressortit la bouteille de bourbon, remplit les gobelets en plastique.

— Il faut que tu comprennes, dit-il. Je peux publier cette confession. Aucun problème. Pendant une journée, ce sera un coup formidable. Mais si, le lendemain, je n'ai pas de matériel pour rebondir, c'est le flop ridicule. Et tous mes excellents confrères évoqueront courtoisement le coup bidon. Dans ma catégorie, ce serait, comment dire… une grosse bavure.

Dehors, dans la cour, c'était une belle lumière de printemps, rasante, découpant net les ombres. D'où j'étais, je pris quelques photos des façades ravagées de la vieille manufacture.

— Je ne suis plus à une bavure près, dit Villon. Je crois qu'il faut faire bouger ces types. Trouver un moyen. Et je veux être là quand ils sortiront de leur trou.

— Avec votre bras dans le plâtre ? rétorqua Marc. Votre bras droit, en plus.

Ici, il se passa quelque chose de somme toute assez cocasse. Ou bien, c'est la fatigue qui me fit penser ça. Tout un temps de sa vie, jadis, Marc avait pensé que le pouvoir était au bout du fusil. Il en avait gardé, c'était connu, une certaine fascination pour les armes. Il ne rêvait certes plus de kalachnikovs brandies en appel des lendemains chantants, non. Les tigres de papier étant plus redoutables que prévu, il les avait domestiqués. Avec un réel succès. *Le Soir* en était la preuve : le pouvoir pouvait se profiler aussi au bout des rotatives. N'empêche. Un potin persistant donnait comme fin tireur ce spécialiste des gros tirages. On disait Marc régulièrement encarté au club de tir de la police et il y faisait paraît-il d'assez jolis cartons. Il ne faisait rien, tout au contraire, pour démentir cette réputation de maniaque des armes. Aussi fut-il assez surpris quand Villon, en un éclair, lui brandit sous le nez un 357 Magnum.

— Je crois que je suis redevenu un vrai gaucher, dit le flic.

Sur le fond, ça ne faisait pas avancer nos affaires.

— A mon avis, dis-je, il y a une solution toute simple.

J'eus un certain mal à obtenir maître Jacob au téléphone. J'y parvins pourtant, au bout d'un petit quart d'heure. Je lui expliquai le plan. Il nous fallait une tribune libre, signée par lui, faisant le point sur l'affaire Ortiz, les derniers éléments, l'hypothèse de sa présence à Paris avec un commando de tueurs. Le maître ne fut que modérément enthousiaste. Aucune de ces propositions n'entrait dans ses routines.

— Vous n'êtes plus décidé à aller jusqu'au bout ?

— Si, mais... Je vais réfléchir. Pour quand vous faut-il tout cela ?

— Disons, en début d'après-midi. Une pleine page du *Soir*.

Il s'étrangla. Je raccrochai.

— Ortiz et ses copains ne pourront pas ne pas réagir, dit Villon.

— Présenté sous cette forme, aucun problème pour moi, dit Marc.

Ils avaient raison. Pour la prochaine étape, outre les Latinos, seulement deux personnes se trouvaient exposées par cette provocation. Maître Jacob et moi.

Je passai l'essentiel des heures qui suivirent à tenter de joindre Jessica, allant d'un café à l'autre, rue du Faubourg-Saint-Antoine. Parfois les bistrotiers n'étaient pas aimables, parfois les machines téléphoniques étaient en panne. Quand, par chance, je parvenais à obtenir une communication, c'était pour m'entendre dire que Jessica n'était pas ou plus là, qu'elle circulait beaucoup, qu'on pouvait prendre un message mais sans garantie, etc.

C'était une belle matinée, avec un ciel vraiment bleu. J'avais beau faire et imaginer tous les pires scénarios possibles, j'étais dans une ville formidable avec la chance d'arpenter chaque jour son plus beau quartier.

Je négligeai pour une fois les lumières orangées de *La Tour d'Argent* et me détournai résolument vers la cour du Cheval-Blanc. *La Boca* n'était pas ouverte. Il n'y avait pourtant qu'à pousser la porte.

La salle était vide. Un assez vieil homme balayait le parquet. Je ne le connaissais pas. Un autre buvait un café, accoudé au comptoir. C'était Maleo. Sans trop se retourner franchement vers moi, il me fit signe de le rejoindre.

— Un copain, dit-il en me désignant le balayeur. Un ancien ébéniste. Il arrondit sa retraite en jouant les hommes de peine dans ta putain de boîte. Je viens lui tenir compagnie, de temps en temps.

Le café qu'il me servit ne venait pas du percolateur. C'était un café sorti d'un thermos déjà bouilli, sur un camping-gaz.

— A cette heure-ci, dit Maleo, la patronne est au lit. Les clients sont partis. On est entre soi.

Le café était brûlant. Pas si mauvais. Que venait faire Maleo ici ?

— Je cherche à comprendre, petit. A comprendre pourquoi Ida se plaît tellement dans cet endroit en toc. Pourquoi elle ne passe presque plus me voir. Pourquoi ce quartier change.

La radio ronronnait, strict fond sonore. Rita Mitsouko, Marcia Baila. A nouveau, je me sentis très fatigué.

— Le tango, le vrai, dit-il, j'ai bien connu. J'ai même vu la Miss, Mistinguett, si tu vois ce que je veux dire, le danser avec Max Dearly. Au théâtre Marigny. J'étais tout môme, vraiment gamin. Ça m'a troublé. Mon père m'avait emmené. En cachette de ma mère.

Il ajouta qu'il n'avait jamais bien connu sa mère. Plus tard, jeune homme, il avait vu Bachicha, à *La Coupole*.

— Deambrogio, c'était son vrai nom. Toute une époque. Il paraît que son fils joue toujours. Le tango ! Tu parles si on vous a attendus ! Et pour ce qui est du quartier, je ne te parle pas de la rue de Lappe, des fiestas au *Balajo*. Dis…

Il y avait bien sûr une bouteille de gin qui traînait derrière le comptoir et même s'il ne buvait pas, ou plus, Maleo avait bien droit à un petit verre.

— Dis. Pourquoi est-ce qu'elle est tout le temps fourrée ici l'Ida ? (Il but, cul sec.) Chez toi, je comprends, tu es un ami, tu l'héberges, pas de problème. Mais ici ? C'est un rade pour bourgeois. Ça n'a rien à voir avec Ida, ni avec le quartier, ça.

L'ébéniste rassemblait son petit tas de sciure. Un chat se pointa à la porte puis s'enfuit. Planté sur le zinc, le gramophone à pavillon avait un triste air de brocante. Avec les chaises retournées, empilées sur les tables, la désertion des habitués et ces deux vieux hommes accusateurs, *La Boca* me parut soudain être un lieu du crime vacant. Pénible. Le transistor diffusa quelques nouvelles. Recrudescence de la guerre au Liban et mort d'un avocat parisien, trouvé dans sa salle de bains, électrocuté.

Je repassai au *Soir*, y retrouver Marc. C'était le patron de presse des grands moments. Excité, survolté et terriblement efficace. Cynique.

— S'ils l'ont buté, ils ont en partie raté leur coup. Jacob a eu le temps de nous dicter sa tribune.

— C'est arrivé comment ?

— Un accident idiot ou un assassinat malin. Jacob prenait son bain. Un poste de radio allumé est tombé dans la flotte. Electrocution, mort instantanée.

— Un poste de radio ? Un simple transistor ?

Non. Marc griffonnait une vague maquette sur une grande feuille de papier.

— Tu ne savais pas ? Maître Jacob avait des arrière-mondes intéressants. Il collectionnait les vieux postes. Il avait même des postes à galène. Tout son appartement était plein de ces antiquités qu'il récupérait je ne sais où et qu'il bricolait. Rien que dans la salle de bains il y en avait cinq ou six. Tous en état de marche.

— Prendre un bain en pleine journée, c'est bizarre.

— Ça ne t'arrive jamais ? D'après Villon, le corps ne porte aucune trace de violence.

— Il croit à l'accident ?

— Pas le moins du monde. Et il a sans doute raison, mais…

— Oui ?

— Je suis intrigué. Ce flic traite cette enquête comme s'il s'agissait d'une affaire strictement personnelle. Ça ne semble pas lui faire tellement de bien.

Je demandai à voir le papier de Jacob. Contrairement à ce qu'il était permis de craindre, c'était une tribune au vitriol. Y étaient rappelés en détail toutes les présomptions pesant sur Ortiz, les témoignages convergents. Etaient expliquées également les pressions dont étaient l'objet certains témoins du procès qui allait s'ouvrir à Buenos Aires et surtout l'enchaînement étonnant de "disparitions" ou de morts qui frappait une partie de la communauté argentine à Paris. L'hypothèse d'Ortiz agissant avec ses tueurs en pleine capitale était évoquée sans détour.

Marc dessinait toujours sa prémaquette.

— La une, plus les trois pages d'ouverture. Avec tes photos, et un rappel des biographies d'Edgardo, de Julio, de Ruben. Un édito, en prime. “Buenos Aires-Paris : les disparus.”

L’éditorial, c’était pour Marc le sceau glorieux, l’ennoblissement qu’il concédait à l’actualité pour la pousser vers l’Histoire.

— Et demain, on continue avec le témoignage d’Oscar. Aucune affirmation, du conditionnel en pagaille, mais on cogne.

Il se leva, papier en main, pressé. Néanmoins et comme si une idée lui traversait soudainement l’esprit, il s’arrêta à mi-chemin entre son bureau et la porte.

— Au fait… les documents, les négatifs, tout ça ? Tu les as planqués où ? Chez toi ? J’en étais sûr. Tu vas me faire le plaisir de transporter ce matériel ici, et vite et… merde, je t’accompagne. C’est plus prudent.

— Inutile. J’y vais. Je serai de retour dans une heure.

— Bon sang, Victor. Ne me dis pas que tu n’as pas compris que tu es le prochain, sur leur liste.

A mon avis, il se trompait. Jessica était une cible beaucoup plus menacée. Ce n’était pas le moment d’en discuter.

L’appartement du quai de Jemmapes était tranquille. Nul ne l’avait intempestivement visité, les chattes jouaient au milieu de l’amas de pellicules enroulées. A l’étage, on entendait les échos du ronflement d’Ida.

— Tu as complètement fini le tri ?

— Non. Pas eu le temps.

— Alors, on embarque tout. On épluchera tout ça ensemble. Direction le coffre-fort du journal.

Marc m'aida à enfourner toutes les pellicules dans deux grands sacs-poubelles. J'allai récupérer les images déjà traitées dans le labo. Je n'aimais pas la paranoïa qui s'installait. Je n'aime pas les déménagements, aussi partiels soient-ils.

Nous étions largement engagés sur le boulevard Richard-Lenoir quand Marc me signala que nous étions suivis.

— La moto, derrière. Elle était à l'arrêt devant chez toi, quand nous sommes sortis, j'en suis certain. Et maintenant que j'y pense, elle était aussi rue de Charonne quand nous avons quitté le journal.

Il n'avait peut-être pas tort. Malgré le peu de circulation, notre faible allure, le motard n'était nullement soucieux de nous doubler. Il portait un casque intégral et une combinaison de cuir. Ça pouvait être l'homme qui m'avait suivi quand j'avais récupéré les films au Paramount ou n'importe qui d'autre. Je n'identifiai pas plus la moto. Pour moi, tous les véhicules à moteur sont des nuisances dont je m'attache à négliger les marques et caractéristiques.

— Je vais zigzaguer un peu, dit Marc, rien que pour vérifier.

Il obliqua à gauche, rue du Chemin-Vert. Sur le boulevard, assez vite, il tourna de nouveau, à gauche, rue du Pasteur-Wagner. Rue Daval, rue de la Roquette, la moto nous suivait toujours. Marc regagna le journal par la rue Ledru-Rollin, la rue Basfroi. Un parcours idiot. Il gara la vieille DS dans la cour. Le motard s'était arrêté juste devant le porche.

— Prends les sacs et monte. Je vais lui dire deux mots.

— Inutile, dis-je. Et dangereux.

— Dangereux ?

Il ouvrit sa veste, tira sur son pull. La crosse d'un revolver dépassait de sa ceinture. Un mauvais plan. On ne manipule pas régulièrement les armes à feu sans avoir un jour ou l'autre l'envie de défourailler trop vite contre un bonhomme quelconque.

Le motard regarda Marc venir vers lui. Il était encore à une bonne dizaine de mètres quand il démarra doucement et s'éloigna, de la manière la plus tranquille qui fût.

Il fallut tasser un peu pour faire entrer tous les rouleaux de pellicules dans le coffre. A vrai dire, je ne pensais pas qu'il restait dans tout ce fatras des documents intéressants. Ce qui devait pouvoir inquiéter Ortiz tenait dans une enveloppe kraft, quelques dizaines d'images à peine. Marc boucla la lourde porte du coffre sur des centaines de mètres de scènes pornos, de flingages bidon, de pubs ridicules.

— Que vas-tu faire maintenant ?

— Essayer de contacter Jessica. C'est elle la cible numéro un.

— Je suppose qu'elle ne voudra rien savoir.

— Elle considère qu'au moins à Paris, c'est une affaire strictement personnelle entre elle et eux.

— Entre elle et Ortiz. Complètement folle, soupira-t-il. Si tu la vois, dis-lui quand même qu'une interview dans le canard ne serait pas fatalement une mauvaise idée. Surtout, essaie de la contacter sans traîner derrière toi un escadron de tueurs au grand complet. D'ailleurs…

Il me prit par le bras et m'entraîna. Malgré l'air affairé que se donnèrent quelques journalistes en croisant le patron, *Le Soir* ronronnait dans sa routine installée, bien rodée. Marc s'engagea dans un couloir désert, poussa une porte à peine repérable, entre deux placards.

— On monte, dit-il.

C'était un escalier de service humide, au mur sale et lézardé. Il débouchait sur une terrasse.

— Tu as le choix, dit Marc avec un soupçon de fierté dans la voix. Ou bien tu vas par les toits et tu rejoins, par exemple, la cour Saint-Louis, par l'immeuble de nos petits camarades d'*Actuel*. Ou bien, derrière le muret, là, tu prends un autre escalier de service, et tu te retrouves rue de Lappe. Un autre jour, s'ils ne te flinguent pas d'ici là, je te montrerai les caves. Dans le quartier, elles communiquent toutes.

Comme au temps des insurrections, de la Commune ? Le quartier Saint-Antoine était devenu bien sage. Ses cours et ses ruelles proposaient encore un dédale convenable. D'où nous étions, ce n'était même plus un Paris pour Fantômas qui nous entourait. Juste le mien.

— Je te laisse, dit Marc. Mais avant, prends ça.

Le ciel se couvrait, vers l'est. Un échafaudage un peu ridicule entourait le dôme du temple de la rue Saint-Antoine, au loin, je n'étais pas pressé de quitter ce toit. Je repoussai le revolver que Marc me tendait. Ce que j'avais refusé d'un flic, je n'allais pas l'accepter d'un journaliste.

Je sortis rue de Lappe, après avoir suivi un parcours compliqué d'escaliers, de minuscules passages où se mêlaient les odeurs de la colle à bois, de la pisse de chat et de la térébenthine, emprunté des couloirs, des sentes urbaines un peu suspectes. L'enseigne du *Balajo* s'alluma. Pas d'homme à la moto. Le calme d'une rue autrefois chaude. Je gagnai la galerie où devait exposer Marti. Il était là, travaillant à son accrochage. Je frappai au carreau. Il m'ouvrit.

— C'est la première fois que tu viens, je parie. Un bel endroit, non ?

Très beau, très blanc, très propre. Deux grandes pièces vastes et claires. Ses nappes dessinées, tachées, étaient éparses sur le parquet. Des plaques d'Altuglas empilées dans un coin, des crochets en alu. Quelques toiles étaient déjà au mur, tirées de la série baptisée *Cafetín*. Des boîtes à tango, à mauvais coups hantées de petits personnages drôles ou tragiques, putains, macs, *compadres* de tous poils, musiciens louches, amants sans illusions.

C'était souvent dessiné plus que peint, grouillant d'anecdotes, nocturnes et violentes.

— Tu aimes ?

Depuis des années, j'avais eu mille fois l'occasion de visiter Marti en plein travail. Nous avions parlé des heures et des heures de ses tableaux, de ses recherches. J'avais assuré la photographie de la plupart de ses catalogues depuis qu'il était en France. Oui, j'aimais.

— Baxter me fait un beau cadeau avec l'inauguration de cette galerie.

Mon idée était que, si cadeau il y avait pour cette exposition, il venait de Marti. J'étais peut-être de parti pris. Une porte métallique glissa dans la salle contiguë à celle où nous nous trouvions. Baxter apparut.

— Bonjour, dit-il, délibérément avenant. C'est une bonne idée d'être venu nous rendre visite. L'endroit vous plaît ?

— Formidable.

Le pire est que je le pensais assez.

— Je vais vous faire visiter. Venez.

Feutre sur l'œil, costume sombre cintré, chemise rouge et cravate en cuir, il ressemblait à un chanteur pas très chanceux envisageant d'entamer une seconde carrière. Au fond de la salle, une double porte en fer ouvrait sur un entrepôt encombré. Des mannequins. Des mannequins d'étalage, empilés, quasiment disposés en gerbe.

— C'était le local de je ne sais quelle boutique de mode qui a fait faillite.

Il s'agissait de poupées, peut-être des Darnat, du genre de celles qui envahissaient les vitrines des Galeries Lafayette dans les années soixante. Des Dany Saval chauves, des Catherine Deneuve jeunes. Pas du grand art mais toute une époque. De quoi ravir Maleo. Et moi.

Baxter m'exposa ses projets. Les filles de polyester allaient être évacuées. Il y avait de la place. Ici, on pourrait compulser des catalogues, des livres d'art, manger, boire, se retrouver entre amis, discuter, rencontrer des artistes. Je connaissais au moins dix personnes, nouvelles venues dans le quartier, qui avaient des plans similaires.

— Vous ne m'aimez pas tellement, n'est-ce pas ?

— Pas tellement, non.

Je ne le détestais pas non plus.

Il ne fallait pas dramatiser. Tant qu'il n'exposerait pas ses photos, tout serait négociable. Baxter m'expliqua qu'il comptait aussi éditer une revue.

— J'ai beaucoup aimé Jessica, moi aussi. C'est la femme la plus méchante que j'aie jamais rencontrée. Je l'aime toujours.

— Je dois vous plaindre ?

— Vous pourriez, dit-il. C'est vous qu'elle aime. J'ai su très vite que je n'étais qu'un pion dans son jeu. Dans le vôtre à vous deux. Elle et vous avez un extraordinaire goût de la souffrance. Au fond, c'est vous qui méritez la compassion.

— Où est-elle ?

— Je n'en sais rien, franchement. Vous avez vu comment se sont passées les choses cette nuit ?

Depuis, pas de nouvelles. Cette histoire de commando de la mort, c'est sérieux ?

— Très.

— Ah ! J'avoue que tout à l'heure, au téléphone, je ne vous ai pas trop pris au sérieux. Avec cet extraordinaire talent que Jessica et vous avez pour tout…

Cette arrière-galerie était bien séduisante. Je fis quelques photographies un peu hâtives des mannequins. La présence de Baxter me gênait. Il le sentait. Sa courtoisie affectée n'impliquait pas qu'il me laissât faire mes petites images en paix.

— Je vous promets que je vais tout faire pour la joindre, dit-il.

La gêne ne venait pas que de Baxter. Dans un coin de l'entrepôt, juste à côté d'une sorte de grand établi, il y avait deux fauteuils. Métal et cuir. Des fauteuils de dentiste. Sans doute n'avaient-ils pas de signification particulière par rapport à l'histoire mais enfin, ils étaient là.

— Si quelque chose vous intéresse dans tout ce bric-à-brac, n'hésitez pas : je donne.

Je regagnai la galerie. Marti encadrait une de ses nappes. Une belle, où je ne sais qui, en marge du plan de ville, avait écrit un petit poème qui expliquait qu'à Buenos Aires on ne raconte pas aux petits enfants qu'ils naissent dans les choux mais qu'ils viennent de Paris.

— On m'a dit ça aussi, quand j'étais gosse, tu sais ? Comment veux-tu que nous soyons très nets sur nos histoires d'exil ?

Dehors, c'était la nuit. Des femmes apprêtées, fardées et seules, marchaient vers le *Balajo*. Des jeunes gens plus modernes allaient opter quant à eux pour le *Rose-Bonbon*. Baxter m'accompagna jusqu'au seuil. Il m'assurait que son aide m'était acquise si jamais j'en avais besoin, que l'idée d'un malheur arrivant à Jessica lui était insupportable. Je me souciais peu de savoir s'il disait vrai ou faux, le plus simple était de penser qu'il disait vrai. Ça ne changeait rien à mon principal problème. Cette infinie fatigue.

Je ne parvins pas à dormir, pas vraiment. Rien qu'une somnolence agitée, secouée de crampes au ventre. De la fenêtre ouverte sur le canal, me venaient les rumeurs d'une ville qui tendait à me devenir étrangère. Dans la pièce voisine, le répondeur téléphonique branché, son au maximum, m'informait d'appels divers que je laissais sans répondre. La plupart professionnels, certains amicaux et prudemment inquiets. Rita laissa un long message où elle me répétait que j'étais chez moi à *La Boca*, si je voulais, que peut-être le mieux à faire était de m'y installer pour un moment, qu'elle ne m'embêterait pas. Elle rappela plus tard, disant qu'elle avait envie de faire l'amour, que d'ailleurs elle se caressait en m'appelant. Elle me dit qu'elle venait de se raser le sexe, de le parfumer, qu'il était doux sous son doigt, humide et ouvert comme je savais bien, qu'elle allait sortir dans la rue, choisir un mec au hasard, qu'il la baiserait vite, fort, comme il voudrait. Elle dit qu'elle jouissait, que j'étais un sale con, qu'elle m'attendait, que j'avais tout mon temps. Il y eut d'autres appels. Villon, disant qu'il avait la certitude que Jacob avait été assassiné, que ses collègues ne voulaient pas voir l'évidence, tous des fachos. On le suivait, lui aussi, il en avait la certitude. Nous étions tous en danger. Bien plus que ce que nous pouvions craindre. On refuse toujours de voir le danger qui encercle. On croit jusqu'au bout pouvoir échapper à la rafle. Un soliloque bizarre. C'est comme cela qu'on disparaissait, dans les villes. Villon m'indiqua des tas de numéros de téléphone où je pouvais le joindre. Je me gardai bien de les noter, que pouvais-je avoir à lui dire ? Plus tard, la voix exaltée de Marc m'assura que le canard du lendemain allait faire un malheur, que je devais être prudent, bon Dieu, et que je le rappelle, au moins pour le rassurer et pour qu'on voie, ensemble, le détail des pellicules entreposées dans le coffre. Il me convoquait à la conférence de rédaction de la matinée pour participer à l'organisation de ce qu'il appelait désormais la "campagne". Son agitation m'exaspéra.

Ces voix dans la nuit, ces messages, étaient entrecoupés de quantités d'appels muets, anonymes. Tellement nombreux qu'ils ne pouvaient être que menaçants.

Je dus m'endormir un peu, la voix de Jessica me réveilla.

— Je sais que tu es chez toi, que tu m'entends, ne décroche pas, surtout. Il faut que tu cesses de me chercher, c'est inutile, il ne faut pas.

La voix marqua une pause, je cherchai à tâtons un verre d'eau, me levai. Elle reprit :

— Il est venu pour me tuer. Comme tous les autres. Pire que tous les autres. Il ne peut pas faire autrement. Je sais où il est. C'est moi qui le tuerai. Moi non plus, je ne peux pas faire autrement. Je…

Je commis l'erreur de débrancher le répondeur. Jessica ne me laissa pas dire un mot et raccrocha immédiatement. Je restai un long moment, stupide, à écouter la sonnerie intermittente du téléphone.

Dragon Lady froissa le journal et le poussa vers moi, accablée. Elle avait les yeux rouges et le visage livide. Fatigue et colère. Quelques minutes plus tôt, j'étais rue de Lyon en train de regarder la fresque qu'elle et ses copains avaient peinte pendant la nuit. Mêlée aux passants, elle observait les réactions. Dragon Lady m'avait agrippé. Elle avait *Le Soir* en main.

— Marc ? Il est devenu dingue ou quoi ?

Je l'invitai à boire un café, à *La Tour d'Argent*. La jeune fille ne comprenait pas. Pas le titre de une ("Un escadron de la mort à Paris"). Pas toutes ces extrapolations autour de la mort d'un bavard. Pas cet édito grandiloquent et alarmiste ("Combien faudra-t-il de disparus argentins à Paris pour que…", etc.).

— Il ne s'agit pas d'un fait divers.

— Qu'est-ce que tu en sais ? Qu'est-ce qui permet de faire toute cette salade autour de ces histoires ? Qu'est-ce qui prouve qu'elles sont reliées à ce qui s'est passé, là-bas ? Où est le plus petit début de preuve ?

Je ne comprenais pas son indignation. Dans sa bouche, les mots se bousculaient.

— Ça va flatter leur parano à tous. Comme s'ils n'étaient déjà pas assez tapés comme ça. Tu crois vraiment que les fachos n'ont que ça à foutre, venir liquider quelques exilés rangés des bagnoles ?

— Des témoins gênants pour eux.

— Les témoins gênants, les vrais, sont en Argentine. Ils vivent dans le présent de leur pays. Ils ne ressassent pas leur nostalgie. Je suppose même que pas mal sont prêts à tirer un trait sur le passé.

Et Dragon Lady croyait bien que c'étaient ces derniers qui avaient raison. Edgardo, Julio, Ruben, Jacob, elle s'en foutait. Accident, fugue, crime crapuleux ou suicide, n'importe quelle explication était bonne. Mais l'hypothèse des "disparus" de Paris la plongeait dans une rage butée.

— Ça nous tire vers l'arrière, tous. C'est comme si, toi, on te forçait à vivre à l'heure de la Résistance et des collabos. On a le droit de vivre sans traîner tous ces boulets.

— C'est pour ça que tu peins Buenos Aires à longueur de nuit ?

— Bon Dieu, souffla-t-elle. Même toi, tu deviens con.

Elle se leva, terriblement pâle. Je l'avais piquée au vif sans vraiment le vouloir.

— Je ne foutrai sans doute plus jamais les pieds à Buenos Aires, j'espère bien. Je n'oublierai jamais que je viens de là-bas et je me cogne comme je peux le boulot pour ne pas casser le fil de mon histoire. Mais je ne me laisserai pas ligoter par lui. Tu penses que c'est une formule ? Tu as raison. C'en est une. Elle est peut-être ridicule, mais c'est la meilleure que j'aie trouvée jusqu'à présent.

Quand j'arrivai au *Soir*, Marc travaillait déjà sur la maquette du journal du lendemain. Il comptait reproduire la confession d'Oscar, *in extenso*. Je m'abstins de lui rapporter les propos de Dragon Lady. L'intéressait seulement de savoir si j'avais été suivi. Je lui assurai que non, en mentant un peu. Il sembla déçu.

— Et Jessica ?

— Elle dit qu'elle sait où est Ortiz. Mais elle, je ne sais pas où elle est.

— Vos petits jeux d'amants terribles ne sont pas d'actualité. Je veux une interview d'elle pour le journal de demain ! Avec les déclarations de Villon, ça fera un dossier formidable.

— Villon a fait des déclarations ?

Marc me tendit quelques feuillets dactylographiés. C'était présenté comme des "propos recueillis" d'un flic tenant "pour le moment" à conserver l'anonymat. Villon expliquait comment, depuis janvier, les services concernés étouffaient les attentats dont avaient été victimes différents exilés argentins. Il évoquait les réseaux d'extrême droite dans la police, et les services secrets, sous-entendait leur complicité avec les tueurs. Dans une démonstration filandreuse, il remontait jusqu'à l'affaire Ben Barka. Le tout ressemblait à un discours de militant fanatique. Ou à celui d'un paranoïaque absolu. Une vision strictement policière de l'histoire en tout cas.

— Tu comptes publier ça ?

— Evidemment. Qu'est-ce qui te gêne ?

Il avait beaucoup hésité, et puis maintenant il fonçait. Prêt à faire flèche du pire des bois pourris. Je devais manquer de recul. Ou bien c'était cette obsédante fatigue. J'étais sur le seuil de la porte quand Marc me rappela qu'il fallait trier les pellicules, qu'il était certain qu'elles avaient quelque chose à nous apprendre. Je lui dis que j'étais persuadé du contraire et que, de toute façon, il avait intérêt à ménager ses munitions.

— Je ne te comprends pas.

— Je crois que toi et moi ne comprenons pas grand-chose.

Je sortis. Rue de Charonne, aucun motard ne me guettait.

Quelques jours plus tard, le lundi 22 avril, s'ouvrit le procès de neuf commandants en chef des forces armées. Généraux et amiraux ayant appartenu aux trois juntes qui de mars 1976 à juin 1982 avaient fait régner sur le pays la plus sombre des dictatures. L'instruction avait retenu sept cents cas de "graves violations des droits de l'homme". Plus de deux mille témoins étaient attendus à la barre.

Ce jour-là, il faisait à Paris un petit froid sec, assez ensoleillé. Sur le chantier de la place de la Bastille, la belle publicité peinte pour Nicolas avait été détruite. Mur rasé. Ce qui rendait visible le côté cour du long immeuble ouvrant la rue de Charenton. Je photographiai longuement la façade ravagée, incapable et peu soucieux de comprendre cette frénésie qui me prenait ici, chaque jour, d'accumuler des preuves.

COUR DE MAI

Dans les rues de Trelew et dans les autres rues de ce pays,
Connaissez-vous un seul endroit où ce sang ne coule plus à présent ?
Vos lits n'en sont-ils pas imprégnés, amants ?

J. CEDRÓN, J. GELMAN,
Le Chant du coq – Gloires

Le ciel de ce 1er Mai était nuageux. Place de la Bastille, de maigres troupes de manifestants attendirent longtemps le départ du cortège traditionnel. Des haut-parleurs diffusaient des chants révolutionnaires sans parvenir à réchauffer les ardeurs. Le plus bruyant d'entre eux, celui des militants turcs, était installé au pied de la Colonne de Juillet. La camionnette qui le portait était ornée des portraits de Marx, Engels, Lénine, Staline. C'était déprimant et l'appel du Komintern n'y faisait rien. Je ne vis aucun groupe argentin. La place méritait mieux que la manifestation clairsemée qui finit par s'ébranler vers la République. Je ne la rejoignis pas.

Ce jour-là, le chantier était en léthargie, déserté. On sentait bien que les choses allaient se précipiter. Le dernier îlot, celui de *La Tour d'Argent*, n'en avait plus que pour quelques semaines. Une pancarte sur la vitre annonçait la fermeture prochaine, sans date précise. J'entrai prendre un verre, par simple fidélité.

Je n'avais plus aucune nouvelle de Jessica depuis son dernier coup de fil, aucune trace. Cela ne m'inquiétait pas outre mesure. Depuis que je la connaissais, j'avais souvent subi ses fugues, son besoin de se perdre dans la ville, de disparaître, de changer de quartier. Elle échouait chez un ami de circonstance, un amour de passage ou à l'hôtel. La moindre installation lui était un emprisonnement. Revenant sans crier gare, elle racontait longuement ses dérives, ses rencontres, sans qu'il soit jamais possible de faire la part du vrai et des fabulations.

A sa manière, elle ne mentait jamais.

Maintenant, sa disparition avait-elle un sens différent ? Je n'en étais pas du tout certain. De quoi étais-je encore certain ? La campagne de presse lancée par *Le Soir* avait fait des remous. Ni Ortiz ni Oscar ne s'étaient manifestés pour autant. Elle ne continuait, portée à bout de bras, que par la chronique régulière du procès de Buenos Aires. De nombreux témoins avaient relaté leurs histoires à Marc, et elles avaient été publiées. Tous ces gens avaient rejoint leur pays sans encombre. Je voyais peu Villon sans parvenir toujours à l'éviter. Il affirmait être sur la piste des tueurs. Parfois, il confiait que la rééducation de son bras lui donnait des soucis. Ça n'expliquait pas ses chemises de plus en plus douteuses, la crasse qui le gagnait.

Entrant cour du Cheval-Blanc, sous le porche, je tombai nez à nez sur Ida. Elle se jeta dans mes bras. Elle pleurait et puait le vin.

— Je me casse, sanglota-t-elle. Je peux plus.

— Viens.

Je l'entraînai vers *La Boca*. Elle résista.

— Non. Pas là, justement ! J'en ai marre de tout ça.

— Il n'y a personne à cette heure-ci. On sera tranquilles.

Elle rechigna, sans trop refuser de se faire dorloter. Finalement, elle céda. *La Boca* était fermée. Rita vint nous ouvrir. Elle était en kimono, sortait manifestement du lit. L'idée me vint qu'elle n'y était pas seule, je la chassai rapidement.

— Désolé de te déranger. On voulait juste un coin calme pour parler un peu.

— Aucun problème. Tu devrais avoir les clés depuis longtemps. C'cst ma faute. Voilà.

Elle posa les clés sur le comptoir et s'éclipsa au premier étage, vers l'appartement. J'étais vraiment certain qu'elle était avec un homme, là-haut. La salle était bleue et sombre, nous nous installâmes à une table, juste sous une belle collection de photos de Gardel.

— J'ai soif, dit Ida.

Je choisis une bouteille de bourbon, pris deux verres.

— Non. Pas ce truc-là, dit-elle. C'est de la gnole pour riches. Je veux du pinard.

Sous le comptoir, je trouvai sans mal un Casona López. Un malbec qui n'était pas exactement du pinard mais qui devait pouvoir convenir à Ida. Elle but un premier verre, cul sec.

— Marti aussi, il picole de ce truc-là. Je peux plus le supporter, tu comprends.

Ida se resservit à boire. Elle avait repris ses hardes de clocharde. Châle jeté sur les épaules, ses gros seins gonflaient le corsage en lambeaux.

— Tous ces trucs chic, cette boîte à snobs, et l'autre con qui croit qu'il va faire courir tout Paris avec ses gribouillis sur des nappes…

De nouveau, les larmes coulèrent, creusant de vrais sillons sur la poudre de riz dont ses bajoues étaient enduites.

— … C'est pas mon monde, Victor. Je veux pas te vexer. T'es un copain et je sais que c'est le tien. Mais moi, ça ne va pas.

Je la pris par les épaules, la laissant pleurer tout son soûl. Elle renifla. C'était mon amie, je ne pouvais pas grand-chose pour elle.

— Je suis pas chez moi, ici. Je suis plus chez moi dans le quartier. Les bulldozers et le fric, je m'y retrouve pas, je ne suis pas un singe savant. Je sais plus où aller.

— Chez moi, c'est plus possible non plus ?

— Toi, t'es dingue. C'est pas pareil.

Elle dit que quelques jours encore, quai de Jemmapes, bien sûr, ça pourrait aller. Elle savait bien qu'elle ne dérangeait pas. Elle rit même de bon cœur entre deux reniflements, en évoquant les trois chattes. Avec elle, ça formait une sacrée bande.

— Parce qu'elles viennent de la rue, tes chattes.

— Ben, oui.

— C'est pour ça qu'on s'entend bien. Mais moi, je peux pas rester. Faut que je me trouve autre chose.

Elle se leva lourdement, cherchant ses mots. Je lui servis un dernier verre.

— Marti, dit-elle, je voudrais pas que… c'est pas parce qu'on s'est monté le bourrichon tous les deux que… C'est un type super. Et puis…

— Oui ?

Elle tenta d'essuyer les larmes qui se remettaient à couler. Renonça.

— Je sais bien que je fais la connerie de ma vie en le quittant. Je le sais. Dis-lui. D'accord ?

— Promis.

Elle s'en alla, vacillant dignement. Je n'avais pas trop envie de voir rapidement Marti. Je restai un moment à contempler le fond de malbec puis je me rendis à l'évidence. C'était de bourbon tassé que j'avais besoin. Maleo, Ida, je comprenais tout ce qu'ils pouvaient penser de *La Boca*. De ces galeries, de ces ateliers version loft qui s'installaient, de ces bistrots ou de ces boîtes à vocation branchée qui s'ouvraient. Des gribouillis de Marti et de ce déconcertant métissage des villes qu'ils suggéraient. Je n'avais pas le goût pour les quartiers bastions, sauf à parler guerre civile, ni pour les zones musées qui vous désarment une population plus efficacement qu'une canonnade. Tanguiste et absurde, *La Boca* me convenait.

Rita réapparut, descendit l'escalier, vint s'asseoir.

— Drame ?

Je haussai les épaules. Il n'y avait pas de drame. Rien que des logiques qui suivaient leurs cours. Maquillage impeccable, blanc, rose, rouge, le visage de la guapa geisha restait impassible.

— Tu veux baiser ?

— Tu es déjà avec quelqu'un.

— Et alors ? A trois, c'est bien aussi. Tu ne veux pas ? Non ? Alors, c'est que tu cherches encore Jessica. Tu la cherches ?

Elle alluma une Boyard. Et je me souvins d'un soir où j'avais vu le flic Villon dérober subrepticement l'un de ses fameux mégots marqués de rouge à lèvres.

— Ne t'inquiète pas, dit-elle. Je ne coucherai jamais avec un flic. Même si c'était ton ami et celui-là n'est pas ton ami. Tu veux vraiment voir Jessica ?

— Tu sais où elle est ?

— Viens.

Elle me prit par la main et me tira vers l'escalier. Une porte de la mezzanine donnait sur son appartement. Une grande salle uniformément peinte de noir laqué, tous meubles blancs. Je connaissais bien. Le lit bas et tout un environnement de matériel hi-fi, télé, magnétoscope, occupaient le fond de la pièce.

— Bonjour, dit Jessica.

Elle était allongée très nue et très ouverte, buste dressé sur les coudes repliés. Elle souriait. Surpris de la trouver là ?

— Non. Pas vraiment.

C'était vrai. Je n'avais jamais pensé sérieusement que Jessica avait pu s'éloigner très loin de *La Boca*, toute volonté de tuer bien comprise.

— Je vous laisse, dit Rita.

— Reste, dit Jessica.

Posé sur un petit meuble, juste à portée de main, d'un bel acier très noir, lui aussi, elle avait posé un Colt 45 "Government Model". Une sale bête dont Marc m'avait une fois vanté les mérites.

— Venez, dit Jessica.

J'enlevai mon blouson, ma chemise, le reste. Pendant un temps difficilement évaluable, nous fûmes très bien, presque immobiles, très soudés. J'avais perdu le corps de Jessica depuis des mois mais j'étais content de le retrouver, avec Rita, et peu importe si c'était difficile à expliquer. Personne ne demandait d'explication. Yeux clos, offerte, la femme que j'aimais se laissa fouiller, embrasser, guidant quand elle le voulait nos caresses.

— Je veux que tu aimes Rita, dit-elle. Je veux vous voir.

— Non, dit Rita. C'est moi l'hôtesse.

Une vague fièvre montait. Elle l'attisa, agenouillée près de nous deux étendus, sa bouche passant du sexe de Jessica au mien. Disant qu'elle nous aimait, qu'elle aimait ce qu'elle nous faisait, qu'il ne fallait pas mourir, pas trop vite. Puis, elle écarta encore plus largement les cuisses de Jessica, l'embrassa une dernière fois et, me prenant par la queue, me guida en elle. Ce qui suivit fut un moment heureux, presque calme, serein. Je m'en voulais toujours un peu de céder à ce genre d'illusion.

La guapa geisha nous avait assistés sans rester inactive, elle nous embrassa encore, une fois l'amour fait, parce que ça aussi elle aimait, dit-elle. Puis elle descendit au bar, pour chercher à boire. Elle omit, et c'était tout aussi bien, de revêtir son kimono.

Ce que nous venions de faire était bien, et juste. Restait le corps de Jessica, ce ventre meurtri et magnifique. Ce ventre-là, uniquement.

— Je suis contente de te retrouver, dit-elle. La dernière fois ?

— Novembre.

— Exact. Tu étais fou de rage.

— Toi aussi.

— Oui. Je ne regrette pas. On aura eu de vraies colères.

Moi non plus, je ne regrettais pas. Je ne désespérais pas non plus d'avoir encore des colères avec elle. Et des rires.

— J'ai retrouvé Oscar, dit-elle. Et puis, je l'ai perdu. Je crois pouvoir le retrouver. Il ne se cache pas très bien. Tu m'aideras ?

Pourquoi pas ? Rita revint, bouteille et verres en main, Boyard au bec. Corps lisse, androgyne. Elle but en prenant tout son temps, se laissant admirer. Puis elle se glissa entre Jessica et moi, s'agenouilla, front contre le drap, bras tendus, reins haut levés.

— A moi, maintenant, dit-elle. Aimez-moi.

A Buenos Aires, le procès des chefs militaires continuait. Il avait fallu attendre le deuxième jour d'audience pour que le mot "disparus" soit enfin prononcé dans les débats. Du fait d'un Hollandais, directeur de la Commission des droits de l'homme de l'ONU. Chaque jour, le maigre et charbonneux procureur Julio Cesar Strassera s'impatientait, exaspéré par les mille arguties développées par tel ou tel des vingt-deux avocats de la défense. Comme ils en avaient le droit, les neuf accusés avaient refusé d'assister aux audiences. Tel qu'il partait, le procès pouvait durer quelques mois, ou plusieurs années.

Marc frappa fort sur le bureau.

— A sec. Nous sommes à sec !

Plus la moindre petite "brève" pour alimenter demain le feuilleton argentin. Rien. Depuis déjà plusieurs jours, *Le Soir* tirait sur la corde, un volontarisme louable. Personne n'était trop dupe. Même les lecteurs commençaient, paraît-il, à flairer le coup de presse pas clair. *Le Soir* avait cette particularité de recevoir beaucoup de courrier de la part des lecteurs.

— *Nada*. Là-bas, rien ne se passe. Tous les jours la même chose : "Ils m'ont enlevé, on m'a mis une cagoule sur la tête, on m'a torturé, c'est un miracle que je m'en sois sorti." Merde ! On a déjà raconté ça dix fois ! Villon ?

Le flic se tassa dans le fauteuil de cuir, se massa le bras puis tenta machinalement de faire jouer l'articulation de son coude bousillé.

— Ça ne bouge pas comme prévu, mais je suis certain qu'ils sont là, pas loin. C'est forcé. Il faudrait que quelqu'un serve... d'appât.

Il se tourna vers moi. Aucun de ces deux-là ne savait que j'avais rétabli le contact (le contact !) avec Jessica. Ils me soupçonnaient simplement de ne pas tout leur dire. Sur le bureau de Marc, plusieurs articles découpés dans des journaux argentins annonçaient sa venue. Avec son passé de militante d'extrême gauche, le prestige dont elle semblait jouir dans toute une partie de la population, son témoignage était présenté comme l'un des moments très attendus du procès.

— Elle n'a aucune raison d'être là-bas avant un bon mois, dis-je. La presse est toujours pressée.

— Il nous faut une interview d'elle.

Villon se désintéressa de son bras malade, se tassa encore plus dans son fauteuil. Il avait une sale gueule, blême. La décomposition suicidaire de ce type m'impressionnait plus que je ne pouvais dire.

— Ce procès est épatant, dit-il. Un bel acte démocratique, un parfait écran de fumée aussi. D'accord ? Jessica est à notre connaissance la seule dont le témoignage peut ébranler toute cette saloperie de hiérarchie militaire dégueulasse qui a pratiquement mené la répression.

Que valait sa virulence ?

— Pas seulement Ortiz.

— Mais dont Ortiz est le symbole parfait ! Ortiz est à Paris. Il a tout compris, lui. Et cette petite conne joue au chat et à la souris.

Petite conne ?

Marc mit fin sans trop de mal à l'empoignade qui suivit cette déclaration. En permanence, j'avais plus ou moins envie de cogner Villon. Il avait toujours plus ou moins envie de se laisser faire. Ça remontait à cette bavure qui avait marqué sa carrière et dont les effets à retardement se faisaient sentir plus que prévu. De mon côté, il fallait avouer, je n'étais pas toujours très net dans mes rapports avec les gens.

— Bon sang, dit Marc. Si tu sais où est Jessica, dis-le. Elle est en danger de mort, après tout.

Elle l'était sûrement, était-ce bien mon affaire ? Quitte à ce que ce soit pénible, je n'aimais Jessica que lorsqu'elle faisait strictement ce qu'elle avait envie de faire.

— Il n'y a qu'une chose de certaine, dit Villon. Ce mec, là, Oscar. Le tortionnaire.

— Eh bien ?

— Ça fait longtemps qu'on n'a pas vu une de ses affiches.

Le vieux Maleo jubilait tellement qu'il en oublia de faire semblant d'être un buveur repenti. Il ouvrit la bouteille de gin. Je détestais toujours autant cet alcool-là. La petite, Ida, était revenue : voilà ce qu'il fêtait.

— Elle a bien fini par comprendre que vous étiez tous des clampins, qu'elle mérite autre chose.

— Quoi ?

— Paris !

Ivre ! Il n'avait pas attendu mon arrivée pour ouvrir la bouteille. N'empêche, il avait mis tous ses mannequins en fête. Toutes ses filles de carton, de plastique, de cire, de polyester, que sais-je ?, étaient vêtues par ses soins des plus fines lingeries. Spécialement isolée dans l'arrière-boutique, une poupée aux formes pleines était parée de quelques fanfreluches manifestement destinées à la prochaine visite d'Ida. Car elle finirait par revenir ici, comme d'habitude. Son refuge. Les petites fêtes allaient reprendre.

— Cajole-la bien d'ici là, dit Maleo. Avec toi, elle est en sécurité. Faudrait pas trop que ça dure, remarque.

Quelques minutes avant et dans une galerie, pas très loin, un type plus très jeune non plus m'avait tenu un discours presque analogue. Marti, perdu au milieu de l'urgence de son accrochage, souffrait. Il ne comprenait pas le brusque départ d'Ida ("Tout ! Je lui donne tout ce que j'ai"). La savoir chez moi l'avait rassuré lui aussi. Je ne voyais pas très bien ce qui pouvait accréditer cette conviction idiote.

Je m'apprêtais à partir. Maleo me retint par la manche.

— Petit… Dans le quartier, le danger c'est pas seulement les artistes à la manque, les chanteurs d'opéra, les bulldozers. C'est…

Il avait été loufiat, indic, faussaire, porte-flingue, archiviste. Il se grattait la tête, à la recherche de la formule juste.

— Méfie-toi de *La Tour d'Argent.*

Cela dit, qui sonnait comme un mot de passe, il me tourna le dos et s'en retourna dans son arrière-boutique. Je me souvins alors qu'il avait été, aussi, feuilletoniste.

Ida refusait toute discussion. Elle ne voulait pas parler. Tout au plus me promit-elle de ne pas prendre de décision à la hâte, de ne partir de chez moi que lorsqu'elle aurait trouvé une ruelle tranquille, un coin de cour sans risque.

— T'inquiète pas, marmonna-t-elle. Je vais pas partir comme une voleuse. C'est pas après toi que j'en ai.

Elle buvait énormément et somnolait dans son coin de studio, le plus clair de la journée. Elle y avait peu à peu reconstitué tout un monde de boîtes, de vieux vêtements, d'objets hétéroclites glanés au fil des poubelles. Une odeur nauséabonde chaque jour plus offensive se dégageait de l'antre d'Ida. Il me plaisait de voir la mine étonnée de certains clients ou modèles que je recevais dans la pièce voisine, mon studio de travail.

Pourtant, scrupuleusement, elle faisait chaque matin un brin de ménage chez moi et, plus scrupuleusement encore, s'occupait des trois chattes. Je me disais qu'il fallait qu'Ida reste, sans parvenir à trouver un seul bon argument pour la convaincre.

Le drôle était que, passage du Cheval-Blanc, Jessica s'était installée de manière quasi similaire, attributs de clocharde en moins, dans une grande pièce vide de la cour de Mai.

Rita avait acquis le bail de ce local sans avoir encore les moyens de l'exploiter. Il jouxtait son loft de *La Boca*. Son idée était de percer la cloison, un jour, et d'agrandir son territoire. Le cabaret marchait bien. Pas encore assez pour s'autoriser de tels travaux. En attendant, la pièce vacante pouvait être considérée comme une bonne planque. Elle était située au fin fond du passage. Les fenêtres crasseuses donnaient sur une cour carrée, envahie de vieilles planches à jamais abandonnées et de plaques de tôle ondulée. C'était le refuge de tous les chats galeux du quartier.

Un matelas à même le sol, un sac de couchage, des caisses, des livres et des revues, un transistor, Jessica trônait là. Je venais la visiter presque chaque jour, m'astreignant à des mesures de sécurité aux lisières du folklore afin de déjouer d'éventuelles filatures. Personne ne pouvait ignorer que j'étais, depuis l'origine, un assidu de *La Boca*, ni que j'aimais les chats. Mais il y avait, pour joindre Jessica, quelques mètres à franchir, l'engouffrement dans un vestibule puant, l'escalier, et de cet écart personne ne devait être témoin. Pas plus les Ortiz ou Oscar tapis dans l'ombre que Marti qui logeait lui aussi cour de Mai.

Jessica riait.

— A Buenos Aires, au début des années soixante-dix, nous avions des appartements qui ressemblaient à celui-là. On les appelait les *casas de seguridad*.

Elle racontait :

— Nous étions une armée populaire, en guerre. Une armée très cloisonnée, toujours disponible. Dans une maison, nous restions quelquefois, plusieurs militants, des hommes, des femmes, des jours, des semaines, dans l'attente de la mission.

— Quel genre de mission ?

Une expropriation. Ou un enlèvement. Ou un coup de main contre une caserne.

— On ne vous prévenait qu'au dernier moment ?

— A la dernière minute, c'est ça. Les consignes, le matériel. L'action. Toujours très rapide l'action, forcément. Et puis retour dans une autre maison de sécurité.

— Pour combien de temps ?

— Des jours ou des semaines, je t'ai dit. Ça dépendait. Entre deux actions, il se passait parfois beaucoup de temps. Le temps paraissait toujours très long.

— Ça se passait comment ?

— Entre nous ? Radio, journaux, presse et bulletins du Parti, discussions politiques. Beaucoup de discussions politiques. Donc des débats, donc des divergences, donc… C'était très dur.

— Seulement à cause des divergences politiques ?

Elle riait encore. Dans cette pièce vide.

— Des histoires d'amour aussi, bien sûr. Des jalousies, des rivalités. D'autant plus haineuses que nous étions censés être des révolutionnaires, transparents à eux-mêmes et aux camarades, libres. D'autant plus violentes que nous étions une avant-garde libératrice et que nous vivions dans des conditions carcérales.

Des heures dans cette pièce vide. A parler, à faire l'amour, à rester silencieux. A écouter des cassettes de tango, ou à parler dans d'autres cassettes, interminablement. Toute notion du temps perdue, isolés derrière les rideaux tirés sur les vitres sales. Nous parlions. Pour le plaisir des disputes définitives, des reconquêtes fatales. Nous dormions même parfois ensemble. Quelquefois d'un sommeil apaisé. Les réveils étaient toujours durs. Jessica parlait, monologuait, mêlant tout, Buenos Aires et Paris, les temps de notre histoire et ce qu'ils bousculaient des temps de son histoire à elle, Miguel qui la trompait et Rita qui m'aimait trop, Ortiz qui l'avait détruite et ce désir fou qu'elle avait maintenant de n'être qu'une femme amoureuse et une tueuse, enfin quelqu'un.

— Il y avait une direction politico-militaire. On m'y a cooptée. Je ne faisais plus seulement des coups, je les organisais. Nous avons fait des coups très bien.

Des vols de vêtements, de nourriture, “redistribués” dans les quartiers pauvres. Des raids minutieusement préparés permettant l’évasion de dizaines de camarades.

— Et le fric ?

— Les hold-up ? J’en ai organisé beaucoup.

— Il servait à quoi ?

— A payer un peu les camarades clandestins. Les armes. Les maisons. Les avocats.

Elle avait fait tout ça. Et puis il y avait eu Trelew, 1972.

— Je me suis fait arrêter sur une histoire banale de port d’arme. Mon inculpation n’avait rien à voir avec mes responsabilités réelles. Bien sûr, ils avaient des soupçons. Ils m’ont beaucoup interrogée.

— Torturée, tu veux dire ?

— C’est la même chose. J’ai finalement été transférée à la prison de Rawson. Sais-tu ce qu’est Rawson ?

Une prison au cœur de la Patagonie, bâtie sur un plateau désert. Alentour ? Quelques bases militaires dispersées, et l’aérodrome de Trelew, à vingt-cinq kilomètres.

— Plusieurs militants importants, connus comme tels, étaient emprisonnés à Rawson. Ils appartenaient à diverses organisations révolutionnaires : les Montoneros, l’ERP, le FAR (elle ricana)… des noms, des sigles qui ne veulent plus rien dire. Des organisations qui sur certains objectifs précis pouvaient mener des actions en commun. L’évasion de quinze dirigeants pouvait être l’un de ces objectifs-là.

Cela se passa ainsi. Le 15 août 1972, à dix-huit heures cinq, un groupe de détenus prit le contrôle de toute une aile de la prison. Ils avaient une connaissance parfaite des routines intérieures : fréquence des rondes, mots de passe, parcours des matons. On vit d'ailleurs certains de ces derniers arborer sur leur casquette une étoile rouge à cinq branches. Très vite et sans grande résistance, les gardiens récalcitrants furent mis au mitard. A dix-huit heures vingt-cinq, tout était réglé. Six prisonniers armés quittèrent la prison dans un camion. Ils avaient revêtu des habits militaires. Leur objectif était l'aéroport de Trelew. Un second groupe d'évadés devait les suivre, très vite.

Le premier groupe atteignit Trelew presque sans encombre. L'aéroport fut neutralisé en quelques minutes conformément au plan. Les six évadés s'emparèrent d'un avion en provenance de Comodoro Rivadavia. D'autant plus facilement que quatre de leurs camarades faisaient partie des passagers.

Les autres évadés tardèrent à venir. Le plan se mit à disjoncter.

— L'organisation des actions supposait toujours un minutage très précis, dit Jessica. Aucune improvisation n'était tolérable. Les six évadés ont pris l'avion. Ils savaient qu'une Caravelle d'Aerolineas Argentinas devait atterrir dans les minutes suivantes. Les autres évadés, s'ils arrivaient, devaient pouvoir s'en emparer facilement.

Elle n'arriva jamais. Les six premiers évadés s'envolèrent vers le Chili d'Allende au moment même où dix-neuf de leurs camarades atteignaient enfin Trelew. Il était dix-neuf heures trente.

— Ils auraient pu arrêter l'avion avant l'envol, ils préférèrent attendre la Caravelle de l'Aerolineas Argentinas. Ils prirent en otage les passagers en attente et le personnel de l'aéroport. Une soixantaine de personnes. Sans violence. Sans aucune violence.

La Caravelle n'arriva pas. L'armée encercla l'aéroport. Aucune issue.

— Ils auraient pu faire un chantage à la vie des otages. Ils ne l'ont pas fait. Ils ont simplement demandé des garanties. La présence de la presse, de quelques autorités judiciaires. Cela fut accordé, par pure manœuvre. On leur accorda une conférence de presse, puis ils se rendirent.

"Cette région-là, Trelew, pendant quelques heures ce fut un véritable Viêtnam", expliqua plus tard un officier argentin. Les prisonniers furent transférés dans une base de l'aéronavale.

— La base de Trelew. Cinq cents hommes de troupe pour vingt-cinq prisonniers. Précisons : aucun d'entre eux n'était officiellement impliqué dans le rapt de Sallustro, le P-DG de la Fiat, ni dans l'exécution de Sánchez, le patron de l'antiguérilla. Beaucoup d'évadés étaient en préventive…

Le massacre eut lieu le 22 août.

— Ils ont parlé d'une rébellion, d'un prisonnier qui se serait jeté sur un gardien pour lui prendre son arme. C'est faux. Après la reddition, ils nous ont interrogés, battus. Quand ils nous ont fait sortir de nos cellules, il était trois heures trente du matin, nous avons d'abord cru que c'était pour un nouvel interrogatoire. Ils nous ont regroupés, fait descendre dans une petite cour intérieure. Il faisait froid, le sale vent glacé du plateau. C'était la première fois que nous étions réunis depuis l'aéroport. Tous. Je les revois. Ruben Pedro Bonet, qu'on appelait l'Indien, Anna María Villareal de Santucho, dont le compagnon, Roberto, avait pu fuir vers le Chili avec le premier commando, Mariano Pujadas, qu'on a ensuite accusé d'être le chef de la mutinerie. María Susana Savelli, qu'ils avaient tant torturée… Nous étions une vingtaine qu'ils ont fait aligner contre le mur. Non, ce n'était pas comme sur cette photo que tu connais peut-être, que Rita a affichée à *La Boca*. Celle où l'on voit Anna María, presque au premier plan, avec son gros manteau noir qui lui allait si mal. Non, sur cette photo, nous sommes à l'aéroport, nous venons de nous rendre après de longues négociations. Devant des journalistes et des magistrats, les militaires viennent de donner l'assurance que nous ne subirons pas de mauvais traitements. Sur cette photo, on voit nos armes, nous venons de les déposer à nos pieds. A Trelew, ce sont les autres, ceux qui avaient eu si peur, que nous avions tant humiliés, c'étaient eux qui avaient les armes. Nous, nous n'avions rien. Ils ont ouvert le feu.

A Trelew, le 22 août 1972, il y eut seize morts, fusillés. D'autres prisonniers s'en tirèrent avec des blessures plus ou moins graves. Jessica faisait partie de ceux-là. Et tandis que je touchais une fois de plus cette cicatrice blanche, en forme d'étoile, sous son sein, elle dit :

— Ortiz était parmi les tueurs.

Petit gradé à l'époque, déjà actif dans les réseaux factieux. Elle l'avait retrouvé cinq ans plus tard, tortionnaire en chef à l'Ecole d'application mécanique de la marine.

— Quand dois-tu partir à Buenos Aires ?

— Je témoigne en juin. Un témoignage parmi deux mille ou deux mille deux cents autres ! C'est avant que je veux la peau d'Ortiz.

J'aimais l'odeur de ses cheveux, le goût de son sexe, sans trop de mots. Il ne restait plus tellement de temps entre nous.

Recluse, elle s'était entourée de dossiers, pleins de coupures de presse, de notes manuscrites. Les cassettes s'empilaient autour du lit. Il y avait également des photos.

— Ortiz m'a suivie à la trace depuis Trelew. Mon évasion de l'hôpital militaire, les opérations que j'ai dirigées pendant le retour de Perón, puis pendant l'intermède Isabelita. Ce n'étaient plus de très grandes choses.

Le front guérilleriste s'était brisé au moment du come-back du vieux caudillo lifté. Les querelles internes, les rivalités, les pressions internationales, les logiques militaristes. Perón lui-même réveillait les pires démons politiques.

— Je ne m'y retrouvais plus. J'ai pris de la distance. Je suis aussi tombée amoureuse de cet homme, Miguel.

— Tu l'as aimé ?

— Comme aucun homme, même toi.

Miguel avait longtemps été le compagnon de route des Montoneros, les péronistes de gauche. Il était parmi eux, le 20 juin 1973, à l'aéroport d'Ezeiza, pour fêter le retour d'exil du vieux chef.

— Ce jour-là, les gangsters de la vieille droite péroniste ont ouvert le feu contre les *Muchachos*, les groupes de gauche. Il y eut une centaine de morts, pas moins, dans une sale mêlée où tout le monde était armé. Miguel ne pouvait pas être de ce monde-là. Il s'est retiré dans son atelier de Corrientes avec sa peinture, ses dessins. Je l'ai accompagné. Moi aussi, dirigeante de notre Armée révolutionnaire du peuple, j'étais devenue certaine que nous faisions fausse route. Continuer nos guerres privées dans ce pays livré au chaos ne pouvait mener qu'au désastre, à l'horreur. J'ai tout laissé tomber. Je suis certaine qu'Ortiz a su très exactement quand j'ai déposé les armes.

Après la mort de Perón, ce fut le règne d'Isabelita, la vice-présidente et surtout de son conseiller, López Rega. De vrais fascistes, ceux-là.

— C'est Rega qui a donné la première impulsion aux escadrons de la mort de la Triple A. Ortiz a été, dès l'origine, l'un des animateurs les plus actifs. Mais il comprit très vite qu'Isabelita et Rega seraient vite balayés par les militaires. Quand ils prirent le pouvoir en mars 76, les liens qu'il entretenait avec tout ce que le pays comprenait de fascistes, en uniforme ou pas, firent d'Ortiz un homme clé, et efficace.

Les hommes en Ford Falcon semèrent la terreur. Ainsi commença vraiment l'époque du *No te metas.* "Ne t'en mêle pas", vieille injonction *porteña* tragiquement actualisée.

— Personne ne voulait rien voir. Pas les arrestations en pleine rue, en pleine nuit, le saccage des maisons, la disparition des voisins, des amis. C'est à cette époque que Miguel conçut son affiche. Il avait tenu à y être représenté. "Une manière de gagner du temps sur l'inévitable", disait-il. Il collait toutes les nuits. Il n'a jamais voulu que je l'accompagne. Plus tard, il a fait une autre affiche. Cette fois, c'est moi qui étais représentée. A l'époque, nous étions déjà presque séparés.

— Séparés pourquoi ?

— Une fille, évidemment. Une de ces petites activistes d'extrême gauche, résolue et sans culture, au corps lisse. Une de ces gamines vivant dans la clandestinité mais en pleine rue, le blouson gonflé d'un gros calibre. A côté d'elle, je suppose que je devais avoir l'air fatiguée, brisée.

— Rien qu'à cause de cette fille ?

— Non. C'est toujours plus compliqué. Avec Miguel, je m'ennuyais, vers la fin. Et puis aussi, j'ai repris du service avec quelques camarades qui comprenaient qu'il fallait organiser la résistance en partant de bas, très bas. Que les militaires étaient au pouvoir pour longtemps et qu'ils avaient tous les pouvoirs. J'ai vite compris qu'Ortiz et les siens comptaient ces gens-là au rang des plus dangereux. Crois-moi, les guérilleros urbains avides d'actions spectaculaires n'ont pas longtemps tenu la rue.

— Il t'a arrêtée vite.

— Nous étions tellement peu.

Ortiz et elle, tout n'était pas dit. Cette histoire qui remontait à Trelew, à ce massacre, à cette longue traque…

— Ils m'ont trouvée dans une maison de sécurité, pas loin de cette autre *casa*, celle de María *La Vasca*, où fut soi-disant écrite la première partition de tango. Le hasard. Ortiz s'est très vite arrangé pour s'occuper personnellement de moi.

Depuis combien d'heures, de jours, n'avions-nous pas ouvert les rideaux de ce refuge ? Faisait-il jour ou nuit ? Rita frappait parfois, quelques coups discrets à la porte. Sur le palier nous trouvions une boîte en carton remplie de provisions. Nous faisions la dînette, accroupis, sur le matelas, mêlant l'amour et les confidences. Le magnétophone tournait presque toujours. Nous buvions beaucoup. Au milieu du pain, des charcutailles et des bouteilles, Rita glissait à l'occasion un petit mot, m'assurant qu'elle avait eu Ida au téléphone, que les chattes allaient bien, qu'elles s'ennuyaient seulement un peu. Jessica ne cessait de parler.

— Même maintenant, même si le temps a passé, je ne peux pas raconter.

Elle se leva, alla chercher une grosse enveloppe de papier kraft, coincée entre deux dossiers épais.

— Voilà toutes les photos que j'aurais pu t'envoyer, à la place de toutes les autres. Ma vérité, aussi.

Des photos glacées, écornées, tachées au bord de trop de traces de doigts. On y voyait quoi ? Ou qui ? Jessica attachée sur un fauteuil, nue, presque exactement comme sur l'affiche de Miguel, tétanisée dans l'attente de la violence qui allait venir. Ce n'était pas la photo la plus terrible. Il y avait toutes les autres, où elle était apparemment libre de tous ses liens, mais prise par des hommes, pantalon de treillis grotesquement baissé. On distinguait les visages. Ortiz, Oscar, quelques autres anonymes sans doute facilement identifiables. Ils la violaient.

— Des photos de ce genre, il y en a eu plein. C'était pour eux une manière de sceller le pacte, de se compromettre. Cet homme, là, tu vois (elle posa le doigt sur l'image d'un homme qui lui forçait la bouche), c'était l'un des plus hauts gradés de l'Ecole. Ortiz a pris la photo.

L'homme riait, tirant ses cheveux à elle. Cadrés par l'appareil photographique, d'autres soldats débraillés contemplaient la scène.

— Plus tard, Ortiz m'a voulue pour lui seul. Après les séances avec les autres, il soignait mes plaies, dans ma cellule, disait qu'il m'aimait, qu'il serait toujours là près de moi.

Une photo la montrait nue, assise sur une sorte de banc, Ortiz en grand uniforme de marin, lui tenant la nuque et la contraignant à une posture soumise.

— Pour Oscar et les autres, j'étais la “petite amie du capitaine”, celle qu'il ne fallait pas trop abîmer.

Que voulait-elle me dire, avec toutes ces photos atroces, ces documents accablants que je manipulais, perdu ? Ce que j'avais pu collecter au Paramount n'était rien à côté de toutes ces preuves-là.

Il ne s'agissait pas ici de visages flous, de silhouettes devinées, de méfaits incertains. Le masque crispé d'Ortiz, de ses hommes, celui défait ou douloureux de Jessica ne laissaient pas la moindre place au doute. Pas plus que cette autre photo où elle dansait, nue toujours, avec son tortionnaire. Ou cette autre où elle le suçait.

— Ce que je ressentais ? Je ne te le dirai pas. Même à toi je ne peux pas le dire. Il m'a tuée et je vis encore. Je vais le tuer. Alors je pourrai parler. Me parler.

Je rangeai les photos dans l'enveloppe, ne voulant pas les voir mais sachant qu'il faudrait bien que j'y revienne, que je les examine encore, en voyeur certainement, en voyeur horrifié mais en voyeur quand même, que je ne devais être épargné par aucune de ces poses.

— Tu comptes produire ces photos au procès ?

— Oui. Et dire aussi comment je me les suis procurées. Chez Ortiz, dans sa villa de La Boca – oui, c'est dans ce quartier-là qu'il habitait –, où il m'emmenait certains soirs, de plus en plus souvent vers la fin, comme si j'étais sa maîtresse.

Elle raconterait tout. Ses amis militaires à qui il l'offrait. Le marché des photos de torturés, les films des agonies, qui avaient leur marché d'amateurs. Comment elle dormait, attachée par des menottes qui lui sciaient les poignets, au pied de son lit. Comment il exigeait d'elle, chaque matin, qu'elle le remercie de ne pas avoir été achevée pendant la nuit par lui ou l'un de ses subordonnés.

— Je ne sais pas comment je le dirai, mais je dirai que je ne suis pas morte. Qu'il ne m'a pas eue. Tango ?

Le tango, elle l'aimait bien classique, vieillot. Celui de Gardel et de Goyeneche. Larmoyant. Au ras du pavé, jamais plus loin que l'auréole du réverbère à gaz. Elle pleurait, fredonnant les vieilles paroles tristes des putes délaissées, des machos impuissants. Je la caressai :

— Marc veut une interview ? Je vais y réfléchir.

Nous refîmes l'amour, buvant comme des trous. Depuis longtemps, je crois, je n'étais plus fasciné par l'histoire de ce corps, ces marques terribles, mais par son actualité, sa rage absolue d'être vivant. Epuisée et gémissante, feignant de jouir mais jouissant parfois, Jessica était la femme que j'aimais. Elle m'agrippa.

Sur le tard, très tard, il m'importa de constater que j'étais venu dans son antre "de sécurité" sans appareil photographique.

Je sortis de cette interminable nuit aveuglé et titubant.

La Tour d'Argent était fermée. J'avais manqué l'ultime jour. Derrière les vitres de la façade, on distinguait les chaises, les tables empilées. La démolition de l'escalier intérieur (œuvre d'un compagnon du Devoir) avait commencé. Ce chef-d'œuvre-là serait récupéré, utilisé pour une prochaine construction. A l'angle de l'immeuble qui jouxtait le chantier, côté droit, les panneaux publicitaires avaient disparu, révélant l'existence d'un très ancien magasin de matériel optique (lettres peintes sur le mur, à demi effacées). Une fois de plus, je n'avais pas senti venir l'accélération, la brutalité du changement en cours.

Autour, on dressait des palissades. Ces choses en plastique jaune, très fort et très rigide. Le bonheur des Mi Noche Triste. Et sans doute d'autres graffiteurs nocturnes. Ces palissades définissaient une sorte de périmètre de sécurité. Elles cherchaient à l'avance à cacher le lieu du crime inévitable.

Je m'attardais, prenant plusieurs photos. Près de la brasserie, la station de métro était condamnée. Pour s'y aventurer, il suffisait d'enjamber une courte barrière en bois. Au bout de quelques pas, le couloir souterrain était obstrué d'un mur de bitume, noir et luisant. Une pancarte en carton priait les usagers de la RATP d'excuser les dérangements occasionnés par les travaux en cours. Pris dans le cul-de-sac de ce souterrain, à la lisière de la place, je me dis que ce n'était pas le plus mauvais endroit possible pour un règlement de compte. Contre cette paroi de bitume, on pouvait mourir, déchiqueté par quelques balles, flingué à tout-va par des tueurs fous. Ou par moi. Une image possible, comme une autre. Photo.

Je remontai à la surface. Dehors, il faisait beau. Ciel dégagé avec seulement, se traînant avec langueur, de très gros nuages boursouflés et apaisants. J'eus peur. Il m'importait peu de me méfier de *La Tour d'Argent*, ainsi que me l'avait suggéré Maleo. Une chose plus obscure se tramait qui tendait à faire basculer tout un pan de la ville. Vers quoi ?

J'eus envie d'aller voir Marti, ou plutôt ses nappes. Ses plans de cités folles, ses juxtapositions tellement cohérentes. Je me retins. Peut-être parce que je me sentais tellement hagard, je voulus être efficace et pris la direction du *Soir.*

Marc, ce con prétentieux, il n'était rien d'autre que ça, fit mine de classer quelques dossiers qui encombraient son bureau, de pester contre la machine à café toujours déficiente.

— Donc, Jessica accepte de nous donner son témoignage. En exclusivité ?

Je pris le bourbon dans le tiroir habituel, me servis généreusement parce que c'était un rude retour au monde, oui, Jessica acceptait. En exclusivité, faute d'être à l'avant-garde. Elle parlerait. J'avais carte blanche pour négocier l'affaire. Il ne tenait plus qu'à moi de décrypter des heures et des heures de bandes magnétiques enregistrées dans le vrac de nos discussions d'amants, dans le dur de sa solitude à elle. A moi de traduire tout cela en propos recueillis, d'en faire quelque chose de lisible.

— C'est possible pour quand ? Demain ?

— Je vais essayer.

— D'accord, dit Marc. Avec ça, on relance la mise.

Sans doute doublerait-on aussi le tirage. Il jubilait. J'imaginais Villon graissant soigneusement son flingue. J'entendais Jessica me dire : "Dès que cet article paraît, je sors, je me montre. Je les attends. Je veux tuer Ortiz." Elle aussi était armée.

Croisant ma voisine (psychanalyste) dans l'escalier, je fus surpris de cette manière qu'elle eut de prendre un air pincé – autant dire qu'elle me faisait la gueule –, ce qui n'est pas exactement dans nos coutumes. Je compris dès le deuxième étage la nature de son courroux. L'affaire prenait des proportions inquiétantes. C'était une épouvantable odeur qui se diffusait au-delà de la porte de mon appartement.

Le monde d'Ida s'organisait avec une proliférante logique. Si toute ma partie d'habitation était somme toute plus proprette que d'habitude (mis à part les boîtes de photos et les bouquins traînant un peu partout), à l'étage, l'apocalypse s'installait. Pire, une sorte de tentacule inquiétant, composé de serpillières, journaux roulés, sacs-poubelles éventrés (Dieu sait quoi à l'intérieur !) commençait à se glisser sur le parquet laqué, gagnait du terrain dans ce studio de prise de vues, d'ordinaire sobre et ordonné comme un jardin zen. Ça venait de la "chambre" d'Ida. Ça puait. Ça puait même tellement qu'un type comme moi, à peu près privé d'odorat de par un abus très ancien de goudron et de nicotine, suffoquait. C'était une odeur âcre, pénétrante. Une odeur de pourriture où se mêlaient des relents de linge humide, de papier moisi, de viande avariée, la saleté intime des corps, le mauvais vin, avec même des effluves d'eau de Cologne. Il fallut lutter pour parvenir jusqu'au grabat d'Ida. Ses collections faisaient marée haute et s'élevaient bien au premier tiers de la pièce. Je suffoquai.

Ida dormait, allongée sur le dos, vêtue d'un monstrueux soutien-gorge rose et d'une culotte qui ne devaient pas venir de chez Maleo. Elle ronflait, bouche grande ouverte sur une dentition assez remarquablement impeccable. Je la laissai. Me contentant de repousser dans sa grotte les déchets répugnants qui commençaient à envahir le studio.

Je redescendis à l'appartement. Y trouvai baguettes d'encens oubliées dans des poteries indiennes décorées, vestiges des années baba. Papier d'Arménie, aussi. J'ouvris largement les fenêtres, provoquai d'astucieux courants d'air salubres. Puis je brûlai les bons parfums lourds d'un autre temps. Ils ne parviendraient certes pas à gagner la guerre contre les odeurs méphitiques imposées par Ida. Peu m'importait, au fond. Je ne voulais pas qu'elle parte.

Alors, il me fallait traiter ça. Ces piles de cassettes, ces carnets de notes, cette grosse enveloppe de papier kraft. Les témoignages épars de Jessica. Les chattes flairèrent, intéressées, puis s'éloignèrent. L'une allant dormir au coude du Bras armé. L'autre se nichant, refuge connu, sous la vaste cape de Jane. La dernière plus banalement sur le fauteuil thaïlandais. Je sortis le bourbon.

D'abord, il convenait d'organiser le travail. Et pour cela, j'avais besoin de deux choses. Changer la table de place, celle où était installé ce fatras de documents. Ensuite varier un peu la décoration du mur qui me ferait face pendant toute cette opération de décryptage. Peu de chose. Descendre le grand tableau de Monory *(Diamondback)*. Pousser un peu quelques petites reproductions de Hopper... A la place, j'épinglai l'affiche de Miguel. L'affiche version "Jessica". A côté, et c'était une autre image grandeur nature, je déroulai une photo très posée, de Jessica également (maquillage lourd, chignon et feutre canaille, bustier moulant, jupe fendue haut, très hauts talons). Voilà les deux images d'elle que je voulais avoir sous les yeux. Puis, je posai le disque *Trottoirs de Buenos Aires* sur la platine (Cuarteto Cedrón, Edgardo Cantón, etc.). Cigarette. Bourbon. Je tirai vers moi la vieille Underwood (1912). Je pouvais me mettre au travail.

Ou presque. Car Radek décida que, tout bien réfléchi, sa meilleure place était sur la pile de papiers, à main droite, sous la lampe. Aucune discussion possible. Je modifiai donc légèrement le dispositif et me mis à taper. Le chat ronronna. La masse de ces documents à trier était une chose. Il y avait surtout des mots à mettre dans cet espace entre les deux images, devant. Guérilla, tango. Qui était Jessica, la *tanguerilla* ?

Quelle réponse donner ? Et de quel droit ? Ce n'est que bien plus tard, déjà très avancé dans le travail, que je me suis posé cette question. Rapidement. Sans trop y attacher d'importance. Coupant, taillant, sélectionnant dans le vif des bandes magnétiques et des notes, choisissant des photos, je reconstituai une histoire en étant bien persuadé de l'inventer. De la même manière que j'avais bricolé les pellicules de Julio. Droit souverain du spectateur qui décide le vrai. Peut-être étais-je faussaire, je ne doutais pas de ma légitimité.

Marti était ivre. Il pénétra en force dans le vestibule, bousculant le mannequin Joan que je rattrapai *in extremis*.

— Ida. Elle est ici, je veux la voir !

— Viens, dis-je, apaisant.

Il me repoussa brutalement. Grosses mèches collées au front, teint rougeaud, chemise largement ouverte sur sa poitrine de taureau, blanche et velue, il n'était pas simplement ivre, il avait beaucoup bu. Depuis très longtemps. Le temps de l'absence d'Ida ?

J'en étais à me relever tant bien que mal. Déjà, il commençait à grimper à l'étage.

— Là-haut, c'est mon atelier, dis-je.

Je crois que je dis cela très doucement, en me massant la hanche. Marti s'arrêta net, un pied en suspens. Un peu ridicule.

— Elle est là-haut.

Ça se sentait. Ça se sentait même très fort. C'était néanmoins mon atelier, territoire sacré. Marti restait immobile.

— Donne-moi l'autorisation de monter.

— Buvons un verre, avant.

Il hésita. Crevant du besoin de me laisser là et d'en finir par quelques enjambées furieuses avec une amitié vieille de plusieurs années. Il soupira.

— D'accord, buvons un coup.

Il devenait fou, il fallait bien que je comprenne ça. Ida était devenue pour lui quelqu'un de… Il cherchait ses mots et accepta de s'asseoir.

— Mon exposition, c'est de la merde, de la pure merde. C'est une expo d'avant elle.

Il but plusieurs verres, coup sur coup. Dans l'état qui était le sien, ça ne pouvait pas avoir de conséquences particulières. Kamenev vint se nicher sur ses genoux et il la caressa.

— Ida, elle comprend tout. Elle me promène dans Buenos Aires comme je ne m'y suis jamais promené. Elle danse comme une pute de *La Victoria*… elle n'a jamais foutu ses pieds à *La Victoria*… ce que je cherche à faire depuis des années, elle le trouve en un clin d'œil. Ou d'un coup de rein. Elle est ici ?

— Elle dort.

— Tu la baises ?

— Arrête de te faire du mal.

Un géant affalé, fripé, dont je ne voulais surtout pas avoir pitié, à qui je n'avais jamais fait deux confidences et qui depuis quelques secondes restait, subjugué, devant les deux grandes images de Jessica qui faisaient face à ma table de travail.

— Toi aussi, tu dois avoir mal, dit Marti. Jessica est une femme considérable.

“Considérable.” Pendant quelques secondes je jouai dans ma tête avec ce mot. Sûrement, Jessica était une femme considérable.

— Pourquoi est-elle partie, Ida ? Toi qui la connais, tu dois bien savoir. C’est chez toi qu’elle vient se réfugier, merde. Il faut qu’elle revienne.

— Tu es venu la chercher ?

— Je suis venu lui demander de revenir.

Il but encore, avidement, partit dans une gesticulation pénible qui ne dérangea pas trop la chatte. La complaisance de Kamenev était, ce soir, extrême.

— Nous avons l’air de quoi, hein ? Tu peux me le dire ? De vieux cons en train de pleurer sur les femmes qui les tuent ? Mais on résiste, elles devraient savoir. Toi, moi, on sait y faire. Non ?

Le fait est que Jessica ne me tuait pas et que, moins dignement, j’avais parfois avec elle l’impression de savoir sauver ma peau. Voilà ce qui me rendait vieux. Marti se leva, posa précautionneusement la chatte sur le siège.

— Ida. Je vais la laisser dormir. Avant de la déranger, il faut que je repense encore à des choses qu’elle m’a dites. Il faut que je travaille, que je dessine, que je…

Il était harassé, vaincu. Le trop d’alcool ne faisait rien à l’affaire. Un pauvre homme. Il fit quelques pas, réussit à se cogner contre le coude du Bras armé. Un instant, il resta abasourdi. Puis il réalisa l’incongruité de cette enseigne, fixée à mon mur.

— Belle prise.

Il caressa du plat de la main le plâtre peint. Un objet précieux.

— Je ne sais pas ce qu'ils ont fait de Buenos Aires. J'aimerais... je donnerais beaucoup pour avoir une vraie affiche, une chaise de bistrot, un morceau de crépi de mur de là-bas. Tu as de la chance.

Peut-être allait-il se rasseoir. Ou s'évanouir. Ou partir sans dire un mot. Ou m'empoigner. Il choisit cette solution-là, soudain. Ses grosses pattes d'artiste me prirent aux épaules et me secouèrent. Je cognai le mur, inerte.

— Tu la baises, hein. Avoue que tu la baises !

Marti était beaucoup plus fort que moi, massif et redevenu presque fou. Mais il n'était que presque fou et il finit vite par relâcher sa prise. Ses yeux étaient injectés de sang. Peu importait l'alcool. Il avait beaucoup pleuré.

— Je m'en vais, dit-il. Tu lui diras que je suis venu ?

— Comme tu veux.

— Dis-lui que j'ai besoin d'elle, c'est tout.

Il partit, bousculant chaise et table et Gene une dernière fois. J'étais bien certain qu'Ida n'avait rien entendu et qu'elle dormait là-haut, dans sa puanteur, du sommeil tourmenté des justes.

Jessica ne jeta qu'un regard négligent sur la poignée de feuillets que je posai sur le lit. Elle dit qu'elle voulait faire l'amour avant de les lire s'il fallait qu'elle les lise absolument, qu'elle voulait, qu'elle avait besoin par-dessus tout d'être touchée, caressée. Elle avait froid.

— Je veux redescendre dans la rue.

Elle dit qu'elle l'avait fait, la nuit d'avant.

— Je savais que tu écrivais sur moi, ma vie, mon témoignage pour le journal. Je t'imaginais écoutant les cassettes, regardant les photos, toutes les photos, même les pires. Je t'imaginais à ta table, avec les chattes, la vieille machine, toutes les bêtises dont tu t'entoures. J'étais contente que tu fasses tout ce travail. Je suis sortie, très prudemment. Il n'y avait personne dans le passage, les chats dormaient. Plus personne à *La Boca*. La place était belle, très sombre, comme en attente. J'ai fait le tour, une fois. D'abord, la rue de la Roquette, puis le boulevard Richard Lenoir. Un type m'a abordée comme je suis arrivée au boulevard Beaumarchais. Un de ces dragueurs incertains comme on en rencontre tout le temps, la nuit. Il était tard. Il m'a dit quelques mots, je ne sais plus quoi. Il m'a posé la main sur l'épaule. Pas vraiment insistant. Je lui ai braqué le pistolet sous le nez. Je voulais bien parler, je ne voulais pas qu'on me touche. Je lui ai raconté des choses, je ne sais plus très bien quoi, sur la maison de Beaumarchais qui était construite là, avant, sur le carillon de la Bastille, l'authentique machinerie qu'on peut voir encore, au bistrot d'en face, à côté du mannequin à tête de Belmondo, récupéré au musée Grévin et déguisé en sans-culotte. Il m'a écoutée. Il n'en revenait pas. Il avait peur. Il m'écoutait à peine. Je ne lui disais que des choses douces sur cette ville à lui qui n'est même pas la mienne et il ne pensait qu'au pistolet que j'avais rangé depuis longtemps dans ma poche. J'ai continué. J'aurais pu baiser avec lui. J'ai pensé à toi qui écrivais. Je l'ai laissé. Il n'a rien compris. Après je t'ai écrit des petits messages d'amour sur les murs, avec un feutre. Il faudra que tu les cherches, que tu les cherches bien. Tout le tour. C'est une tellement belle place ! Au chantier, je me suis arrêtée. J'ai compris ce que tu m'as raconté une fois, quand tu m'as expliqué que le soir de notre rupture ils détruisaient la gare, et qu'il y avait un lien, évident. Je ne croyais pas trop que nous avions rompu. Ce n'était qu'un moment de notre guerre, une de nos habitudes. C'est toi qui avais raison. Dans les rues, je ne sais plus comprendre les signes. Ils m'ont pris ça aussi, tu n'y es pour rien. Toi, tu sais encore. J'ai écrit d'autres petits mots, parce que j'avais des chansons en tête. J'ai souvent des chansons en tête quand je pense à toi. Aucun mérite à ça : le tango… Je suis rentrée.

Assise en tailleur, enroulée dans son poncho, Jessica parcourut les feuillets, décréta que cela lui convenait. Que ce que j'avais écrit était bien, qu'elle s'y retrouvait. Autant qu'il était possible.

— Ça paraîtra quand ?

— Tout dépend de Marc. Demain ou après-demain.

— Qu'il fasse vite. Il y aura des photos ?

— Celles que tu veux.

— Elle prit l'enveloppe, étala les photos d'Ortiz sur le drap, en sélectionna cinq parmi les plus atroces.

— On le voit, on me voit. Les visages et les corps.

— Tu tiens vraiment à ce qu'on publie ces images-là ? Tu ne crois pas que…

Elle me fit signe de me taire.

— Ce n'est plus à moi que ces photos peuvent faire mal.

Elle me prit la main.

— Que Marc fasse vite. Je veux qu'ils sortent de leur trou, qu'ils se montrent.

— Tu veux vraiment tuer ?

Le Colt 45 était toujours posé à son chevet. Elle le prit, fit jouer le chargeur.

— Je ne sais pas si ça m'empêchera de penser à Ortiz à chaque fois que je baise, mais ça vaut le coup d'être tenté.

Marc posa son stylo, le gros Montblanc qu'il utilisait d'ordinaire pour corriger les articles. Il ne s'en était pas servi une seule fois.

— Elle est d'accord pour que nous publiions ce texte ? dit-il après plusieurs secondes de réflexion. Tu en es certain ? Et les photos aussi ?

— Les photos d'Ortiz, oui.

Il crut devoir dire que c'était terrible. Peut-être le pensait-il. Mais cette manière qu'il avait de se frotter le gras du cou m'indiquait surtout qu'il jubilait. Il fit un petit tas de tous les documents. La photo qui dominait la pile montrait Jessica en train de se faire violer par un soldat auprès duquel se tenait Ortiz, hilare.

— Ce sera dans le journal de demain. Il va falloir bousculer la moitié de l'édition mais je vais m'arranger, ne t'inquiète pas pour ça.

Je n'étais pas inquiet. Pas pour ça.

Je ne pus m'empêcher de passer à *La Boca*. J'y trouvai Rita. Elle était seule, perchée sur l'un des hauts tabourets du bar, devant un quelconque alcool. Près d'elle, le cendrier était plein de mégots de Boyards. Le phono jouait un vieux tango incroyablement éraillé. Je reconnus le duo Alfredo Gobbi-Flora Rodríguez. L'un des premiers disques double face, une rareté que Rita avait dénichée lors d'un voyage au pays, quelque part du côté de l'intersection des *calles* Suares et Necochea. Elle pleurait.

Et puis, elle n'était pas maquillée. Je ne l'avais jamais vue pleurer, je n'avais jamais vu son visage nu.

— Vous devenez tous fous, dit-elle. Largués, toqués, cinglés.

¡ Locos ! Horatio Ferrer et Piazzola ont écrit une belle chanson sur les dingues qui hantent les villes. Je ne crois pas que c'était à elle que pensait Rita.

— Tout ce que vous dites, toutes ces paroles qui parlent de désespoir, de déchéance, de mort, je ne supporte plus.

J'étais désemparé devant ce visage étranger, ces mots qui n'étaient pas les siens. Elle parla de fermer *La Boca*, de vendre, de partir. Elle se nicha dans mes bras et presque aussitôt elle me repoussa presque avec fureur.

— Je préférerais que tu t'en ailles, sanglota-t-elle. Que tu foutes le camp. Toi et ta putain qui attire la mort. Tu veux bien ?

C'était une belle salle de cabaret triste et vide, en attente de ses habitués. Vrai bouge et rendez-vous des aminches. Rita en était l'âme depuis des mois. Qui donc ne jouait plus le jeu ? En quittant *La Boca*, j'eus pour la première fois le sentiment que le tango n'était pas véritablement né au Japon.

Je fus à peine surpris de trouver Villon à la galerie de la rue de Lappe. Il conversait avec Marti. Le peintre semblait avoir repris du poil de la bête. Le flic ressemblait de plus en plus à une chanson de Tom Waits. Ou de Diescepolo.

— Désolé pour l'autre soir, dit Marti en m'embrassant, j'étais soûl. Elle va bien ?

Je l'assurai que oui en forçant un peu la note. Il n'était pas du genre sobre et cela lui convint.

— Qu'en penses-tu ?

Finalement, il n'avait sélectionné que trois toiles, très grandes, de la série *Cafetín*. Elles ponctuaient l'accrochage, le marquaient d'une rigueur baroque que je n'avais pas soupçonnée jusqu'ici. Elles donnaient une sorte de justification au délire des plans de villes imaginaires dessinés sur les fragments de nappes qui constituaient le gros des œuvres présentées. Il était intéressant de voir comment les toiles achevées venaient et s'imposaient de surcroît, comme un luxe nécessaire.

A la fin du parcours logiquement suivi par un visiteur attentif, il restait une grande place vide.

— Je travaille sur un dernier plan de ville, dit Marti. Pas pour clore l'exposition. Pour…

Ses mains, ses bras s'agitèrent et cela voulait tout aussi bien dire qu'il souhaitait que les choses basculent ou qu'elles s'organisent. Villon nous observait, à quelques pas.

— Je voudrais… le flic et moi en parlions avant que tu arrives.

— Vous parliez de quoi ?

— Nous nous demandions ce que c'est que le centre d'une ville, dit Villon.

— Le centre ?

— Oui, reprit Marti. A Buenos Aires, par exemple, il n'y a pas de centre. Parce que la ville est trop grande, que personne ne peut la connaître complètement. Ou bien, c'est parce qu'il y a le port et que ce port est le centre du pays. Mais voilà, on peut être un vrai *porteño* et ignorer complètement ce port toute une vie : de la ville, on ne le voit pas ! Pour certains d'entre nous, le centre, c'est cette bordure gauche d'El Bajo, du côté de la via Monte, de Córdoba. Pour d'autres, c'est le sud, celui de la chanson. Les quartiers où est né le tango. A Paris, c'est où, le centre ?

Où ? Paris était une ville également bien trop grande pour qu'on puisse la connaître toute. Et d'ailleurs, la connaître comment ? Je n'avais pas de vraie réponse. Il me suffisait de refuser obstinément les sollicitations au voyage hors les murs. Les quelques exceptions à cette règle n'avaient jamais été très heureuses. Je comprenais ce que voulait dire Marti. Le "centre" n'avait pas de rapport direct avec la genèse, l'histoire. Un choix sentimental, plutôt. Un pôle d'attraction irrésistible, l'aboutissement non prémédité de toutes les errances. L'ultime case du jeu de l'oie intime composé sur la ville. Pour moi, Bastille.

— La place de la Bastille, c'est aussi le centre pour Ida, dit Marti. J'en suis sûr. Je vais en faire le centre du dernier plan. Pour elle. Pour pouvoir continuer à travailler...

Villon s'était tenu légèrement en retrait. Il s'éloigna d'un pas, encore.

— "... et chaque heure qui passe ajoute au labyrinthe incalculable que mes pas ont formé...", récita-t-il.

— C'est de qui ?

— Borges, je crois, répondit distraitement le flic.

Il nous tourna le dos, planté devant un *cafetín* de Marti. Un des plus beaux. Bleu. Orange. Violent. Grouillant de toute une population de petits personnages. *Porteños* cocasses ou ombrageux.

— J'ai une information pour vous, dit-il. On m'a foutu une enquête administrative au cul. Une fois de plus.

— Motif ?

— Il paraît que, depuis quelques mois, je ne fais pas les choses dans les règles.

— Les disparus ?

Il se retourna, tout sourire. Un sourire moche qui vira vite au sarcastique.

— Les disparus, ça n'existe pas. Buenos Aires est loin, très loin de Paris. N'en déplaise à notre ami peintre. Mes collègues pensent qu'il n'y a dans cette affaire que des Latinos un peu mythomanes. Voyez-vous, Victor... (je n'aimais pas la manière dont son index frappait sur mon sternum)... j'ai l'impression d'entendre ce genre de chanson depuis que je suis gosse. A propos des Juifs. Puis des Arabes.

Je balayai cette main qui s'agitait sur moi et qui m'énervait. Marti ne comprenait pas trop ce qui se passait.

— Depuis que je suis gosse, et je vais vous dire pourquoi : chez moi, je crois bien qu'on est flic de père en fils. Alors, ordre ou pas, enquête administrative ou pas : je continue.

Cette nuit-là, je dormis cour de Mai, avec Jessica. Elle ne parla pas, je ne lui demandai rien. J'avais simplement envie de me reposer auprès d'elle, j'y parvins mal.

Je me levai tôt, pour aller chercher le journal. Je l'achetai, place de la Bastille. "Révélations d'une disparue" était le titre que Marc avait choisi de monter en une. Il était accompagné d'une photo très agrandie d'Ortiz. Je m'assis à la terrasse du tabac. De l'autre côté des rues de la Roquette et de Charenton, des machines grondaient. Agrippés à la façade, deux ouvriers inspectaient les décorations extérieures de *La Tour d'Argent*. Inventaire avant démantèlement.

Marc n'avait pas lésiné. Toute la première partie du *Soir* était consacrée à l'affaire Ortiz, au témoignage de Jessica. Il avait pris soin de saupoudrer l'ensemble de divers encarts donnant toutes les informations nécessaires quant aux chronologies, biographies, etc. Très mis en valeur, un rappel des événements suspects intervenus à Paris depuis le mois de janvier était également fait. Reproduites et charbonnées sur papier journal, les photos de la femme que j'aimais étaient terrifiantes. Je me souvins aussi que, durant des années, j'avais lu les quotidiens de la même manière qu'on lit un courrier intime. Des événements du bout du monde étaient alors une affaire personnelle évidente. Ce n'était pas exactement ce qui m'arrivait ce matin en lisant ce journal-là. Jamais autant qu'en lisant ces mots que j'avais retranscrits pour elle, je n'avais eu l'impression que Jessica et moi n'étions pas dans la même vie.

Le garçon se présenta devant ma table. Il y avait une communication pour moi.

— Pour moi ?

— Au téléphone du bar, oui. Votre correspondant a donné votre description. Vous êtes bien monsieur Victor ?

J'y allai. Je reconnus sa voix malgré le brouhaha. C'était Oscar.

— Rendez-vous au pied de la Colonne dans cinq minutes. D'accord ?

— Attends !

— Cinq minutes.

Je n'aimais pas cette voix qu'il avait. Il téléphonait d'où ? Du comptoir où j'étais, je distinguais mal la rue, à travers la paroi de verre de la terrasse. Où était la cabine la plus proche, celle d'où il avait dû m'appeler ? Je fis vite le numéro de *La Boca*. Trop vite. Je me trompai deux fois. Puis, cela sonna longtemps. On finit par décrocher. Pas Rita, une voix d'homme, inconnue. Pouvais-je parler à Rita ? L'homme me dit de patienter quelques secondes.

— Oui ?

— Rita ! Jessica doit s'en aller, très vite !

— Je ne souhaite que ça.

— Tu ne comprends pas. Il faut qu'elle s'en aille très vite et très prudemment. Elle est en danger. Tu comprends, cette fois ?

— A peu près. Ne t'inquiète pas. Je fais le nécessaire.

Je raccrochai.

Je n'avais aucune habitude dans ce rade-là. Oscar m'avait suivi. Depuis le passage. Lui et les autres ? Je sortis. Le ciel était dégagé, l'air vif, belle la lumière. Un matin à se livrer à n'importe quoi d'autre que ces jeux idiots. Non, vraiment, le quotidien du matin n'était plus mon journal intime.

Oscar se tenait à peu près là où je l'avais rencontré, la première fois. Côté rue Saint-Antoine, la porte d'accès au périmètre de la Colonne était ouverte. Travaux. Oscar la claqua derrière moi, cela fit un bruit sourd, très désagréable. Il était vêtu d'un ensemble bleu qui, la casquette en moins, ressemblait à bien des tenues de service. De guide des musées parisiens à gardien de square. Il sortit de la poche de sa vareuse bleu nuit cette chose, ce gros calibre, que j'avais déjà aperçu à *La Boca.* Sur sa bande magnétique, il m'avait prévenu. Si jamais nous devions nous revoir, il fallait que je me méfie.

— Où allons-nous ?

— On descend.

— Tu fais partie des services municipaux, maintenant ?

— Peut-être bien.

On n'entre pas si facilement dans la Colonne de Juillet. A défaut d'autorisation exceptionnelle bureaucratiquement obtenue, il faut une manif un peu chaude, voire une insurrection pour accéder dans son secret. Ou une très vieille et très intime connaissance des lieux. J'étais personnellement familier de ces diverses possibilités-là. Négligeant l'escalier à vis montant vers le Génie, Oscar m'entraîna vers le bas. Vers la crypte, vers le canal.

Dans le mausolée sont censées être réunies les cendres des “citoyens français” qui “s’armèrent et combattirent” pour “la défense des libertés publiques”, les 27, 28 et 29 juillet 1830. On sait que s’y mêlent les restes de quelques momies égyptiennes, reliquats de la campagne d’Egypte de Bonaparte, malencontreusement jointes aux martyrs. Quelle importance ? Le feu de la Semaine sanglante ayant mêlé le tout en un crématorium indistinct. Le reste n’est plus que rite.

— Viens.

Couloir, escalier raide. C’est vers le canal qu’Oscar me menait. Ici intervint une curieuse anecdote. Nous croisâmes une jeune fille, presque une apparition. Elle était longue et mince, très blonde – bien jolie –, et avançait dans le souterrain, se guidant à la lueur d’allumettes de ménage.

— Que faites-vous là ?

— J’explore, dit-elle du ton de l’évidence.

— Ah !

Elle passa son chemin, une sorte de vision fugitive, Oscar passa le sien. Qui était le mien. A cause du pistolet dans les reins.

Une marche encore puis l’étroite berge du canal. Un trottoir glissant ne tolérant pas le moindre écart. L’eau noire, menaçante. A main droite, l’ouverture du bassin de l’Arsenal. A gauche, le gouffre plat, avide, les ténèbres jalonnées de loin en loin de pâles fuseaux de lumière obliques. Par là, à quelques kilomètres, on rejoignait le canal Saint-Martin… en bas de chez moi.

C'est vers la gauche qu'Oscar me poussa. Le moindre de nos pas résonnait sous la voûte. Je connaissais bien l'endroit, les émotions troubles qu'il pouvait susciter. Un coupe-gorge, certes. Un beau recoin pour faire l'amour.

Nous marchâmes sur une trentaine de mètres.

— Stop.

J'obtempérai. Quel besoin avait-il de toute cette mise en scène ? Il se tenait à quelques pas, l'arme toujours en main mais pas très menaçante. Il paraissait mal à l'aise.

— Je ne suis pas ce que j'ai dit. Pas complètement.

— Tu n'as pas torturé ?

Il se mordit les lèvres.

— Si. Ça, je l'ai fait. On ne pouvait pas faire autrement. C'était la guerre.

Au-dessus de nous, à la surface, le ciel dut se dégager. L'éclat des colonnes de lumière diffusées par les bouches d'aération de la voûte s'en trouva plus vif, frappant l'eau d'auréoles glauques. Il me fallait un gros effort pour réaliser que l'homme qui se tenait devant moi, qui lâchait ses aveux truqués en courtes phrases agressives, était celui qui avait torturé et violé Jessica. Elle et tant d'autres. Je savais aussi que si par inadvertance il m'en laissait la moindre opportunité, je… je ne voulais pas le tuer. Je voulais le cogner, longtemps, qu'il souffre et que ça dure, que ce soit insoutenable et que ça n'arrête pas.

— Une guerre dégueulasse. Dans ma tête, tout le temps, je revis tout.

— Il faut te plaindre ?

— Je me fous de ce que tu penses ! Et je me fous de ce que pensent ta copine et les autres qui sont sortis de nos pattes ! Je les déteste et je les méprise.

La voûte répercutait ses paroles en écho.

— Je paye ! Je paye à ma manière. Je n'ai besoin d'aucun tribunal.

— C'est pratique.

— C'est l'enfer ! Peux-tu comprendre ça ? C'étaient des ordures et ils nous ont forcés à être pires qu'eux. Et maintenant ils se pavanent. Ils jouent les martyrs ! Et moi…

Il gesticulait, assez grotesque. Pas encore assez pris par l'espèce de fièvre qui montait pour que je puisse lui foncer dessus avec une chance raisonnable de lui faire la peau. Je n'avais plus spécialement envie d'être raisonnable. Question de secondes.

— C'est pour me raconter ces conneries que tu as tenu à me voir ? Et pourquoi ici ?

Oscar prit sur lui-même. Me le montrant même un peu trop.

— Ici, c'est parce que je connais bien. Il y a longtemps que j'ai trouvé le moyen d'entrer sous la Colonne. Une bonne planque pour un… comment dites-vous déjà ? "Sans domicile fixe".

— Et puis ?

— Il ne faut plus publier d'articles sur Ortiz (à nouveau il s'agita). Pas avec des photos de moi, pas avec ce que j'ai dit sur la bande magnétique.

Il faisait très sombre mais j'en étais certain, derrière lui quelque chose bougeait dans l'ombre, doucement.

— J'ai menti à propos d'Ortiz. Il n'est pas à Paris. Et s'il vient…

Tout se passa assez vite. La silhouette qui se dégage de l'ombre, Oscar qui se retourne, le coup de feu avec le vacarme qui se répercute à n'en plus finir, moi qui me précipite et reconnais Villon, les cris, les halètements.

Ce fut un corps à corps médiocre. Oscar ne parvint d'abord pas à se dégager de mes doigts qui l'étranglaient. Plusieurs fois je cognai sa tête contre le ciment de la berge. La crainte, le désir fou d'en finir avec lui. Cela faisait un bruit horrible et apaisant. Ses ongles me griffaient le visage, les mains. Je crus sentir qu'Oscar cédait. Quelques fractions de seconde. Il se tendit, s'arc-bouta, nous força à rouler. Je sentis le poids de Villon sur moi. Il tenta de nous retenir. J'avais tout le buste dans le vide. Quelques centimètres, une autre tension. Je basculai. La chute. L'eau glacée. Je lâchai prise. Des mains m'agrippèrent, m'empêchant de revenir à la surface et j'eus peur, très peur. Je tentai de me débattre. Le poids de mes vêtements, l'eau épaisse, mes sursauts de survie me semblaient avoir la lenteur des courses immobiles, dans les cauchemars. Puis l'étreinte se desserra. Je me sentis faire des gestes désordonnés pour tenter de regagner l'air libre. Je pus enfin respirer, tousser, cracher cette eau dégueulasse qui m'envahissait la gorge, les poumons, tout le corps. Villon me prit par la manche, tentant de me ramener vers la berge. Le peu que je vis de son visage à ce moment-là était plus qu'inquiétant. Le flic était hagard. Il lâcha prise.

— Le bras, hoqueta-t-il. Je ne peux plus.

Je parvins à atteindre la bordure de ciment poisseux, tirai à mon tour le flic. Nous restâmes ainsi quelques longues secondes, épuisés. Je me retournai. A plusieurs mètres de nous, Oscar tentait de rejoindre la rive opposée. Il nageait lentement, maladroitement mais avec une rage qui me fit renoncer à toute idée de poursuite. J'avais les yeux, le nez, la bouche encore pleins d'eau pourrie.

Je pus l'apercevoir, tentant de se hisser sur le trottoir. Il glissa plusieurs fois, y parvint finalement. Lui aussi devait être à bout de forces. Il disparut dans la pénombre.

— Un bras bloqué, l'autre blessé, dit Villon. Il va falloir que vous m'aidiez.

Au point où nous en étions ! Il me fallut pas mal de temps avant de réussir à grimper sur la berge, du temps aussi avant de reprendre souffle, du temps enfin avant de pouvoir tirer Villon jusqu'à moi. Nous restâmes assis, dos à la voûte, abrutis, ruisselants. Je ne sais pas ce qu'il ressentait, lui. Moi, je me sentais vieux.

Je l'aidai à enlever son blouson. L'os n'était sans doute pas touché, la blessure était quand même sérieuse. En fait, il ne pouvait plus tellement bouger le bras gauche. Le flic claquait des dents.

— Il a tiré tout de suite. Je n'ai pas riposté.
— Vous avez eu peur de me toucher, c'est ça ?
— J'ai eu peur de quantité de choses.
Nous dégoulinions de flotte putride, nous étions dans un des plus beaux endroits de Paris. Nous étions ridicules.

Chez moi, il n'y avait rien. Plus rien. Ni personne. Qu'un mot scotché sur le Bras armé. "Partie, chez Marti." Signé Ida. Au-dessus, elle avait tout enlevé, toutes ses affaires, tout nettoyé. Il ne restait plus guère qu'une encore assez forte odeur. La priorité n'était pas de la chasser. Je pris le téléphone.
Rita m'assura que Jessica avait bien quitté la cour du Cheval-Blanc. Sans encombre. Comment ?
— Comment ? Tu connais ce coin mieux que moi. Toutes les maisons communiquent. Personne ne la guettait et elle est partie discrètement. Elle est en danger ? Plus en danger qu'avant ?
Ce que j'en savais, au fond ! Si Oscar avait pu me contacter, c'est qu'il me suivait à la trace depuis des jours. Un exercice pas trop difficile malgré mes pauvres précautions. Etait-il seul ? Sûrement pas. Ce qu'il avait tenu à me dire, qu'Ortiz, Ortiz et sans doute les autres n'étaient pas à Paris, c'était de la diversion. Un écran de fumée, une réaction aux articles du *Soir.*
— S'il a bougé, dit Villon, c'est qu'ils s'affolent. C'est bien.
— Vous êtes content de vous ?

— D'accord. Tout à l'heure, j'ai été un peu lent à comprendre ce qui se passait.

C'était, paraît-il, ma faute. Mon habitude de franchir les palissades ou les grilles sans prévenir. Il n'avait même pas reconnu Oscar tout de suite.

— Et après, je me suis perdu dans la crypte.

"Un endroit étonnant", ajouta-t-il, comme s'il avait à m'en convaincre. N'empêche, torse nu devant le lavabo de ma salle de bains, le flic grimaçait. L'ouate imbibée d'alcool avec laquelle il tamponnait sa blessure devait le cuire, terriblement.

— Aidez-moi à faire un pansement.

La balle avait déchiré le biceps. Une plaie très laide qui exigeait des soins plus sérieux que notre bricolage. Villon blêmit tandis que je tentais de serrer la gaze. En consultant un annuaire, il devait être possible de trouver un honnête médecin, espérer qu'il viendrait avant que cette épave de flic ne tombe dans les pommes. Après, il faudrait sérieusement envisager d'appeler la police, la vraie.

On se pressait à la galerie, la foule des invités de Marti débordait même sur le trottoir. Quelques habitués du *Balajo* passaient jeter un coup d'œil sur les toiles et les dessins exposés. Sans omettre de profiter du buffet généreux que Baxter avait installé au fond, dans l'atelier.

— Vous avez réussi à vous débarrasser des mannequins ?

— Un de vos amis de la rue de la Roquette a acheté le lot. Il croit que je lui ai fait un prix mais, de vous à moi, il m'a bien dépanné.

Baxter se foutait éperdument des mannequins, et de Maleo. Il sortit l'exemplaire du *Soir* qu'il avait plié dans sa poche.

— Je suis encore sous le choc. Ça ne va pas améliorer l'idée que vous avez de moi, mais j'ignorais… tout ce qu'elle a subi. Elle ne m'en a jamais rien dit.

Ça avait l'air vrai. C'était accablant. Baxter tremblait, la voix brouillée d'une émotion qu'il contrôlait mal.

— Ce qu'ils lui ont fait…

— Je n'ai pas d'idée sur vous, monsieur Baxter. Et ce n'est grave ni pour vous ni pour moi. Vous n'avez vraiment pas su voir le corps de cette femme-là.

— Vous voulez dire… ?

Je ne voulais pas parler uniquement des cicatrices. Je n'avais surtout aucune envie de discuter de Jessica avec un directeur de galerie.

Un bourdonnement continu de conversations venait des salles. Beaucoup d'habitués de *La Boca*, des Latinos inconnus, des gens du quartier, des collègues artistes, quelques ouvriers également du chantier à qui j'avais parlé de l'exposition. Roger, le contremaître, le casseur en chef, était là.

— Ça vous plaît ?

— C'est beau, dit-il. Mais ça ne nous facilite pas le travail. Avec le boulot qu'on fait, comment voulez-vous qu'on n'ait pas de remords ? C'est comme les peintures des gosses.

— Quels gosses ?

— Ceux-là.

Les Mi Noche Triste se livraient à un pillage en règle du buffet. De la poche du treillis de Jill de Ray dépassait une bombe peinture.

— Vous croyez que ça nous amuse de travailler au bull les fresques qu'ils font sur les murs ? De changer de place les palissades qu'ils peignent ?

— Vous ne trouvez pas ça beau ?

— Si, justement ! Seulement, je ne fais que mon boulot et je passe pour un vandale. Je vais vous avouer. Ils m'intriguaient, ces gosses. Une nuit, je me suis mis en planque dans un appartement vide de la rue de Charenton et je les ai attendus. Je les ai vus faire. Ils ne m'ont pas vu. C'était formidable. En moins d'un quart d'heure, ils ont barbouillé tout un pan de mur. Peut-être vingt mètres carrés. Magnifique. Des couleurs… !

— Et puis ?

— Ce mur-là était au programme du Poclain, pour le lendemain. Rien à dire, c'était le plan. A part quelques copains, personne n'a pu voir leur tableau. C'était pourtant beau ce qu'ils avaient fait : un quai, avec un bateau au fond. Un cargo. Y avait aussi une pute et un client. Mais l'important, je crois que c'était le cargo. En pleine place de la Bastille. Ils ont dû nous en vouloir, les mômes.

Pas forcément. J'étais même persuadé du contraire.

— Je vais vous présenter.

— Je n'y tiens pas, dit Roger assez vivement.

— Pourquoi ?

— On fait ce qu'on a à faire, les uns et les autres, chacun dans son coin. C'est le même, mais vu que c'est pas aux mêmes heures… c'est pas le même. Une sorte de coexistence pacifique. S'il y a des choses à raconter en plus, vous saurez très bien le faire.

Roger ajouta qu'il se faisait tard et qu'il était temps de partir.

L'exposition plaisait. Quelques bribes de phrases saisies me l'assuraient. Mais c'était une impression sans importance, qui ne pouvait même pas laisser présager ce que seraient les papiers des spécialistes patentés. Aucun de ceux qui étaient présents ne se risquait à prendre la moindre note sur le plus petit bout de calepin. On parlait beaucoup de Jessica, des articles du *Soir.* Marc était au moins aussi entouré que Marti. Sinon plus. Villon était là également. Fort heureusement personne n'avait l'idée de faire attention à lui.

— Votre bras ?

— Un mois d'arrêt de travail, dit-il morose. Ça arrange tout le monde.

— L'enquête ?

— Ils ont mis un petit jeune sur le coup. Il a dit qu'il me verrait demain, ou plus tard. Il a beaucoup à faire. Qu'est-ce que vous avez à me regarder comme ça ?

C'était vrai. Je le regardais. Attentivement.

— Rien. Vous devriez peut-être vous raser, un de ces jours, c'est tout.

— Ah ? Une barbe de trois jours, je croyais que c'était chic.

— Au moins : prenez une douche.

Rita passa et m'enleva au flic. Fourreau noir et fume-cigarette de trente centimètres de long, elle ressemblait à la traîtresse orientale d'une bande dessinée de Milton Caniff.

— Regarde, me dit-elle. C'est le clou de la soirée.

Ida fit son apparition, star retardataire, venant de l'atelier. Une merveille ! Du rouge, des plumes, des paillettes. Elle était un mélange absolument inédit de Môme Bijoux (qui se souvient d'elle ?) et de Mae West. Des flashes crépitèrent. Elle tendit le dos de sa main à baiser. On se précipita. Marti plaqua ses interlocuteurs et bouscula des gens importants pour aller étreindre celle qu'il aimait.

Dehors, pas tout à fait dans l'ombre, je crus apercevoir la silhouette de Maleo, vieux trench et casquette, malgré la tiédeur de cette nuit de printemps.

— Tu es la plus belle, dit Marti.

— Ce soir, c'est vrai, me souffla Rita.

Elle avançait, Ida, et devant elle le chemin se dégageait. Marti la tenait cérémonieusement par le bras. Œuvre après œuvre, il lui fit les honneurs de son exposition. Jusqu'à la dernière nappe dessinée. Une chose légèrement étonnante sur laquelle, jusqu'à présent, je n'avais pas trop voulu réfléchir.

De loin (et c'était manifestement fait pour être aussi vu de loin), cela ressemblait à un buste de femme, entre bouche et pubis. Avec deux gros seins ronds, énormes. De plus près, c'était un plan de ville délirant. Plus délirant que tous les autres encore. L'un des larges mamelons devenait centre de la place de la Bastille, l'autre indiquait l'"Obelisco" célébrant le quatrième centenaire de Buenos Aires. L'estuaire de la Seine avalait le gratte-ciel Cavanagh. Un passage de l'Opéra formait un émouvant jeu de rides du côté du ventre, pas bien loin d'un très incertain carrefour de la Commune de Paris. Une station de métro portait le nom de Cortázar. Une autre celui de Borges. Ce nom était raturé. Puis réécrit. Il y avait une rue Discepolo, une rue Enrique-Cadicamo, une rue Annibal-Troilo. Pas loin d'une autre place, dessinée au crayon rose, la place du Capitole, elle aussi gratifiée d'un opéra. Des petites notes. "Flétrie, fardée, sublime, ma ville, toi." Cent détails, interférences, entrecroisements s'offraient là. Je ne voulais pas trop les voir, pas trop vite. Prendre le temps de ce mode d'emploi. Tracé à la mine de plomb, assez discrètement bien que recouvrant tout le haut du dessin, un parafe reproduit, très exactement je crois. Une interjection fraternelle. Un mot d'ordre. Un emblème. "Che." Rien que ce mot.

Je n'étais pas du tout sûr d'aimer cette dernière nappe. Ida poussa de petits cris, fendit la foule pour venir m'embrasser alors que je ne lui demandais rien.

— C'est ton vrai choix ?

— Ne me dis pas que je me fais baiser, me souffla-t-elle. Je le sais.

Elle s'éloigna, se ravisa.

— Je continuerai à venir nourrir tes chattes, si tu veux.

Elle parlait bas, très bas.

— Son dernier dessin, je suis ennuyée. Il me dit qu'il l'a fait pour moi.

— Eh bien ?

— … c'est vraiment de la merde (elle haussa les épaules et ses seins vibrèrent). Une pure merde. C'est mauvais pour lui. Et tu sais quoi ?

— Quoi ?

— Il voulait qu'il y ait un orchestre de tango, ici, ce soir, pour accompagner l'expo.

— Pourquoi pas ?

— Moi, le tango, votre tango, j'en ai plein le cul.

— Pourquoi es-tu revenue ?

Elle guida ma main et la plaqua sur sa poitrine.

— Parce qu'il a du fric et une queue qui fonctionne, encore un peu.

Autour, il n'y avait rien à dire. Une sympathique soirée mondaine, modérément alcoolisée. La critique du *Soir*, une assez belle brune garnie de bijoux hors de prix m'assura (à elle non plus je ne demandais rien) qu'elle ferait un papier de fond sur cette expo véritablement édifiante. “Edifiante” était son mot. La bouche de cette fille était curieuse. Des lèvres fines, crispées par une durable avidité sans joie ni véritable appétit.

— Un papier de fond, répéta-t-elle.

— Avec une grande photo, dit Marc.

Il était dans son élément. Tout le monde y était. Il n'y avait que moi pour m'ennuyer un peu. Et Villon, vraisemblablement. Avoir les mêmes lassitudes qu'un flic n'était pas un réconfort.

— Ce dossier a eu un effet terrible, dit le journaliste. Le tout est, maintenant, de ne pas lâcher la queue du dragon.

On parlait trop de queue, dans cette soirée.

— Où est Jessica ?

— Peu importe, dis-je. Demain matin, quand j'aurai dessoûlé, je viendrai t'apporter des révélations exclusives sur la réapparition d'Oscar et sur les malheurs de notre flic préféré.

— J'y compte bien.

Il savait compter. Marti vint se joindre à nous. Lui aussi avait *Le Soir* plié dans sa poche. La poche d'un spencer qui ne lui allait pas très bien. A cause de l'embonpoint, je pense.

— Ces photos que vous avez publiées, elles sont terribles.

Comme tout le monde, il avait déjà beaucoup trop bu. Tout en parlant, il lorgnait les évolutions d'Ida. Quoi qu'il ait pu en dire, le départ de sa maîtresse l'avait apaisé. Sans qu'il puisse pour autant se passer d'elle. Il n'avait eu d'autre choix possible que de la faire revenir. Bienheureux enfer. Ida avait entrepris Baxter. Elle se frottait contre le pauvre homme gêné. Rien que pour le plaisir d'être vue. Par Marti et le monde entier.

Marti but son scotch et se prit de nouveau à nous agiter le journal sous le nez.

— Ces photos sont terribles parce qu'elles sont d'abord terriblement belles ! A votre avis, combien de types se sont branlés depuis ce matin en regardant les images de Jessica violée ? Combien de braves types ici même ? Il ne fallait pas publier ces photos. C'est mal de l'avoir fait.

— Jessica y tenait.

Pauvre réponse, personne n'était dupe.

— Elle se jetterait sous un camion, tu la laisserais faire ?

Je n'avais jamais fait autre chose. Marti s'échauffait tout seul.

— Je ne suis pas un grand politique, moi. Pas un grand exilé douloureux. On ne me traque pas. Je n'étais pas au pays quand il y a eu toutes ces horreurs. Mais j'ai un peu de morale. Tout à l'heure, en baisant avec Ida, je pensais à ces photos. C'est important de bien savoir ce qu'on a dans la tête quand on baise. Eh bien, j'ai décidé que peut-être j'allais faire une série de tableaux, sur ces tortures et sur ces viols. Comme le dingue qui colle ses affiches partout dans le quartier. Tout comme lui ! Et ce sera plus digne que votre saloperie de journal. Au moins, il y aura de la compassion, du…

— Du quoi ?

— Du sentiment.

Les choses s'organisant parfois avec une rigueur redoutable, Jessica choisit d'entrer dans la galerie à ce moment précis. Un vague silence s'installa. Elle me prit par le bras.

— Offre-moi un verre.

Les gens s'écartèrent sur notre passage, gênés, ne sachant trop quelle attitude prendre. Quelques fidèles de *La Boca* se risquèrent à des signes amicaux discrets. Jessica ne répondit à aucun.

Arrivé au buffet, je servis un verre de bourbon. Sans glace, comme d'habitude.

— A ras bord, s'il te plaît.

Elle but l'alcool lentement, gorgée après gorgée, sans s'arrêter, jusqu'à la dernière goutte. Elle reposa le verre, elle tremblait un peu. Je pense que j'étais le seul à m'en rendre compte.

— Ressers-moi.

— Tu es sûre ?

— Je suis venue ici précisément parce que je veux bien me tenir jusqu'au bout. Ne crains rien.

— A côté, les conversations n'avaient pas véritablement repris. Flottement pénible. Je vis Baxter s'éclipser, Villon esquisser un de ces sourires dont il avait maintenant le secret. Marti se trémoussait d'un pied sur l'autre. Marc se massait le cou. Jessica me prit la bouteille des mains, emplit un autre verre, me le tendit.

— Trinquons.

— A quoi.

— A nous. A la victoire finale. A la liberté ou la mort. A Paris. A mon départ pour Buenos Aires.

Ida se détacha du petit groupe au milieu duquel elle paradait, hésita, vint vers nous. Son maquillage se défaisait. Une petite coulée humide luisait entre ses seins. Le silence se refit pesant.

Ida s'arrêta devant Jessica, se dandina maladroitement.

— On se connaît pas bien, vous et moi, dit-elle d'une voix très mal assurée. Je sais ce que j'ai envie de faire, mais je ne sais pas comment le faire.

— Que voulez-vous faire ? répondit Jessica.

— Ça.

Presque brutalement Ida saisit Jessica aux épaules, la pressa un instant contre elle, l'embrassa, plusieurs fois.

— Voilà ce que je voulais faire. Vous embrasser. Parce que…

— Dites.

Je vis distinctement Ida rougir.

— A *La Boca*, pour moi, vous étiez une fêtarde comme les autres. Un peu plus belle. Du genre à rendre les types dingues. Mais dans le journal d'aujourd'hui, j'ai vu… que vous étiez une grande dame. Voilà, c'est dit.

— Fêtons ça, dit Jessica.

Elle pouvait boire beaucoup, là n'était pas le problème. Le problème, c'étaient ces vêtements qu'elle avait choisi de mettre ce soir, blouse et longue jupe de soie. Très cher. Le plus beau de ce qu'elle avait à montrer pour un dernier soir de fête. Le problème était le pistolet dans le sac. Et cette tension qui n'avait pas une seconde fléchi depuis qu'elle était entrée. Et cette gravité.

— Tu pars quand ?

— Je témoigne le 15 juin.

— D'ici là ?

— Oh ! D'ici là…

Une jeune femme se glissa parmi les invités qui, de nouveau, s'étaient remis à discuter. D'abord, je ne sus pas l'identifier. Blonde, jolie, attifée d'un T-shirt fluo très jaune et d'un pantalon moulant très violet. Puis, je me souvins. C'était elle que nous avions croisée dans la crypte de la Colonne. Elle me reconnut aussi, eut une petite grimace drôle qui pouvait signifier aussi bien que ce genre de soirée n'était pas son truc. Ou que les peintures de Marti ne valaient pas un clou. Elle disparut.

— Voilà qui est d'un goût exquis, dit Jessica.

— Tu parles de quoi ?

— De ceci.

Les mannequins d'étalage avaient disparu, mais Baxter n'avait encore trouvé personne à qui fourguer les deux fauteuils de dentiste. Ils trônaient dans un coin de l'atelier, rendus visibles par le souci qu'avait eu quelqu'un d'élargir l'espace et de repousser les plantes vertes en pots qui les dissimulaient jusqu'alors.

— Partons, dit Jessica.

Au-dessus des toits de la rue de la Roquette, le Génie de la Bastille éclairé brillait comme sur une photo de Robert Doisneau. Le printemps était là, cela se voyait à la tenue des filles, la nuit. Je glissai ma main sous la blouse de Jessica pour mieux sentir le mouvement de ses seins à chaque pas.

— Moi aussi, j'ai envie de toi, dit-elle.

Une fois encore, nous arrivâmes sur la place, ouverte, nocturne. Des voitures filaient, des passants hésitaient, du moins j'eus cette impression-là. Ce fut comme le moment où le bandonéon suspend son souffle, attend, prêt à prendre toute son ampleur, tout son emportement. La main de Jessica se serra plus fort sur mon bras. Nous nous dirigeâmes inévitablement vers *La Tour d'Argent*.

Chez moi s'empilaient toutes les photos du bouleversement de ce théâtre. Elles se mêlaient aux centaines d'autres traces de mes histoires que je ne parvenais pas à classer. Ida elle-même avait renoncé à m'aider. Pourtant, elle connaissait beaucoup de ma vie et du quartier, de ses mille ramifications, strates, réseaux, passages secrets. Tout cela était étalé par terre dans cet appartement devenu dépôt, comme les lames d'un tarot dont je ne parvenais plus à saisir, même fugitivement, le sens. Maintenant, ils allaient s'attaquer à la brasserie.

— Le seul bâtiment restant qui ait vu la prise de la Bastille.

— Pourquoi faire ça ?

Pourquoi ? Plantée à la lisière du chantier, une pancarte soignée expliquait le principe. D'abord casser, ensuite reconstruire d'après les plans d'origine. Il était question de "restitution des façades du XVIIe siècle". Ça ressemblait à une opération de prestige, très culturellement menée.

— On détruit du vrai et on restitue du toc. Une copie d'ancien à la place d'un rade vivant. Le drôle est que ce sera sûrement très beau. Et la vie s'y réinstallera d'une manière ou d'une autre.

Le rez-de-chaussée, tout le premier étage étaient dévastés. Roger et ses compères avaient enlevé les vitres, les décorations extérieures, la plupart des enseignes. Pas toutes.

A l'angle de la place et de la rue de Charenton, restait la plus belle. Une longue double plaque en métal vaguement argenté, bordé de noir, avec une tour médiévale dessinée plutôt grossièrement, mais orgueilleuse.

— *Tour d'Argent* ? Pourquoi ?

— Parce que l'auberge qui était installée ici faisait face à la tour sud-est de la Bastille. Peu après la construction, à la fin du XIVe siècle, on y avait entreposé le trésor royal.

Jessica voulait des anecdotes ? Je pouvais lui en fournir. Jusqu'à la Révolution, l'auberge elle-même avait aussi sa tour. A deux issues, parce que s'y donnaient des rendez-vous galants. De cette tour, la brasserie actuelle n'avait gardé qu'une trace symbolique. Une petite construction en bois, au-dessus de la porte d'entrée. Désormais arrachée, avec tout le reste. Le bâtiment ressemblait déjà à une ruine.

— Qui habitait dans les appartements, au-dessus ?

— Les serveurs, les apprentis, et puis le patron. Il s'appelle Solignac. La bâtisse appartenait à sa famille depuis 1913.

— Qu'est-ce que tu ressens ?

— Il y a longtemps que j'ai choisi d'aimer Paris malgré tout.

Il ne m'aurait pas déplu d'y vivre plus d'émeutes. L'amour de la rue, c'est d'abord cet investissement-là, avec ses stratégies, ses ruses, sa violence au bout du compte. L'insurrection. Il ne me déplaisait pas non plus d'être un simple flâneur.

— Quand tu seras très vieux, dit Jessica, définitivement catarrheux, perclus de rhumatismes et encore plus bougon que maintenant, tu te feras embaucher comme guide et tu expliqueras la ville aux jeunes générations. Tu feras ça très bien. Et je suis certaine que les vieilles dames nostalgiques t'écouteront avec beaucoup d'intérêt.

— Je crains assez de finir de cette manière. Où allons-nous ?

— Ici.

Nous entrâmes sur le chantier par une brèche de la palissade, entre deux affiches annonçant la "Nuit de l'Agro". Le groupe Rita Mitsouko en serait la vedette. Quelques pas et le vacarme ronronnant de la place se fit plus diffus, ouaté, simple fond sonore distant. Une belle nuit claire.

Les débris arrachés à la façade étaient entassés là où se tenait quelques semaines avant l'étal du mareyeur. Des planches, des tiges plastifiées, des moellons de plâtre accrochés en grappe à des entrelacs de ferraille tordue. Je distinguai des éléments de portes, de grands lambeaux de tissus déchirés, des moulures en stuc fracassées. Partout des éclats de verre, des papiers. Dans une pile étalée, je ramassai un menu. Il était périmé. La bouteille de "Chablis domaine Laroche" à dix-huit francs ou le

"Chateaubriand-Robespierre" à seize francs cinquante faisaient partie des très anciens souvenirs de table.

— Viens, dit Jessica. Entrons.

Nous dépassâmes la vieille borne "Police-secours" depuis longtemps hors d'usage. Pour de mystérieuses raisons, les démolisseurs l'avaient jusqu'à présent respectée. De même, ils avaient laissé presque intact le comptoir à tabac, à l'intérieur, juste à l'entrée. Les rayonnages étaient vides bien sûr, mais ce coffrage en demi-cercle de bois laqué prit à mes yeux l'allure d'un vestige précieux. A droite, en haut, le plafond était percé d'un large trou circulaire. L'emplacement de l'escalier escamoté. Cette béance ouvrait sur l'ancienne salle de restaurant du premier étage. Une échelle double permettait d'y accéder.

Là-haut, le désastre était plus manifeste. Seulement des gravats jonchant le reste de moquette usée.

— Nous avons mangé ici, un soir. C'était où ? Quelle table ?

Il ne restait plus aucune table. Du bois brisé, des cloisons éventrées. Pas d'autres repères. Nous avancions prudemment, nous tordant les pieds presque à chaque pas. Une petite porte donnait sur un escalier intérieur. Il était obscur et encombré d'énormes sacs en papier. Des déchirures de certains d'entre eux s'étaient échappés quantité de croûtons de pain rassis, conservés dans je ne sais trop quel souci d'économie. Ils recouvraient chaque marche. Nous grimpâmes, mains crispées sur la rampe branlante, faisant crisser le pain sec sous nos talons.

— Voilà les appartements, dit Jessica.

Vides. Saccagés eux aussi. Ils étaient distribués par une enfilade de portes, une sorte de couloir, longeant le côté intérieur de la façade. La lumière jaunâtre des réverbères de la place pénétrant par les fenêtres accentuait tous les coins d'ombre.

Jessica me précédait. Nous traversâmes quelques chambres désertes. Çà et là, des bouteilles vides, des annuaires, des livres de comptes, un camping-gaz, de la paille même. D'en bas, à nouveau très distinctement, montait la rumeur de la circulation : emballement de moteurs, crissement des freins, tout un brouhaha vivant. Jessica s'accouda à une fenêtre.

— C'est beau, la place de la Bastille. A chaque fois.

Elle retroussa elle-même sa jupe jusqu'au-dessus des reins.

— Tu vas me baiser et je vais regarder la place. Les voitures, les gens, tout ce mouvement. Comme ça, oui. Pour fabriquer un autre souvenir. Tu veux ?

Nous étions la nuit du vendredi 31 mai. Des motards étaient rassemblés sur le terre-plein, au-dessus du bassin de l'Arsenal. Leur rendez-vous habituel. Ils cohabitaient avec une petite fête foraine. Un manège, des autos tamponneuses, un marchand de frites. Des baraques violemment éclairées de néons multicolores. Les engins se lançaient parfois en rugissant, pour quelques tours de piste autour de la Colonne. Jessica dit qu'elle voulait être complètement nue.

— Il faudra que je n'oublie pas qu'il y a un panneau "Attention-Aveugles", au coin de la rue. Ni que le Génie s'élance sur son pied gauche. Ni cette caresse-là, sur ma poitrine.

Elle n'oubliait jamais rien.

— Rien, c'est vrai. Ce qu'ils m'ont fait. Cette vieille petite dame qui trottine là-bas et que nous sommes sûrement les seuls à voir. Cette bouche de métro désaffectée, sous la fenêtre. Ce que me fait ta queue. Ce taxi qui passe. L'envie que j'ai que tu m'encules. Les mots que tu as su dire sur mon histoire dans le journal. Ce pistolet dans mon sac. Les fêtes de *La Boca*. Le rire d'Ortiz. Cette sarabande que nous avons menée ici, un soir de mai où il y avait de l'orage. Ta bicyclette, la première fois que je m'en suis servi, boulevard Richard-Lenoir, et comment j'ai failli me casser la figure avec, juste devant le cinéma porno. Nous sommes allés au porno, après. Les affiches de Miguel. Je n'oublie pas. Je ne peux pas. Rien.

Je suppose qu'on sait toujours quand on fait pour la dernière fois l'amour avec une femme qu'on aime. C'était le cas. Jessica se rhabilla lentement. Dehors, un motard fut heurté par une voiture. Un choc méchant, banal. La moto vira, glissa sur le pavé. Il y eut même des étincelles. Le type tomba lourdement. Il y eut aussi un bruit, un craquement, dans la pièce voisine.

— Il y a quelqu'un, dit Jessica.

Déjà, elle avait saisi son pistolet et se précipitait. Des bruits de pas résonnèrent. Une fuite. Un peu ridiculement, Jessica n'avait pas encore remis sa jupe. J'aimais voir son cul courir. Il y avait peut-être une possibilité de coincer le type, par un autre escalier.

Les amas de croûtons répandus gênèrent la descente. A l'étage inférieur, je ne pus qu'apercevoir une ombre qui s'esquivait, déjà lointaine. Peut-être une illusion.

— Il y avait réellement quelqu'un, dit Jessica.

— Un clodo un peu voyeur.

— Ou quelqu'un de plus dangereux.

Il me plut de la caresser encore un peu, quasi nue et armée dans cette maison vide. A nos pieds, au milieu des détritus, il y avait un exemplaire du *Soir*, froissé. Jessica sous Ortiz.

— Ils ne me voleront plus jamais rien, dit-elle. Pas non plus les images de moi-même. Et toi, tu auras eu droit à toutes. Sans exception.

Le motard était toujours étendu, sur le dos, immobile, dans la position où l'avait laissé sa chute. On se pressait autour de lui. La police, les gyrophares. Je ne parvenais pas à trouver déplaisants ces rituels de la nuit. Je ne voulais pas non plus trop savoir ce que Jessica comptait faire pour le temps qui restait, avant son départ pour Buenos Aires. Je me souvins de Maleo et de l'injonction qu'il m'avait faite de me méfier de *La Tour d'Argent*, vieux roué. Je me souvins surtout de sa tristesse d'amoureux vaincu tout à l'heure, devant la galerie, rue de Lappe.

De nouveau dans la rue, je proposai à Jessica d'aller prendre un verre chez lui. Une manière comme une autre de repousser le moment où elle allait me dire qu'il fallait qu'elle s'en aille.

— Je préfère te quitter tout de suite, dit-elle.

— Définitivement ?

— On se reverra peut-être, mais forcément mal. Ce n'est pas grave. Je sais que tu ne m'aimes plus. Ne proteste pas. Cette nuit, tu ne m'as pas prise une seule fois en photo.

COUR DE JUIN

Aujourd'hui, tu vas entrer dans mon passé
Et nous prendrons d'autres chemins.
Comme notre amour a été grand !
Regarde ce qu'il en reste.

Esta noche, amiga mia, beberemos.

Marti gisait, disloqué, dans une large tache de sang épais, moiré de reflets brun noirâtre. Du sang, il y en avait aussi sur le mur blanc et encore sur le plan de ville fantôme accroché au-dessus du cadavre. Une longue giclée dégoulinante dont un Jackson Pollock aurait tout aussi bien pu être l'auteur. Sur le plan une coulée définitive joignait Faubourg-Saint-Antoine et Avenida Florida. Je n'eus pas le cœur à interpréter les autres signes de cet ultime brouillage de carte. Le visage déjà figé de Marti n'exprimait rien d'autre que la stupeur. Villon ordonna qu'on remît le drap en place. Autour, les fonctionnaires des services de police compétents s'affairaient avec des gestes précis.

— Facile à reconstituer. C'est à peine l'aube. Quelqu'un frappe. Il ouvre, aucune raison de se méfier. Aussitôt, il prend une balle en pleine poitrine, à bout touchant ou presque, puis une autre. Du gros calibre. Mais avec silencieux. Dans la rue, personne n'a rien entendu.

— Et puis ?

— L'assassin continue. Il traverse l'atelier, va vers l'atelier. C'est assez moche, je vous préviens.

Prévenu ou pas, c'était horrible. Ida était étendue, morte, au pied des deux fauteuils de dentiste. Nue sous son peignoir largement ouvert. Peau laiteuse et trous sanglants. Je sentis monter la nausée. Cet assassinat était un mélange d'injustice et d'obscénité.

— Elle est morte dès la première balle, dit Villon (sa voix tremblait), mais laquelle ? Celle qui a frappé en pleine tête ? Ou cette autre dans la poitrine ?

L'assassin avait aussi tiré dans le bas du ventre, plusieurs fois et de très près. Un dense mouchetis de poudre s'était incrusté dans la chair blanche. Un acharnement dérisoire, ou d'une ignoble nécessité.

— Recouvrez-la, dis-je à Villon. Vite. S'il vous plaît.

Un flic tira sur le drap. La dernière image que j'eus d'Ida fut ce visage livide, barbouillé de maquillage et de sang, avec cette bouillie éclatée, emmêlée de touffes de cheveux teints, à la place du front.

Le témoignage de Jessica et les photos étaient scotchés au mur, à côté d'une grande esquisse au fusain encore très confuse. Une sorte de scène de torture.

— D'après Baxter, ils s'étaient pratiquement installés ici, depuis quelque temps.

Marti avait même déménagé une partie de son matériel. Plus d'espace que dans l'atelier de la cour de Mai. Plus de lumière. Il travaillait mieux. Quelquefois, il restait dormir, avec Ida. Un matelas était posé dans un coin. Quelle était l'hypothèse de Villon ?

— Ortiz, ou Oscar, répondit-il très vite. Ou l'un des leurs.

Ça ne tenait pas. Pas une seconde.

— Marti ne faisait pas de politique, dis-je. Il n'était pas cité comme témoin au procès.

Villon se laissa aller à marcher de long en large, ses bras handicapés animés de petits mouvements secs.

— Vous n'y connaissez rien à la politique de la terreur, mon vieux. Quand ils torturent, la plupart du temps, ils se foutent pas mal d'obtenir des aveux. Ils savent déjà tout. Quand ils assassinent, surtout de cette manière-là, c'est d'abord pour intimider d'autres gens importants, pour susciter la panique. Où est Jessica ?

Peut-être à Buenos Aires. Je n'en savais rien. Depuis plusieurs jours, je tentais de me convaincre que je n'avais pas à le savoir. L'assurance agitée de Villon m'irritait.

— C'est vous qui êtes chargé de l'enquête ?

— Non. Je suis toujours en disgrâce, presque suspect. Mais je fais partie de la maison, on me tolère. Le type qui me remplace sur mes dossiers n'est pas un mauvais bougre.

Selon Villon, c'était seulement un mauvais flic.

N'ayant pas le cœur de tenter de voir Maleo, je me rendis directement au *Soir*.

Derrière le bureau de Marc était collée une grande affiche. Une main de couleur jaune, bordée de noir : "Touche pas à mon pote". Elle appelait à un grand rassemblement antiraciste, place de la Concorde, une fête géante avec quantité de groupes, de chanteurs. Une bonne idée. Ça devait se passer le 15 juin. Le jour où Jessica devait témoigner.

Marc était dans un de ses mauvais jours. Moi aussi. Il avait pour cela quelques bonnes raisons. J'étais prêt à m'en inventer de mauvaises. Nous parlâmes peu du "double crime de la rue de Lappe" (ainsi titraient les dépêches d'agence). Nous étions d'accord sur le caractère absurde des hypothèses de Villon. Pas pour les mêmes raisons.

— Ce flic devient fou. Ortiz n'est pas dans le coup.

Le ton était péremptoire. Marc avait des éléments nouveaux et il tenait à me les faire partager. Avec un certain agacement.

— Un de mes gars du service Cinéma est venu me voir, tout à l'heure. Il raconte des choses tout à fait passionnantes. Il est derrière la porte. Le mieux serait que tu l'entendes.

— Je vais très peu au cinéma. Fais-le entrer.

Il entra. C'était un type de taille moyenne, avec front dégarni et regard myope. Il paraissait un peu nerveux et sa veste en tweed chinée était mal assortie à sa cravate. Ou bien c'était la mode. Ou bien il m'était antipathique.

— Comme ça n'avait plus l'air de vous intéresser, Marc m'a demandé de jeter un coup d'œil sur les rouleaux de pellicule que vous avez laissés dans le coffre.

Sa voix aussi était désagréable. Il se racla la gorge.

— Hum ! Il me semble que les séquences qui… celles dont nous avons tiré des documents que nous avons publiés en les présentant comme des preuves… eh bien…

La suite allait d'elle-même. De la fiction. Des montages.

— Il faut savoir qu'en Corée, à Hong Kong, aux Philippines, et aussi en Amérique latine, il y a des sociétés, pas très légales, qui produisent ce genre de films. En quantité. Il y a un vrai marché pour cela. Un public.

— C'est vrai de toutes les photos que nous avons publiées ?

— Il peut toujours y avoir un doute. Mais en ce qui concerne les images tirées du lot de films que vous avez trouvé… il s'agit à mon avis de stock-shots de pornos un peu hard, très spécialisés. Quelques-uns des protagonistes qui apparaissent en deuxième plan ressemblent beaucoup à des comédiens qu'on retrouve régulièrement dans ces films à diffusion… nécessairement restreinte.

Il parlait avec l'arrogance timide d'un expert honteux.

— Vous pourriez prouver tout cela ?

Ça l'ennuyait de casser le coup de son patron. Marc avait l'air vraiment en rogne. Contre moi.

— Pas dans l'immédiat. Mais à court terme, sans doute. Je ne dois d'ailleurs pas être le seul à pouvoir faire ce genre de démonstration. Et puis…

— Oui ?

— Votre source ? Cet homme qui a disparu et qui s'appelait Julio. Il était assez connu dans les milieux spécialisés.

— En films pornos sadomasos ?

— Entre autres, finit par lâcher le ciné-critique. Un homme pas très fiable, si vous voulez mon avis.

Personne ne le lui demandait. Ni dans ce bureau, ni vraisemblablement dans le journal où s'étalait sa prose. Mais il le donnait quand même et il gagnait sa vie comme ça. Marc le pria de nous laisser.

— C'est un con, lâcha-t-il, à peine l'autre eut-il franchi la porte. Il pense que Belmondo a peut-être encore du talent et que Garrel est un grand cinéaste. Mais pour ce qui est de notre affaire…

— Tu penses qu'il a raison ? Jacob, l'avocat, a formellement reconnu Ortiz.

— Jacob était un avocat brun clair, tendance marron. Il fonctionnait sur des coups tout en laissant ses dossiers en plan. Vérifie auprès de tes copains latinos. La plupart d'entre eux s'apprêtaient à lui retirer leurs dossiers quand il est mort. Reconnaître Ortiz sur ces photos, c'était pour lui un coup de pub.

— Il en est mort.

— Pas forcément assassiné. Les statistiques de Villon sont pleines de gens qui meurent électrocutés dans leur baignoire. On est dans une sale histoire. Tu ne sais pas encore le pire.

Il se décida à sortir le bourbon, ce qui pouvait passer pour une volonté d'apaisement au moment d'aborder les choses sérieuses.

— J'ai reçu hier un télex de notre correspondant à Buenos Aires. Pas pour publication. Pour information.

— Eh bien ?

— Le bruit court avec insistance qu'on a retrouvé Ortiz. Du côté de Córdoba. Il a de la famille là-bas, paraît-il. Il se serait constitué prisonnier pour mettre un terme à sa courte désertion.

— C'est tout ?

— Non. Notre correspondant précise qu'Ortiz a donné un texte qui circule dans les amicalcs militaires d'extrême droite. Il y explique qu'il a un peu fait le mur parce qu'il a été "nerveusement ébranlé", ce sont ses termes paraît-il, par la campagne de calomnies dont l'armée et lui-même sont l'objet, par les procès, etc. S'il a choisi de réapparaître, dit-il toujours, c'est parce qu'il ne supporte pas d'être en position irrégulière vis-à-vis de son commandement, lui qui a toujours été un soldat discipliné.

— Et dans la mesure où il en obtiendra l'autorisation de ses chefs, il est prêt à répondre à toutes les accusations dont l'accable le complot communiste international, c'est ça ?

— A peu près.

Il avait comparu devant ses pairs galonnés, et ils l'avaient jugé innocent. La demande d'extradition avait été refusée. Pour spectaculaire qu'il soit, l'actuel procès des chefs d'état-major n'était qu'un exorcisme à conséquences limitées, l'étape un peu difficile vers une amnistie plus ou moins formelle qui marquerait le *"punto final"* que redoutaient tant les Mères de la place de Mai. Ortiz ferait un peu de prison pour abandon de poste.

— Qu'a-t-il fait pendant tout ce temps ?

— Matériellement, bien sûr, il a pu faire le crochet par Paris. Mais...

Marc n'y croyait plus. Et moi, plus tellement. Sur son bureau, il avait étalé l'ensemble des jeux de photos qui nous étaient parvenus tout au long de cette affaire. Inutile de les compulser encore. Les photogrammes tirés des films du Paramount pouvaient provenir de n'importe quelle officine. Mes photos faites boulevard Richard-Lenoir pouvaient représenter le frère d'Ortiz. Ou n'importe qui. Ils se ressemblaient ? Marc me tendit une photo, un bélino AFP. Un des rares portraits du tortionnaire. Extrêmement flou.

— Les photos de Jessica ?

— En Argentine, pas de vraies réactions, dit Marc.

— C'est-à-dire ?

Il se redressa, massif, prit le temps de faire le vide devant lui, d'écarter toutes les images qui encombraient son bureau. Puis il posa les paumes bien à plat sur le plateau de bois, sali de taches d'encre, de graffitis crayonnés.

— Cette affaire nous file comme du sable entre les doigts. Mais je suis certain que le matériel fourni par Jessica, celui que tu as traité, que j'ai publié... je suis certain que ce matériel est dans le vrai, même si...

— Si ?

— Même s'ils l'ont rendue folle.

En sortant du bureau de Marc, dans le couloir, je croisai la journaliste rencontrée à la galerie lors du vernissage. Celle qui m'avait un peu trop longuement assuré que l'œuvre de Marti était "édifiante". Le papier qu'elle avait produit pour *Le Soir*, quelques jours après, avait été du style flingage à vue, avec cette particularité de parler de tout sauf de l'exposition tout en concluant qu'elle était nulle et inutile.

On m'avait rapporté que Marti avait croisé la dame, depuis. Nous ne nous saluâmes pas. Malgré les lunettes fumées qu'elle portait, on voyait bien l'étendue de l'hématome entre pommette et œil gauches, bleuté. Marti y était allé d'une belle gifle, à défaut d'un vrai cassage de gueule ; car il avait toujours su être un vrai macho. Ce que cette pétasse à bouche amère ne comprendrait jamais. Comme le reste. Une critique.

Les petits jeunes avaient eu vite fait de se créer un monde dans leur nouvel antre. Tous les murs du petit appartement de la cour de Juin, squatté par les Mi Noche Triste, étaient déjà recouverts de fresques étonnantes. Y étaient évoqués tout le Buenos Aires du port, et quelques autres lieux de dérives aussi. Highways et cabarets. Des mômes vulnérables à l'exotisme.

— On est bien ici, dit Dragon Lady. Le seul emmerdement, c'est le flic qui vient de s'installer en dessous. Lui aussi, il squatte.

— Quel flic ?

— Villon, il s'appelle. Tu sais bien, c'est ton copain.

— Il habite ici ?

— Depuis quelques jours, oui. Je crois même qu'il a organisé le coup avec l'encadreur qui a laissé la place.

La cour de Juin était le dernier décrochement, au bout du passage du Cheval-Blanc. Une voûte, une cour carrée, avec des meubles entreposés ou abandonnés, et des chats à la robe mitée. On accédait aux appartements par un escalier ouvert.

Si *Le Soir* avait été un vrai journal branché, ç'aurait pu faire un scoop : Poupée brisée s'était jointe aux Mi Noche Triste. Plus qu'une alliance, une fusion. Elle était venue avec ses robes en lamé rose bonbon et bleu des mers du Sud. Avec tous ses portraits de Marilyn, de Jayne, de Jean, de Gene. Avec ses bombes à peinture, ses pochoirs. Et quelques-unes des photos-souvenirs que j'avais faites d'elle.

— La nuit, désormais, on y va ensemble.

Tout le matériel était là, prêt à servir, déposé au milieu de leur minuscule local communautaire. Les pots, les brosses. D'autres instruments aussi. Des bombes lacrymogènes, des matraques télescopiques, un nunchaku et diverses bricoles du même genre. Tout un matériel d'autodéfense. Il ne manquait plus que le berger allemand. Mais peut-être sauraient-ils m'expliquer qu'ils s'étaient mis à aimer les chiens.

— Tu te souviens des mecs qui nous ont agressés ? dit Jill de Ray. On les a repérés. Une bande de skins qui viennent des Halles. Coin pourri.

— Des fachos. Pas question qu'ils fassent la loi dans le coin. On les attend.

— Quel genre de fachos ?

— Des skins, on te dit. Comme on dirait des punks. Mais eux, c'est le feeling croix gammée, sans deuxième degré. Des cogneurs. On va leur montrer qu'on n'est pas exactement des non-violents.

Cette nuit, ils allaient faire quelques murs, bien en vue. Attendre les autres avec des outils à portée de la main. S'ils ne se manifestaient pas cette nuit, ce serait pour la nuit suivante. Ils ne se laisseraient pas faire, ça allait de soi. Et ça n'avait rien à voir avec les chasses aux chats argentines.

Nous prîmes le maté. Des photos circulèrent de main en main. Toujours des photos. Celles-ci venaient de Buenos Aires.

— Depuis que c'est à nouveau la démocratie là-bas, les murs ont été repris, dit Dragon Lady.

Pas uniquement par les politiques et leurs mots d'ordre à la con. Par des gens comme nous.

Des peintures murales, des pochoirs. Gardel, le Che. D'autres visages que je n'identifiais pas. Les jeunes s'enthousiasmaient. De ville à ville, ils s'envoyaient les photos de leurs œuvres respectives.

— Il y a cette affiche-là, dit Jill de Ray. On a pensé que ça t'intéresserait.

Le "Jessica torturée" de Miguel. Toute une série d'affiches, collées sur un mur de crépi ensoleillé.

— Photo prise la semaine dernière, Avenida de Mayo. Une idée des Mères. Elles continuent leurs manifestations, paraît-il.

— Où ont-elles trouvé ce dessin ?

Les Mi Noche Triste avaient fait, mine de rien, leur petite enquête. Dragon Lady m'expliqua.

— Cette affiche, nous, on la trouve plutôt tarte. Mais c'est une allusion à ce qui s'est passé chez nous. On a envoyé une photo aux copains de là-bas. Alors, ils nous ont envoyé en retour un collage identique. Curieux, hein ?

— Pas plus de détails ?

— Si. D'après notre correspondant, l'affiche avait déjà été collée au moment de la dictature. Celle d'un homme d'abord, puis celle d'une femme. Celle de la femme n'a été visible que quelques jours. Les Mères ont dû penser que c'était bien de la reprendre. Elles ont la mémoire tenace.

— Remarque, dit Jill, on aimerait toujours savoir qui est le dingue qui colle ça dans Paris.

Moi aussi, j'avais envie de savoir qui était finalement Oscar, perdu dans tous ses mensonges. Perdu, lui, comme d'autres.

A l'étage du dessous, de la lumière filtrait sous la porte. Villon était dans son nouveau chez-lui. Je crus entendre Milva accompagnée par Piazzola. Non seulement le maestro n'avait pas toujours eu une attitude très digne sous la junte, mais il servait parfois la soupe à des partenaires indignes. Le temps de quelques degrés d'escalier, j'entendis Milva massacrer *Balada para un loco.* Ce flic allait décidément de plus en plus mal. J'avais hâte de rentrer chez moi.

L'enseigne était posée là, sur mon palier. Celle de *La Tour d'Argent.* Bien plus lourde et longue que ce que j'avais pu imaginer de mon trottoir, banal badaud. Tout y était. La double plaque de métal peint, les arabesques de fer forgé pointu autour, pour faire joli. Un beau cadeau. Il ne pouvait venir que de Jessica. Comment avait-elle fait ? Et avec qui ? Je l'imaginais mal coupant seule la hampe de l'enseigne à la scie à métaux, réceptionnant dans le même mouvement l'encombrant emblème et me le livrant ensuite.

Je traînai la nouvelle relique dans le living. Elle disputerait forcément la vedette au Bras armé. Il faudrait lui trouver une place. Où ? Cette pièce tendait à devenir une annexe anticipée du musée Carnavalet. Les chattes vinrent se frotter à mes mollets. Puis elles flairèrent longuement l'enseigne. Ronronnèrent. Ida avait raison. Elles aimaient la rue. A domicile.

Je dormis mal sans trop savoir, au réveil, de quoi j'avais bien pu rêver. Je ne me souviens jamais de mes rêves. Pas non plus, à plus forte raison, de mes cauchemars. Sans doute y avait-il eu une place pour Ida, poupée molle et voluptueuse, criblée de balles. Pour un Villon clochardeux se débattant sur une rive étroite, battant l'air de ses bras raides et sombrant à la fin dans le médiocre Styx du canal souterrain. Pour un Maleo parant de fanfreluches et de froufrous des mannequins ensanglantés. Pour une Rita, soudain très vieille, écoutant du tango sur son gramophone, cherchant des yeux qui pourrait rallumer le mégot de sa Boyard éteinte. J'avais peut-être rêvé de *La Boca* déserte. Ou du cul de Jessica. Ou d'une Ford Falcon, attendant devant chez moi. D'un martèlement de bottes. Ou de pas de flics dans l'escalier. On sonna.

Je vis entrer Villon. Si j'avais eu le souvenir des mauvais rêves, il aurait ressemblé à ça. Cet homme fichu. Il n'avait pas dû entrer dans une salle de bains depuis que je l'avais emmené dans la mienne, après la bagarre avec Oscar. Ses cheveux devenaient de plus en plus rares et de plus en plus blancs. Sa veste de tweed puait la déchéance.

— Rappelez-moi, dit-il. Qu'est-ce que vous mangez à cette heure-là ?

A peine neuf heures. Dans le frigo, il y avait du tarama plus très frais, des cornichons malossols, un reste assez désolant de carpe farcie, des harengs à la crème. Et du chablis.

— J'ai de nouveaux renseignements sur Oscar, dit le flic en grignotant son cornichon.

Aux chattes, je servis ce mélange de foies de volaille, d'œufs et d'oignons finement hachés qu'elles affectionnaient particulièrement. Préparation maison.

— Rien de complètement vérifié, mais d'après des collègues américains, c'est un drôle de client.

Je préparai du café fort. Versai un bol de lait fermenté aux filles.

— Avant de venir en France, il a traîné un peu partout. Plusieurs fois, il a tenté de vendre des révélations sur les pratiques de la junte, pendant la dictature. Quelquefois, ça a marché.

— Un escroc ?

— Pas tout à fait. Mais sûrement un sans-grade. On n'a pas retrouvé trace de lui à l'Ecole de mécanique de la marine où il prétend avoir sévi. D'accord, ça ne prouve rien.

— Jessica l'a formellement reconnu.

— Il ne figure pas sur les photos.

— Si.

— Vous les avez sous la main ?

— Les originaux, non. Mais le numéro du *Soir*, oui.

— Regardez !

C'était peut-être à cause du mauvais encrage. Ou du mauvais papier. Ou à cause d'histoires trop compliquées qui venaient de trop loin. Oscar était-il cet homme qui riait, derrière cet autre qui écartait les jambes de Jessica attachée sur une table ? Peut-être. Je n'avais jamais vu rire Oscar.

— Elle dit que c'est lui !

— Merde ! Je pense aussi que c'est lui, s'emporta le flic. C'est mon intime conviction, comme disent ces connards de juges. Et malgré ce que raconte votre pourri de copain journaleux, je suis également persuadé qu'Ortiz est à Paris. Qu'il a fait le grand nettoyage et qu'il entend bien continuer.

Villon reposa brutalement son verre. Qui se cassa. Il réussit ainsi à s'esquinter un peu plus. Pas une très grosse coupure. Le sang perla. Cet auto-déglingage systématique avait quelque chose de fascinant.

D'un geste agacé, il retira l'épine de verre qui s'était fichée dans sa paume.

— Il n'y a que moi pour arrêter ces salauds. Ça arrange trop de gens, tout le monde, ici et là-bas, qu'Oscar soit une balance de deuxième zone et Jessica une nymphomane. Mais moi, je sais ! Je sais qu'Edgardo n'a pas eu un simple accident. Je sais que Julio n'a pas été victime d'un petit règlement de comptes entre dealers. Que Ruben ne s'est pas suicidé parce qu'il avait des peines de cœur. Et Marti ? Et Ida ? Des crimes strictement crapuleux ? Allons donc ! Je sais que Jessica dit la vérité. Et vous savez aussi !

Son sang pissait sur le parquet, par petites gouttes. Il ne s'en préoccupait pas, muré dans sa logique fanatique. Le chablis avait un sale goût. Bouchonné. Ou bien c'était autre chose. Un malaise plus grave.

Le jeudi 6 juin, j'arrivais à bicyclette au pied de la Colonne quand je la surpris, adossée à la grille. Elle prenait des photos. "Surpris" n'est évidemment pas le bon terme. Elle ne se cachait pas. En face, la destruction de la brasserie avait commencé.

— Nous nous sommes déjà vus.

Elle rit.

— Dans la crypte, dit-elle. Et là-bas, à la galerie.

Chemise de mec trop large, jupe courte et bas de laine noirs, un grand cabas accroché à l'épaule, elle avait un faux air de Carolyn Carlson fortement mâtiné de vrai charme personnel.

— Moi, c'est Maggy. Vous, c'est Victor.

— Comment le savez-vous ?

— C'est inscrit sur votre boîte aux lettres. Désolée d'avoir été indiscrète quand je suis venue apporter l'enseigne. Elle vous a plu ?

— Alors, c'est vous ?

— Pas moi seulement.

Un détail me frappa soudain. Sur la façade de la brasserie côté place, entre deuxième et troisième étages, était écrit "*La Tour d'Argent*", en grosses lettres de métal. Le A du mot "Argent" avait disparu. C'était nouveau.

— Vous avez remarqué aussi, dit Maggy. Ça m'énerve. Je n'arrive pas à savoir quand il est tombé, exactement.

Elle m'expliqua, comme si cela allait de soi, que depuis des semaines et des semaines elle visitait tous les jours le chantier. Elle tenait de son évolution une sorte de journal. Mais voilà, à cause d'une salle grippe dont elle sortait à peine, elle avait raté toute une étape de la destruction.

— Je n'étais même pas là le jour où ils ont attaqué.

— C'était le 3 juin.

— Je n'ai aucune photo.

— Moi, j'en ai.

— Et vous ne savez pas quel jour est tombé le A ?

— Hier. Ou ce matin, dis-je. Je n'ai pas pris de photos, hier.

Maggy assurait gaiement cette conversation de collectionneurs frustrés. M'assura qu'elle viendrait à bout du mystère du A manquant. En attendant, tout allait vite. Sur la partie droite de la façade, le toit, le haut des étages étaient ouverts, comme après une canonnade. Poutres pendantes, papiers peints ridicules, éboulis de moellons, meubles oubliés. Une partie du bâtiment que Jessica et moi n'avions pas explorée.

— L'enseigne ?

— Ah, oui ! L'enseigne. Une histoire toute simple. La veille de ma grippe. Votre amie rôdait, derrière la palissade. Passé une certaine heure, il n'y a pas tellement de gens qui font ça.

— Vous le faites, vous ?

— Bien sûr. Je vous ai déjà dit que je suis amoureuse de ce coin-là. Donc, elle zonait. Elle avait l'air de chercher quelque chose, ou quelqu'un. On a parlé.

— De quoi ?

— De tas de choses. Des gens qui fréquentaient le chantier. Vos copains qui font de la peinture sur les murs. Ce clodo qui s'est installé dans les appartements vides.

— Quel type ?

— Pas exactement un clodo, allez savoir ! Il a pris ses quartiers là, quand on a fermé le restau. Tantôt il loge dans les anciennes chambres du personnel, tantôt dans celles de l'hôtel de la rue de Charenton. Tout ça communique.

— Vous le connaissez ?

— Il est discret. Plutôt fuyant. Les gars du chantier lui foutent la paix. Ils vérifieront seulement qu'il ne traîne pas dans un placard, avant de faire la casse définitive. L'histoire de l'enseigne, ça vous intéresse toujours ?

— Allez-y.

Maggy précisa qu'elle savait que mon “amie” s'appelait Jessica, qu'elle avait vu sa photo dans le journal et que d'ailleurs, rétrospectivement, elle était amusée et impressionnée par cette rencontre. Elle racontait les choses avec le ton enjoué d'une gamine qui parle des dernières frasques de son ours en peluche.

— Cette enseigne, elle la trouvait belle. Elle m'a dit qu'elle aurait bien voulu l'offrir à l'homme qu'elle aimait. Je ne savais pas que c'était vous mais j'ai pensé que c'était une bonne idée. Facile à réaliser. Roger n'était pas loin.

— Roger, le chef des travaux ? Vous le connaissez ?

Elle rit derechef, ravie de voir à quel point nos intimités n'étaient pas les mêmes sur ce coin de Paris que nous fréquentions tous deux assidûment.

— Roger, pour le moment, c'est mon meilleur copain. Il était en train de picoler à *La Bretagne*, rue de Charenton, avec d'autres gars. Je lui ai expliqué l'affaire et il a dit que, si c'était pour une histoire d'amour, il n'y avait pas de problème. Rien que le temps de trouver une scie, c'était parti. Il a grimpé. En moins de cinq minutes, on avait l'enseigne. Je tiens à vous assurer que votre Jessica s'amusait comme une folle. Comme ça pesait lourd, Roger a pris une camionnette et on a tous été déposer le cadeau sur votre palier. Ça vous a plu ?

— Beaucoup.

— Vous avez intérêt. D'après Roger, il y avait pas mal d'amateurs sur les rangs. Quelqu'un lui a même proposé jusqu'à cinq mille francs pour récupérer l'objet.

— Pourquoi vous l'a-t-il donné ?

— Parce qu'il m'aime bien, que votre amie est très belle et qu'il est un homme du monde.

Elle reprit son appareil. Pas loin, d'autres machines étaient à l'œuvre, cassant dans le vif, méthodiquement. J'étais venu pour faire la même chose que Maggy. Pour prendre note.

— Vous dites que vous venez ici tous les jours. Pourquoi ?

Tout en photographiant, chacun de notre point de vue, elle me raconta. Une sorte d'histoire de famille. Un de ses lointains parents avait été destructeur de la Bastille.

— Membre des équipes mises en place par le patriote Palloy, après 1789, quand il s'est agi de démanteler la forteresse. Il a tout fait, mon ancêtre. Mis des têtes d'aristos sur sa pique et abattu des murs à la pioche. Il a aussi sculpté des petites Bastilles dans des pierres récupérées.

Une idée de Palloy. Faire tailler des Bastilles miniatures dans les pierres de la prison, et les envoyer dans chaque département du royaume. Gros succès.

— Mon aïeul n'a gardé pour lui qu'un seul souvenir de la Bastille. Vous voulez voir ?

Maggy sortit de son cabas un gros cadenas rouillé. Avec sa clé. Une pièce énorme.

— Héritage de famille ! On bouclait certains cachots avec ça.

— Vous ne vous en séparez jamais ?

— Pas quand je viens ici.

Vu son poids apparent, le cabas devait contenir d'autres fétiches incongrus du même genre.

— Après, continua-t-elle, j'ai eu un ancêtre communard. Lui, il en voulait à la Colonne. Allez savoir pourquoi ! Il a été de ceux qui ont mis le feu à la crypte. A ce qu'on sait, il est mort sur une barricade, rue de Charonne. Ensuite…

Elle était intarissable. Et puis, elle avait tout noté. Sur un gros livre, qu'elle gardait toujours dans son cabas, évidemment. Un livre en braille. Pas mal de pages restaient blanches mais sur beaucoup, entre les signes pointés en léger relief, courait une écriture enfantine.

— Je l'ai trouvé dans une cave. J'ai pensé que c'était l'idéal pour tenir mon cahier de bord. Mon histoire dans une autre histoire. Non ?

Elle faisait toutes les caves du quartier. Equipée d'une grosse boîte d'allumettes de ménage et de son cabas. Elle faisait les toits aussi. Et les appartements vides.

— Je prends des photos, des croquis, je vais en bibliothèque. J'explore. J'ai des aventures. C'est drôle que nous ne nous soyons pas rencontrés avant.

Croyait-elle vraiment qu'on se rencontre si aisément dans les villes ? Plus est assidue la flânerie, plus elle isole, finalement. Au moins des autres flâneurs. On ne lit bien que seul. Je laissai là Maggy, me découvrant pressé.

Rue de la Roquette, la boutique de Maleo était toujours fermée. Rideau de fer. Je pris la cour du Cheval-Blanc, poussai jusqu'à *La Boca*. Fermée également. J'avais les clés mais je ne pus me résoudre à les utiliser. J'avais la crainte de trouver à l'intérieur la Rita imaginée dans ce rêve que je n'avais peut-être pas eu. Fanée et triste, écoutant sans fin les tangos grinçants joués par son gramophone.

Le soir gagnait avec un ciel d'orage surchargé d'admirables nuages de plomb, amas troués parfois de taches d'un bleu crépusculaire intense. Les premières gouttes tombèrent. Il y avait de la lumière chez Marc, je montai.

Rien n'avait bougé ou presque depuis plusieurs mois. Il vivait toujours environné de cartons et de caisses posées là, telles que les avaient laissées les déménageurs. Marc n'avait à peu près installé qu'un seul coin, paradoxalement situé dans le passage en verrière qui reliait les deux parties très distinctes de l'appartement. Ce passage dominait la cour de Février. Une table, un lit, des piles de journaux, une machine à écrire. Pas plus douillet que cet autre recoin qu'il s'était réservé dans les locaux du *Soir*. Marc dormait au journal deux nuits sur trois.

— Les meurtres de la rue de Lappe ont été revendiqués, m'annonça-t-il à peine le premier verre servi. Par la Triple A. Un coup de téléphone à l'AFP.

Calibre employé, nombre de balles, disposition des cadavres : le correspondant avait, paraît-il, donné suffisamment de détails pour que son message soit pris au sérieux.

— Le communiqué revendique également toutes nos autres affaires : Edgardo, Julio, Ruben. Qu'est-ce que tu en penses ?

Villon était devenu fou. L'Alliance anticommuniste argentine, pas plus qu'aucun autre commando de la mort, n'était au travail à Paris. Quantité de réfugiés étaient rentrés au pays sans encombre, certains pour témoigner et pas sur des fariboles.

— Tu penses que c'est lui qui a balancé le communiqué ?

Qui d'autre que Villon pouvait inventer une affaire politique à propos du meurtre d'Ida et de Marti ?

Des rafales de pluie fouettaient la verrière. Il était étrange de se retrouver à l'abri, suspendu au milieu de ce passage où tout s'était noué. Un orage violent, une belle esquisse de catastrophe. En bas, seule au milieu d'un halo de réverbère (peut-être n'était-ce que l'enseigne d'un artisan), à peine protégée par le rebord du toit, Jessica guettait.

Elle leva les yeux vers moi. Cheveux, visage ruisselants de pluie, robe trempée collant au corps. Elle aurait aussi bien pu être nue. Comme cela, elle était encore plus désirable. Nous nous regardâmes quelques secondes, à travers le voile des gouttes qui roulaient sur la vitre. Jessica se tendit soudain, sans doute alertée par un bruit. Elle disparut.

— Que se passe-t-il ? demanda Marc.

Rien. Rien que l'orage. Tout allait bien.

Des bruits de pas précipités martelèrent l'escalier. On sonna. Plusieurs fois. Marc fronça le sourcil.

— Qui est cet agité ?

C'était Villon. Il entra en trombe.

— C'est vous, le journaleux, que je souhaite voir, dit-il. Mais… (il se tourna vers moi), puisque vous êtes là, c'est encore mieux.

— Que se passe-t-il ?

Villon ressemblait à ce qu'il avait été ces derniers jours. Fébrile, aux lisières de la crise. Pitoyable et ennuyeux.

— Je sais où est Oscar ! Tout près.

Il tendit ses deux bras raides. Puis il tenta de s'essuyer les yeux avec le méchant pansement qu'il s'était enroulé autour de sa main blessée. Larmes, ou pluie ?

— Bon Dieu ! Tout seul, je ne suis pas certain de pouvoir en venir à bout ! Venez !

Marc le considéra durant quelques secondes. Maintenant, le visage du flic suppliait presque.

— OK, finit-il par dire. On y va. Juste une précaution…

Il s'éclipsa, revint très vite, mettant une certaine coquetterie à finir de boucler devant nous le baudrier de son holster.

— Allons-y.

Nous dévalâmes l'escalier. Dehors, il pleuvait toujours dru. Plus de trace de Jessica.

— Par là !

Nous sortîmes en courant par le porche de la rue de la Roquette. Le caniveau était saturé. Une voiture passa, vite, nous éclaboussant sans ménagement.

— Suivez-moi !

Nous courûmes à sa suite, vers la brasserie. Qui cela pouvait-il surprendre ? Oscar se cachait quelque part là-dedans. Villon l'avait pisté, il l'avait vu entrer. Il disait sans doute vrai. C'était surtout conforme à une certaine logique des choses. Le ciel se dégageait au-dessus du centre de Paris. J'avais toujours mon Laguiole en poche. Je ne m'en étais pas vraiment servi depuis novembre.

Le flic passa le premier. Derrière la palissade, le chantier était désert. Les silhouettes d'une grue, d'une pelleteuse géante se profilaient sur fond de ruines. Marc trébucha.

— Silence, chuchota Villon. Il est là-dedans. J'en suis sûr.

L'exploration du rez-de-chaussée se fit rapidement. Le comptoir à tabac avait disparu. Les gravats s'étaient accumulés. La destruction de ce bâtiment évoquait des images faciles de guerre, d'absurdité presque attirante.

Ensuite, les choses se compliquèrent. Oscar n'était pas caché dans l'ancienne salle de restaurant du premier étage. Nous montâmes au second. L'escalier était toujours encombré de croûtes de pain. Toute une aile du bâtiment était impraticable. La pelleteuse l'avait ravagée sans la détruire complètement. Une progression difficile y était envisageable, de jour. La nuit, c'était impossible. En revanche, toute l'aile du côté de la rue de Charenton était restée intacte. Là, outre la rangée de chambres distribuée par le couloir longeant la façade, c'était un puzzle compliqué de pièces minuscules, de placards, de cuisines. Autant de cachettes possibles, difficiles à passer en revue.

— Séparons-nous, dit Villon. Au moins en deux équipes.

— Je décroche, dit Marc.

Le flic en resta interdit.

— Pardon ?

— Je décroche, répéta Marc.

— Peur ? demanda Villon à voix basse.

Je notai que la question n'était pas agressive. Quelque chose que l'on demande sans faire de manières au copain d'à côté quand on est en bande, qu'on va monter à la cogne et qu'on sent comme un flottement. Marc se cabra.

— Ce n'est pas une question de peur, dit-il.

Je sus qu'il mentait. Il continua.

— Je suis en train de réaliser que je participe à quelque chose qui n'est pas mon boulot, voilà tout. Je n'aime pas ça.

Le ton monta.

— Vous préférez vous réserver pour un bel édito, j'ai bien compris ? Une de ces bonnes leçons de morale dont vous avez le secret ?

— Pensez ce que vous voulez. J'espère surtout que je n'aurai pas à commenter une bavure.

— Ne répétez jamais ça, gueula Villon en l'empoignant. Ou bien je vous tue.

Marc avait vraiment peur. Ce chahut ridicule eut pourtant un intérêt. Il provoqua un bruit, un craquement sur un parquet, sans doute à plusieurs pièces de là où nous étions. Je me précipitai.

Il faisait sombre. Quand elles ne donnaient pas, ne serait-ce qu'indirectement, sur la façade, les chambres étaient complètement obscures. Je tombai mais de plus en plus près, devant, le bruit d'une fuite hésitante me guidait. Celui que je coursais ne s'embarrassait pas de manœuvres prudentes. Tout comme moi il soufflait, se cognait dans des obstacles imprévus et je savais que c'était Oscar.

J'arrivai dans un cul-de-sac. Une chambre assez spacieuse, fenêtre sur la rue de Charenton. Papier à fleurs, poster de chevaux blancs, trottant dans une Camargue aux lumières hamiltoniennes. Seau hygiénique. Table de nuit renversée. Le cœur battait vite. Je voulus prendre le temps de le laisser se calmer. J'entendis, pas loin, des pas qui dévalaient un escalier. Il y avait une porte de placard, recouverte de papier peint, dans un coin sombre. Une porte, mais sans placard derrière, vérification faite.

Un minuscule palier, encombré d'un évier collectif. Oscar continuait sa dégringolade. Je sus qu'il ne s'en tirerait pas. Question de dignité. Le reste était affaire technique, de marches à sauter vite, de cavalcade échevelée. Je le rejoignis au palier du premier étage. Il tenta de sortir son arme mais j'avais depuis longtemps mon couteau en main. Il gueula quand la lame lui transperça le bras, roula en arrière.

Un temps il resta comme cela, assis, prêt à bondir. Son flingue par terre, sous mon pied.

— Alors ?

Je poussai le revolver vers la rampe. Il tomba, entre les marches. Oscar grimaça, plongea sa main dans la poche de son blouson puis s'arrêta net. La pointe de mon Laguiole était plantée juste en dessous de sa pomme d'Adam. Le sang se mit à couler.

Je pus me retenir de le tuer. Pas de lui casser la gueule. Pas comme les autres fois, pas pour marquer le coup. Même pas pour être en paix. Parce que c'était juste. Je m'acharnais encore dans ce passage à tabac stupide quand Jessica m'arrêta. Villon la suivit de près. Pas de doute, Oscar avait dû tout faire pour qu'on vienne jusqu'à lui.

L'îlot était condamné. L'immeuble avait été vidé de ses occupants. La première chambre avait été la bonne, petite, loin de tout. Elle sentait le moisi, le plâtre humide, la misère. On y traîna Oscar, la suite m'échappa un peu.

Poignets et chevilles, ils l'attachèrent sur la carcasse d'un lit, trouvé là. Une boule de tissu graisseux dans la bouche, doublée d'un bâillon. Dehors, le jour pointait. Il ne pleuvait plus. Que voulaient-ils faire ?

— Je suis toujours officier de police, dit Villon. Je vais enregistrer sa première déposition.

— Ici ? Bâillonné comme il est ?

— Avec la tête, il peut répondre par oui ou non. Le tabasser ? Lui faire dire n'importe quoi ? Le jour se levait réellement. Un étonnant ciel bleu, lavé. Nous aussi, nous avions une petite chance de redevenir un peu propres. Ne serait-ce que par épuisement. Jessica n'était pas d'accord. Nous n'avions pas la même fatigue. Pas même ça en commun.

— Pas n'importe quoi, dit-elle. Je veux savoir ma vérité. Ma vérité, tu comprends ?

Je pouvais comprendre. D'autres petits matins, je lui avais vu le visage défait, sans fard. J'avais parfois joué avec l'idée que je pourrais le voir toujours. Pas assez. Là, c'était elle et pas elle. Peut-être avait-elle ce visage, au matin de Trelew. C'était ma seule hypothèse amoureuse disponible. Sa vérité ?

— Seulement quelques questions.

Les yeux d'Oscar roulaient, paniqués. Villon lui fit les poches. Un peu de fric, des clés, pas de papiers. Je jetai un coup d'œil sur les clés. Deux d'entre elles portaient une étiquette : "Colonne de Juillet". Je remis le trousseau sur le lit.

— Barrez-vous, dit Villon. Maintenant, vous êtes en dehors du coup. Comme votre copain journaliste. Moi, je veux que ce type dise tout ce qu'il sait et il sait tout.

— Et au besoin, il le dira par tous les moyens ?

— On verra bien qui a raison. Depuis le début.

Je me tournai vers Jessica. Elle aussi attendait que je parte.

— Je veux savoir si c'est lui qui m'a violée, dit-elle beaucoup trop calmement. Et combien de fois. Et avec qui. Et je veux que cela soit dit en présence d'un flic. Même celui-là.

— De lui et pas de moi ?

— Tu peux le prendre ainsi. Mais réfléchis : tu as déjà écrit l'histoire.

Oscar nous écoutait. Il ressemblait à tous les prisonniers. Sa joue tuméfiée, son arcade sourcilière ouverte, c'était à moi qu'il les devait.

— Sors, dit Jessica. Rien qu'une heure. Reviens ici après, si tu veux. J'ai besoin de savoir.

J'évitai de croiser le regard d'Oscar. Je les laissai.

Rue de la Roquette, les gyrophares m'alertèrent. Un fourgon de police stationnait devant le magasin de Maleo. Il était beaucoup trop tôt pour que cela provoque un véritable attroupement. Les flics, dans le quartier, on avait l'habitude. Le rideau de fer était presque entièrement levé. Un des collègues de Villon me reconnut. Je pus entrer.

— Si vous avez pu voir le massacre de la galerie, je suppose que vous pouvez voir ça aussi. C'est dans l'arrière-boutique.

Je mentirais en disant que cela me surprit. Balle dans la bouche. Le vieux s'était suicidé au milieu de ses jouets. Plus précisément, le corps reposait au pied d'un mannequin Stockman. Tête de cire, cheveux naturels, articulations soignées. Ça datait du début du siècle et c'était du grand boulot.

— Maintenant, c'est un peu aéré, commenta le flic, mais c'est l'odeur qui a inquiété la concierge. C'était horrible quand on est entré. Ce type ne s'est pas flingué hier.

Non. S'ils avaient la curiosité de confronter les caractéristiques de la balle qui l'avait tué avec celles retrouvées à la galerie, ils pourraient retrouver la date de son suicide, à quelques heures près, sans avoir recours à l'expertise d'un légiste. L'envie de vomir avait beau s'installer, j'étais presque soulagé.

— Sortons. Ça n'a pas l'air d'aller.

Dehors, il faisait beau, un ciel vraiment pur. Dans la rue, la circulation s'intensifiait. J'aurais beaucoup donné pour que ce soit un matin comme les autres. Sauf que je ne savais pas à quoi un matin comme les autres pouvait bien ressembler.

— J'y pense, dit le flic. Est-ce que vous ne vous appelez pas Victor ?

— Pourquoi ?

— Il y avait une enveloppe à ce nom-là, dans l'arrière-boutique. Les collègues l'ont déjà embarquée avec le flingue et différentes choses. C'était peut-être pour vous. Vous étiez amis ?

Amis ? Je ne m'étais jamais posé la question. Non, nous ne devions pas l'être. Nous vivions même dans des Paris différents qui ne se croisaient que sur quelques manies. Marti aurait pu mettre ça en dessin. Une idée triste.

Le passage du Cheval-Blanc aussi s'animait. Avant d'arriver à *La Boca*, je croisai successivement un ébéniste, un designer branché, l'ancienne directrice d'un mensuel féministe de choc, un encadreur et Dragon Lady. Elle avait les yeux cernés mais semblait contente.

— On a eu les fafs, cette nuit.

— Ceux qui nous ont attaqués ?

— Oui. Et ce qui est super, c'est qu'on les a eus rue de Lyon. A l'endroit même où ils nous avaient tabassés. On leur a fait une de ces têtes !

En plus, les Mi Noche Triste les avaient passés à la bombe à peinture, histoire de fignoler le travail.

— Tu vas à *La Boca* ? C'est fermé, je te préviens.

— Normal, à cette heure-là.

— Ben, il y a une pancarte qui dit que c'est une fermeture provisoire. Rita, elle n'allait pas très bien, ces jours-ci.

Dragon Lady était crevée, elle me quitta. J'allai quand même au cabaret. La pancarte était bien là. Je sortis mes clés, tentai d'ouvrir. Rita avait changé la serrure.

Un instant, je faillis tergiverser encore, reculer le moment d'aller les retrouver, céder au vertige tentant de la place. Je m'engageai rue de Charenton.

Côté numéros pairs de la rue, la plupart des pas-de-porte avaient déjà été murés de parpaings. Les fenêtres aussi. L'hôtel, le salon de coiffure, le restaurant chinois… J'entrai, par le numéro huit. Couloir sombre. Boîtes aux lettres éventrées. La cour minuscule sur laquelle débouchait autrefois le vestibule ouvrait désormais sur toute l'étendue du chantier. Baraques, Quinze-Vingts bleu pâle, terre grasse et bouleversée, encore humide des excès de l'orage de la nuit. Les machines étaient encore en sommeil. Je montai, inquiet de ce silence. En haut, la porte était ouverte.

Oscar était toujours attaché sur le lit. Mort. Villon était assis tout près, sous la fenêtre, prostré.

Ils l'avaient tué. Puisque décidément c'était mon rôle, je me forçai à regarder. Ils lui avaient retiré le bâillon, le visage était tuméfié, boursouflé de sales traces de coups. Pas seulement les miens.

Ils l'avaient salement tabassé, torturé. La langue sortait un peu entre les lèvres entrouvertes. A cause de ce qu'il avait dit, ou refusé de dire, Oscar était mort étranglé. Je devais être à la place de Villon ou de Jessica quand l'un ou l'autre avait fait ça. Car Oscar me regardait, terrifié.

Villon geignait, doucement. Assis, les yeux perdus, son buste oscillait. Un balancement léger, régulier. Il se berçait. Abandonnés le long du corps, ses bras semblaient détendus. Ses mains reposaient à plat sur le parquet souillé, toutes les phalanges écorchées. Je m'approchai de lui. En prêtant l'oreille, au milieu de ses plaintes, je pus reconnaître quelques mots.

— Plus le même homme… il a dit… plus le même homme… et elle…

— Jessica ? Où est-elle ?

— … il paye… il a dit que…

Je giflai le flic à tour de bras. Le flic garda son sourire niais, continua à se balancer. Jessica ?

— … coupable… pas de coupable… coupable… il a dit…

Il était devenu fou. *Loco.* Depuis quand ? Je m'enfuis, dégringolai l'escalier en toute hâte, sans réfléchir, me hâtai sans raison vers la place. Une machine se mit à vrombir. La pelleteuse Poclain. Il y eut un choc sourd, un effondrement, un nuage de poussière. Ils en étaient arrivés au niveau de l'escalier, avec ses croûtes de pain. Une voiture faillit me renverser, comme d'habitude. Des badauds s'agglutinèrent derrière la palissade. Le Poclain repartit à l'assaut. Tout un pan de façade s'écroula. "Tueurs", siffla quelqu'un entre ses dents. Je laissai dire.

Oscar tué, Villon fou. Il n'y avait pas que cela. Une chose manquait dans la chambre. Un trousseau de clés. Je levai les yeux. Jessica y était bien. Tout en haut de la Colonne. Ce ne pouvait être qu'elle.

Je courus. A peine quelques enjambées. Le choc, la chute ne purent me surprendre. Ni le crissement de pneus de la voiture. Je me relevai aussitôt parce que je ne pouvais pas faire autrement. Des cris, des insultes, des coups de klaxon. En claudiquant, je gagnai le centre de la place. La porte de la grille était ouverte. Avant d'entrer, je regardai encore, malgré le soleil dans les yeux, c'était elle. Penchée. Beaucoup trop penchée. Je me précipitai dans l'escalier à vis, sachant bien que j'arriverais trop tard.

Plusieurs fois je glissai, tombai, redescendant de plusieurs marches sans pouvoir me retenir. La poitrine me brûlait, mes jambes se dérobaient, je perdais pied. Tout cela faisait un bruit fou, répercuté à l'infini par le bronze du fût. Interminablement.

La lumière m'aveugla. Le vent, l'air vif. Jessica n'était plus là et je fus long, très long, avant d'oser regarder en bas, son corps inévitable, écrasé sur le dallage.

Le dernier jour fut le 12 juin. Un mercredi. Quand j'arrivai sur le chantier, en début d'après-midi, ils en avaient déjà fini avec la moitié du bâtiment. Il y avait foule sur le trottoir. La destruction faisait spectacle. C'était l'assaut final.

— On terminera aujourd'hui, me dit Roger en descendant de son Poclain. A minuit s'il le faut.

Il parlait comme un sabreur, exaspéré par la résistance imprévue d'un réduit assiégé. Après un assez long silence embarrassé, il me dit aussi que, pour mon amie, il était au courant, qu'il ne savait pas quoi dire. Il s'éloigna, la journée pour lui allait être rude. Une pudeur.

Roger avait vu la chute. Il avait même été de ceux qui avaient témoigné que Jessica était bien seule sur la plate-forme, sous le Génie, quand elle avait basculé.

Avait-elle basculé ou enjambé la balustrade ? J'avais lu les dépositions. Elles étaient contradictoires, incertaines. Vertige ou suicide ? Peu importait, finalement. Elle m'avait fait l'incroyable crédit de me laisser écrire et de présenter tout un pan de son histoire, de Trelew à *La Boca*. Le dernier chapitre ne m'appartenait pas. Ni le détail de son déroulement ni son sens.

Les dents de la pelleteuse mordaient la vieille pierre avec un acharnement, une précision stupéfiantes. Chaque coup portait, accompagné d'un nuage de poussière épaisse. Un ouvrier arrosait en permanence les décombres. Malgré cela, parfois, le pare-brise de l'engin était aveuglé. Le combat ne s'en interrompait pas pour autant. A coups de jets d'eau, de chiffon, Roger ou un autre nettoyait

L'assaut reprenait. Parfois encore, l'assise devenait incertaine. Il fallait que la machine prenne le temps de tasser sous elle, avec son gigantesque bras coudé, l'amas de ruines qu'elle avait accumulé et qui lui permettait de progresser.

Perdue dans la foule, Maggy photographiait. Elle n'était pas la seule. Par goût de la gravité ou de l'anecdote, nombreux étaient ceux qui tentaient de fixer les étapes de l'agonie. Tout ce monde déborda vite du trottoir. Les conducteurs de voitures eux-mêmes freinaient pour voir. Un embouteillage ne tarda pas à se former, consenti plus qu'impatienté. J'étais vraisemblablement le seul à voir là une caricature de dernier hommage.

Le grignotage de la pelleteuse se repérait avec des marques simples : les lettres de la façade. Les grosses lettres métalliques, peintes en rouge bordeaux. *"La Tour d'Argent"*. Plusieurs lettres étaient déjà tombées au milieu du fracas. Les premières depuis la veille. Le *d* apostrophe disparut en même temps que, juste au-dessus, la fenêtre de la dernière nuit avec Jessica.

Avec Jessica ! La résolution d'apprendre à relire Paris autrement qu'avec les jalons que nous avions posés ensemble remontait à déjà longtemps. Depuis la destruction de la gare, dont je n'avais pas été témoin. La convalescence avait été plus longue que prévu, voilà tout. Ville dure et grande dame.

Ils mirent une autre machine en mouvement. Une grue, avec au bout de ses filins une benne, qui pouvait mordre et faire masse. Je remarquai que Maggy notait avec précision sur son gros livre en braille le moment, la minute précise, de la chute de chaque lettre.

Le A de "La Tour" fut le dernier à résister. Il était alors près de vingt et une heures et il ne restait plus de la carcasse de la brasserie qu'un éperon, à l'angle de la rue de Charenton. Là où avait été l'enseigne. Là où était toujours la pancarte "Aveugles", que Jessica s'était juré de ne pas oublier. Elle n'était pas la seule à avoir une bonne mémoire des lieux.

Pour la cinquième ou sixième fois depuis mon arrivée, je rechargeai mon boîtier. J'avais tout. Toutes les ruses, toutes les tactiques de la destruction. Tout en photos. Tout aussi du visage des conducteurs. Leur tension, leur hargne, leur volonté d'en finir, vite.

— Ce n'est pas plus mal de vous dire adieu ici, me dit Baxter. C'est tellement moche.

Il n'avait pas racheté *La Boca*, comme le lui avait proposé Rita. Une idée pas plus bête qu'une autre, il avait hésité. La mort de Jessica l'avait fait renoncer. A tout. A la galerie de la rue de Lappe entre autres qu'il avait louée, pratiquement donnée aux Mi Noche Triste. A Paris ?

— Vous ne m'aimez pas, dit-il. J'ai beaucoup voulu aimer cette ville. Elle ne m'a pas reçu. Je n'ai pas su m'y prendre. Avec personne.

— Vous avez des nouvelles de Rita ?

— Depuis sa dernière lettre du Japon ? Rien.

Il n'y aurait rien d'autre. Elle était bien capable de laisser *La Boca* vide, à tout jamais. Baxter et moi nous serrâmes la main.

Ils s'arrêtèrent. Il était tard. La nuit était presque tombée. Ils avaient des projecteurs mais ils ne les utilisèrent pas. L'éperon tenait toujours, fortifié tout autour par les gravats accumulés. Un grand pan de façade, rue de Charenton, tenait encore bon. Ce soir, ce qu'il leur restait à faire leur prendrait des heures. Demain, l'affaire serait réglée en quelques dizaines de minutes. Ils étaient épuisés.

La foule se dispersa. La circulation reprit son cours. Tout continua.

Je revins, plus tard, après être passé quai de Jemmapes. J'avais la tête tout embarrassée par ce message que m'avait laissé un flic, sans doute celui que j'avais vu dans la boutique de Maleo. Ils avaient ouvert l'enveloppe, il convenait qu'ils auraient pu me prévenir plus tôt. Son contenu m'était adressé. Le vieux me rappelait qu'il fallait que je me méfie de *La Tour*, que quelqu'un s'y cachait. Il me faisait aussi le légataire de son magasin, des mannequins. Le testament, sans être tout à fait orthodoxe, ne devait pas, selon le flic, connaître de grandes difficultés d'application. Le Bras armé, l'enseigne, les photos partout… Les mannequins, les fanfreluches en plus !

Je me glissai derrière la palissade. C'était une belle nuit. Claire. Je n'eus pas trop de mal à trouver ce que je cherchais : les lettres de la façade. Tombées l'une après l'autre. Je récupérai un R et un E, à demi ensevelis. Maggy m'avait précédé, elle avait déjà mis de côté le A et un T. Entre maniaques, il fallait bien partager. Elle m'aida à arrimer cette récolte sur mon vélo. Je ne lui proposai pas de venir me rejoindre plus tard.

La nuit était loin d'être terminée. Je devais rentrer, poser le fruit de la dernière cueillette, et repartir ensuite dans la rue. Avec un seau, une brosse et une partie de cet épais rouleau d'affiches oublié chez moi par Oscar. Comme en attente.

J'avais des dettes à payer, moi aussi.

TABLE

BABEL

Extrait du catalogue

220. SIR JOHN HUNT
Victoire sur l'Everest

221. MICHEL TREMBLAY
Un ange cornu avec des ailes de tôle

222. MURIEL CERF
Une passion

223. PHILIPPE DE LA GENARDIÈRE
Legs

224. YING CHEN
La Mémoire de l'eau

225. DOMINIQUE ROLIN
L'Infini chez soi

226. ISABELLE EBERHARDT ET VICTOR BARRUCAND
Dans l'ombre chaude de l'islam

227. MADISON SMARTT BELL
Save me, Joe Louis

228. POLIDORI
Le Vampire

229. BETTINA LAVILLE ET JACQUES LEENHARDT
Villette-Amazone

230. TAYEB SALIH
Saison de la migration vers le Nord

231. FÉDOR DOSTOÏEVSKI
Crime et Châtiment, vol. 1

232. FÉDOR DOSTOÏEVSKI
Crime et Châtiment, vol. 2

233. WILLIAM SHAKESPEARE
Hamlet – Macbeth

234. CLAUDE PUJADE-RENAUD
La Danse océane

235. CLAUDE PUJADE-RENAUD
Martha ou le Mensonge du mouvement

236. JEAN-MARC DUROU
L'Exploration du Sahara

237. FRÉDÉRIC H. FAJARDIE
Des lendemains enchanteurs

238. JAN VALTIN
Sans patrie ni frontières

239. BERNAL DÍAZ DEL CASTILLO
La Conquête du Mexique

240. EMMANUEL KANT
La Fin de toutes choses

241. HELLA S. HAASSE
Un goût d'amandes amères

242. THÉOPHILE GAUTIER
Les Mortes amoureuses

243. *
Contes d'Asie Mineure
recueillis par Calliopi Moussaiou-Bouyoukou

244. JEAN-LUC OUTERS
L'Ordre du jour

245. INTERNATIONALE DE L'IMAGINAIRE N° 7
Cultures, nourriture

246. CLAUDE PUJADE-RENAUD
Belle Mère

247. ISAAC BABEL
Cavalerie rouge / Journal de 1920

248. VICTOR HUGO
Lucrèce Borgia

249. MARQUIS DE SADE
Lettres à sa femme

250. JACQUES BERQUE
Les Arabes / Andalousies

251. ZOÉ VALDÉS
Le Néant quotidien

252. EILHART VON OBERG
Tristan et Iseut

253. ROLAND DORGELÈS
Route des tropiques

254. MICHEL TREMBLAY
Douze coups de théâtre

255. PAUL AUSTER
Smoke - Brooklyn Boogie

256. MOHAMMED DIB
Le Talisman

257. ASSIA DJEBAR
Les Alouettes naïves

258. VINCENT BOREL
Un ruban noir

259. RENÉ DESCARTES
La Recherche de la vérité

260. GEORGES-OLIVIER CHÂTEAUREYNAUD
Les Messagers

261. HENRY JAMES
Le Motif dans le tapis

262. JACQUES GAILLARD
Rome, le temps, les choses

263. ROBERT LOUIS STEVENSON
L'Etrange Affaire du Dr Jekyll et de Mr Hyde

264. MAURICE MAETERLINCK
La Mort de Tintagiles

265. FRANÇOISE DE GRUSON
La Clôture

266. JEAN-FRANÇOIS VILAR
C'est toujours les autres qui meurent

267. DAGORY
Maison qui pleure

268. BRAM STOKER
Dracula

269. DANIEL GUÉRIN
Front populaire, révolution manquée

270. MURIEL CERF
Le Diable vert

271. BAPSI SIDHWA
La Fiancée pakistanaise

272. JEAN-PIERRE VERHEGGEN
Le Degré Zorro de l'écriture

273. JOHN STEINBECK
Voyage avec Charley

274. NINA BERBEROVA
La Souveraine

275. JOSEPH PÉRIGOT
Le Dernier des grands romantiques

276. FRÉDÉRIC H. FAJARDIE
Gentil, Faty !

277. FÉDOR DOSTOÏEVSKI
L'Eternel Mari

278. COMTESSE DE SÉGUR
Les Malheurs de Sophie / Les Petites Filles modèles / Les Vacances

279. HENRY BAUCHAU
Diotime et les lions

280. ALICE FERNEY
L'Elégance des veuves

281. MICHÈLE LESBRE
Une simple chute

282. JEAN-PIERRE BASTID
La Tendresse du loup

283. ADRIEN DE GERLACHE DE GOMERY
Quinze mois dans l'Antarctique

284. MICHEL TREMBLAY
Des nouvelles d'Edouard

285. FRANZ KAFKA
La Métamorphose / La Sentence / Le Soutier et autres récits (vol. I)

286. JEAN-MICHEL RIBES
Monologues, bilogues, trilogues

287. JACQUES LEENHARDT / ROBERT PICHT
Au jardin des malentendus

288. GEORGES-OLIVIER CHÂTEAUREYNAUD
Le Kiosque et le tilleul

289. JACQUES DE VITRY
Vie de Marie d'Oignies

290. ELISABETH K. PORETSKI
Les Nôtres

291. ÉDOUARD AL-KHARRAT
Alexandrie, terre de safran

292. THOMAS HOBBES
De la nature humaine

293. MIKHAÏL BOULGAKOV
Récits autobiographiques

294. RUSSELL BANKS
De beaux lendemains

295. RENÉ GOSCINNY
Tous les visiteurs à terre

296. IBRAHIMA LY
Toiles d'araignées

297. FRANÇOIS PARTANT
La Fin du développement

298. HENRI HEINE
Mais qu'est-ce que la musique ?

299. JULES VERNE
Le Château des Carpathes

300. ALPHONSE DAUDET
Les Femmes d'artistes

301. FRÉDÉRIC JACQUES TEMPLE
Les Eaux mortes

302. FRIEDRICH NIETZSCHE
Vérité et mensonge au sens extra-moral

303. INTERNATIONALE DE L'IMAGINAIRE N° 8
Le Corps tabou

304. NANCY HUSTON
Instruments des ténèbres

305. FÉDOR DOSTOÏEVSKI
L'Adolescent (vol. 1)

306. FÉDOR DOSTOÏEVSKI
L'Adolescent (vol. 2)

307. GÉRARD DELTEIL
Schizo

308. DENON / EL-GABARTI
L'Expédition de Bonaparte en Egypte

309. JEAN-JACQUES ROUSSEAU / MADAME DE LA TOUR
Correspondance

310. MAN RAY
Autoportrait

311. ROBERT BELLERET
Léo Ferré, une vie d'artiste

312. MAXIME VUILLAUME
Mes cahiers rouges

313. HELLA S. HAASSE
Les Routes de l'imaginaire

314. JEAN-CLAUDE GRUMBERG
Dreyfus… / L'Atelier / Zone libre

315. DENIS DIDEROT
Pensées philosophiques

316. LOUIS MARTIN SANTOS
Les Demeures du silence

317. HUBERT NYSSEN
La Femme du botaniste

318. JEAN-FRANÇOIS VILAR
Bastille Tango

319. SÉBASTIEN LAPAQUE
Les Barricades mystérieuses

320. ALAIN GHEERBRANT
La Transversale

COÉDITION ACTES SUD – LEMÉAC

Ouvrage réalisé
par les Ateliers graphiques Actes Sud.
Achevé d'imprimer
en avril 2006
par Bussière
à Saint-Amand-Montrond (Cher)
sur papier des
Papeteries de Jeand'heurs
pour le compte
d'ACTES SUD
Le Méjan
Place Nina-Berberova
13200 Arles.